imaginist

想象另一种可能

理
想
国

imaginist

国王的游戏

大头马/著

北京日报出版社

目 录

国王的游戏 001

幻听音乐史 041

全语言透镜 057

明日方舟 077

和平精英 141

A 只是一个代号 177

释“赝人” 227

赛洛西宾 25 239

国王的游戏

二十年代之后，街头渐趋寂静，我们逐渐失去与大陆的联系。父亲失踪了。母亲整日以泪洗面。妹妹还小，自一岁那年去过一次海洋公园，便沉迷上了巨嘴鸟，一类开始绝迹的生物。不断有声音的碎片通过无线电波钻进我们的耳郭，运河的那边正酝酿建造一座塔。那座塔将十分巨大，无穷高深，塔的底部将覆盖大陆三分之一的地表。大迁徙会在塔的第二层竣工后开始，人们将分批有序地进入塔内，开始新生。

被覆盖之后的地表还算是地表吗？妹妹问。这时她已经五岁，快到上学的年纪了，她从母亲的收藏里找到一件古董，脚踏缝纫机，用它学做针线缝补，试图造出一只她想象中的巨嘴鸟。我不知怎么回答这个问题，只是告诉她应多出门走走，而不是留恋脑海中的事物。那时我已经意识到，我们或许会是最后一批见过陆地的人。

怎样才算是真正的地表？泥土或岩石是它最贴切的样态吗？铺上沥青或石砖后，还能称其为地表吗？离地若只有二十厘米，我们还算生活在地表上吗？海洋又算什么？哪怕过了许多年，妹妹已经成了一位熟练的缝纫工，我们获得了进入塔内的资格券之后，我仍然无法回答这些有关土地本质的问题。

妹妹沉浸在她的脑中世界时，我正忙于绘图和制表，研究有关贸易的问题。二十年代前期，这工作看似仍有所为。母亲拒绝新的约会，执迷于等待父亲，很快就老了。我们是这片边缘土壤的新移民，在我出生那年随父亲搬迁至此。八岁时，我随母亲去过一次内陆，第一次见到我的祖辈，从他们的脸上看到自己的模样。此后每隔两三年的时间，父亲和母亲轮换往返两端，带去鱼胶，换回消息。极少数时候我跟随他们往返，多数时候我被留下。二十年代到来之前，我们与亲戚们的来往逐渐减少，直至隔绝。经济衰退，用工的机会愈加渺茫，父亲再次做了一个决定：去运河那头碰碰运气。离开前，他将母亲和妹妹托付给我。自那以后，我们再未见过父亲。

二十年代中期，大迁徙的传闻逐渐确凿，人们如星火般重新出现在街上。我对此毫无觉察。三年来，我跟随一位尼日利亚人生活，做有关低端贸易全球化的研究，驻扎在他店铺所在的同一间大厦，记录他每月货物的进出口差额、访客的数量、商品的变化。我应该比街头吵嚷的年轻人更早有所觉察：我们正陷入无可救药的封闭。我没有。我只是浑浑噩噩地打发日子，和所有人一样浑然不觉。那时，人们还不清楚海平面上升、冰盖融化和气候变暖已经不可逆转，误以为覆灭城市的暴雨只很偶尔。

父亲是搭乘列车离开的。陆路关口戒严之后，母亲从频繁造访月台改为探访港口。轮船进出不停，汽笛声每日早晚响起，一切仿佛与过去没有区别。航班仍未中断，巨大的噪声不时从头顶划过，传送着这边的呐喊与那边的沉默。轮船上下来的人中讲述陌生语言的在渐次消失。一张又一张熟悉的脸疲惫地往返于海陆，让人疑心只是同一批人每日坐船去公海捕鱼。这是我们这里古老的传统，随着时间倒转，它迸发新的生命。

我的心思在尼日利亚人身上少了，越来越常离开那栋高密度大厦，在街头、公园和无名的小径上晃荡。每一天在街角，我观察到细微的新变化，每一种都说明过去在从未来重新到来。这我不曾见过的崭新，摧毁着我三十多年来对世界的认识。每一天，我的头脑都更加混乱，辨认不出昨日的记忆。我拥有过最接近人生转机的一次机会就是在那段日子里发生的。

二五年初夏，我陪妹妹最后一次参观海洋公园。一个月后，海洋公园将彻底关闭。再过两个月，妹妹将进入我念过的那所教会学校，像所有正常的孩子一样学习礼仪和文法，敬仰我们远在内陆的王，结束她连年的苦室幻想。在一只托哥巨嘴鸟面前，妹妹罕见地流下眼泪。当我们从海洋公园乘上轻轨回到市中心，从地底穿行至地面后，妹妹抑制不住开始哭喊那只巨嘴鸟的名字。巴度，巴度。她声嘶力竭地唤着，好像染上了什么侵入神经的病毒。我们朝家的方向步行，被逆行的人潮堵在雄伟的建筑物之间。那些建筑物昔日的主人早已离去，如今属于金钱和权力。整点的时钟敲响，我听见一种整齐的声音自远而近响起，如波浪般起伏，恍惚间还以为那声音也在呼喊，巴度，巴度。

立法会门口，一张传单塞进我的口袋，使我的心蓦地停跳了一拍。直到将妹妹送到家，回到那座亚非拉大厦第二十五层自己的单间，我才从台灯下摸索出来，细细察看。那是一张很普通的传单。标题叫作“黑森快报”，除此之外，传单上的每个字都被涂黑，看不出内容。我立刻认出这是谁的杰作。

第二天，在同一个位置，我看见一个人影，头发和眉毛都是金黄，肤色苍白，巧妙地流窜于人群间。我直上前去，抓住他的手——它正灵巧地在一位女士的腰间游走。他吃了一惊，下意识缩回自己的手，眼睛已经向缝隙处瞟找，随时准备逃跑。我的双手牢牢地钳着他的右手，使他无可奈何地向我望过来。表情逐渐起了细微的变化。你啊，他想说。

亚当，好久不见，我微笑道。他的五指放松，反扣过来，食指在我手心移动，那是一种只有我俩通晓的交流方式。他说，好久不见，大卫。

亚当和大卫是教会学校给我们的名字。在学校外，我们有各自的真名实姓。我在那所严酷刻板的学校念到中学结束，去了一所预科学校，然后参加会考，去了商学院。亚当只念到十岁就离开了学校，从此杳无音讯。拿到商科学位后，我继续留在学院里，想再拿一个高级学位。日子无聊而漫长。我再一次见到他时，是一年的最后一天，虽是凛冬，倒并不如何寒冷，我在花房照料琴叶榕、裂叶秋海棠、石笔木、肖梵天花。这是自然护理署设在我们学校的研究所。我帮忙打杂，挣些钱零用。黄昏时，一位教工站在花房外试着往玻璃上贴海报，我搬弄花盆出来时正巧看见海报上的名字，来自莱比锡的古典乐手，亚当 · 杨。我直觉那个亚当就是我认识的那位玩伴。于是，演出结束后，我等在后台。他花了一会儿工夫才把我认出来。你长大了，他说。我们都长大了，我说。他穿着波浪形领口的绸缎衬衣，笔直的黑长裤，身躯高大瘦削，足足比我高出半个头，影子如一道闪电，头发染黑过，但根部已开始褪色，露出原有的金色，暴露在外面的皮肤无法更改，呈现出一种被动的白，阐明他那源自祖先的疾病。从他的身后蹦出一个女孩，眼睛亮得发光，唇色如红石榴籽，梳一个发髻，额前还散落着碎发。她的肤色与我们相似，却说着我听不懂的语言，微笑着朝我伸出右手。这是杏，我的未婚妻，他说。我与她握手时，天空响起一记惊雷。

雨立刻落了下来。

巨雨时常在我们这里发生。来时急，去时快，如高峰坠石。二五年初夏，洋流变幻，崩浪奔雷。距离此地更换最高行政长官已过去若干年，物种在不为人知处逐一隐退。我与亚当在街头再次相遇，才知道有差不多十年的时间，他就住在离我不远的地方。本地原本由三片不相连的陆岛组成，面积最大的西南长岛，因矮山众多，山形复杂，少有人居。长岛伸向海洋最远端有一条细长的裂谷，裂谷两面是嶙峋陡峭的石壁。数百年前，信奉苦教的僧侣曾在其中一面石壁上凿建出一座悬寺。悬寺几经易主，如今是一座监狱。他就在其中一间石室坐牢。

我的确注意到，他敏捷的双手变得粗粝了，手心长满厚实的老茧，那不是拨弄琴弦造成的结果。据他所言，是每日的修行所得。修行的内容，是扩建那座悬寺。你没有发现吗，他用一种轻松的调子问我，每一天都有人在消失。我点点头说，我发现了。那你有没有想过，他们都去了哪儿？他问。

我想过，当然想过。但我只是摇摇头说，我以为你和其他人一样，也去了内陆。这些年的修行有什么成果？我模仿他那轻松的语气，出口却满是苦涩，如同含着沙石。

我想我更懂得梅林，也更懂得玩梅林这个角色了，他说。

你是指——

难道你忘了？亚瑟王的游戏。他看着我。监牢和苦行让他理所应当地衰老了，他比十年前更加瘦削，几如舍利，不同寻常的发肤令他几乎消失在光中，淡粉红的虹膜后面透露出一种高纯度的矍铄。

不会忘的。那一年的最后一天，我、亚当、他的未婚妻，我们三人共撑一把伞，一瓶比利时啤酒在我们手中轮番传递。我们从学校后门出来，一直沿着山路往上，直到通往半山的自动扶梯也都完全隐没。接下来全靠双脚。黑夜中，郁郁葱葱的植被开始现身，路灯的光晕衬出山林的边缘，也照亮着晶莹的雨丝，这是我很少造访的地方：绝大多数普通市民，都像我这样，生活在这片岛屿的低势。我们只占有那么少的面积，却有那么多的人，以至于不得不在空中开凿更多的可能。高楼，更高的楼。我不该对此有所抱怨。我是这伟大景观的受益者。父亲那年逃难至此，便是相信这是一块被遗忘之地的缘故。在这里，堕落的人将大有所为。

父亲却是错了。最多的土地永远掌握在最少的人手中，古往今来，概莫能外。在教会学校，我们学习古老的寓言，但学校不教授我们生活的伦理。亚当的父亲显然更明白这些残酷的真相。当我们终于来到山林顶部，亚当领着我们走进一处启明的幽宅时，我终于将他十岁时的突然离开，和现在的突然出现关联起来，并且生出一些合理的猜想。

这过去的日子，你去了哪里？琴音仍是你旧信仰的不二法门吗？或者，女人使你终止了探索？还是你从德国人的卷帙中得出新的结论，应当再回来东方？无论怎样，我都欢迎。

有声音从宅邸深处传来，丁零当啷，宾客在推杯换盏。我以为会见到亚当的父亲，心里有一丝紧张。亚当的父亲与我的父亲是旧相识，隶属于同一个工会。现如今，我们也搬入了陈旧的公寓，在岛屿低处的高楼高处有了一席之地，能望见另一座岛屿港边的摩天轮，与足下窄街间密集的人海。可我该如何向父亲解释这山顶的豪府与旧相识的归来？从西方人的典籍那里吗？还是从他过去的背叛？

好在我不必再向父亲回答这些棘手的问题了。宅邸之中并无第二张我熟悉的面庞出现——亚当的父亲不在其间。我被领入一间起居室，起居室的门栏上竟站着一只鸟，很多年后，托妹妹的教导，我才知道那种鸟是金刚鹦鹉，擅学人话。欢迎光临，它朝我点头示意。我窘迫得不知如何回应。亚当说，不必理会，它只会这一句。起居室里头有十来个人，有男有女，或坐或站，亚当逐一为我介绍。当介绍到一位坐在轮椅上的长者时——亚当称呼他为教授，整点的钟声恰巧响起，那钟声如从地牢中传来，一下，两下，敲击着我们脚下的地砖，连同铺在上面的地毯一起震颤起来。

教授举起手中的酒杯，朝所有人点头示意，新年快乐。

新年快乐。人们相互拥抱，包括我和杏。源源不断的褐红色液体流过我们的喉咙，进入我们的胃，填满我们的肺腑，浇灌我们的心脏。人们陆续躺下，在沙发、扶手椅，或干脆是地毯上。我就是躺在地毯上的一员，在眩晕中，我的手指沿着地毯的几何线条滑行，辨识出那是蚕丝编织，应来自波斯。要再过十年我才会知道，那样的地毯不会出现在尼日利亚人、孟加拉人或是尼泊尔人那寒酸的店铺里，也不会出现在常年开低温冷气、铺大理石砖、光滑水亮的中心商会里。即便在当时，这样的地毯也只流通于某种秘密渠道，是极少数人识别彼此的暗语。

宅邸内弥漫着一种高级的温度，免受四季气温变幻的影响，大家都只穿着单薄合身的里服，我坚持穿着外衣，只因内衣实在不够雅观。亚当消失了一阵，再回来时已脱下演出时的着装，换上了便衣。我才确认他也是此间的主人——主人之一，或与主人有不同寻常的关系。杏未曾离开，就躺在离我只两掌相隔的同一张地毯上，双眼紧闭，面露微笑——我没有看见，只是猜想她是在微笑，像睡在鲜花棺材里的圣母。这地毯真大啊，我心想，可以容下这么多的人同时卧躺，而我们的人是那么少。在地毯氤氲着的古朴的尘气中，我捕捉到了一种似有若无的异香，不用说，那来自杏。

教授其貌不扬，灰白短发，穿浅色衬衣和驼色羊毛背心，背心口袋上挂着一副赛璐珞眼镜。此后无论天气如何变幻，他都以这副模样存在，似乎温度在他身上冻住了。

这光怪陆离的夜晚打破了我数十年的寻常生活，使得我几乎没想起来，也没能找到恰当的时机与亚当单独交谈，问出那些——那太多了的关于他以及他的家人的问题。六岁时，我们在学校结识。不管在什么地方，他都很难不被注意：他那与我们任何人都截然不同的皮肤、毛发和瞳色，像一只行走的初生儿，怪物般突兀。在我们那所极为局促因而透明的学校里，孩子们仍能找到阴影处，在小兽身上施加压抑已久的暴行。他被分配去打扫琴房，是出于校监的厌恶，也使他免除了部分厄运。我去打扫琴房，是为了额外的奖励，圣餐的一部分会被当作恩惠而为穷孩子蚕食。在那所减免一切费用的学校里，我们都是穷人的孩子。条件是敬爱并侍奉我们的神。过去是神，后来是王。

下半夜，不知从谁手中开始传递一根点燃的手卷烟，到我手上时，才分辨出那不是烟草，而是——绝对是牵牛花的种子。与此同时，角落里有人在弹钢琴，亚当坐在地毯的边缘赤足拨弄吉他，那是古怪的节奏，独属于黑人的音乐，杏开始跳一种原始的舞蹈。每个人的拍子似乎都差了半分，将要脱轨时又合在下一拍。这不和谐的音乐使我逐渐游离此间，内心深处升起一股无名的罪感。这种罪感是如此切实，几乎要将我拉入深渊：这地砖之下是否真有一座地牢？

在我不断旋入下沉到地底之前，教授用银叉敲了敲杯子，清脆的声响如同来自天堂的礼物，使我清醒起来。游戏时间，亚当从地毯上跳起来，也把我拽起来。什么游戏？我问。亚当没回答，只示意我跟他走。他来到教授身边，推着他的轮椅，向起居室后面的一扇小门走去。杏跟在他俩身边。除我之外，另有几人陆续跟着进入了那扇窄门。

窄门后是一间不规则形状的书房，和宽敞的起居室相比略显袖珍了一些，到顶的书架上摆满书、相片、各国的小工艺品，书籍以主人才能理解的方式归纳，空白的墙壁上有挂画、字状和信函，其中一幅尤为奇怪，那是一幅除标题外内容均被涂黑的传单，标题是花体字母，词汇的构成方式超过了我的知识范围，因而不解其意。除教授自己的书桌外，另有一张待客圆桌，足可围坐下我们——我会记住这个数字全是我们接下来要玩的游戏规则的缘故——七个人。

其他几位显然不是头一次造访此处，我是这个游戏中唯一的新人。圆桌中央已放置着一只木匣。教授坐在圆桌一端，拿起胸前的眼镜戴上，发表陈词：新年快乐，各位。让我们首先欢迎新的玩家。按照以往的惯例，我们不对游戏做过多的解释。杨，请你为你的朋友简单说明游戏的规则，然后我们直接开始。

似乎是此时，我才第一次真正听见教授说话。他的声音低沉，语速和缓，既带有一种珍贵的谦逊，也不乏说服的力量，让人不自觉信任并臣服于他。我微微一恍神。直到坐在身边的亚当开始拨弄中央那只木匣，我才反应过来教授口中的杨就是他。的确。世上可能只有我还会称呼他那个幼时的名字，亚当。

亚当打开木匣，熟练地从里面取出几样东西：一叠纸牌、一张卡纸板、一些小小的圆形木牌，还有几张形状奇怪的塑料牌，零零碎碎铺满了小半个圆桌。亚当又将那一沓纸牌分类摊开，我才注意到，那并非寻常的扑克牌，纸牌背面画着不同的图案，他逐一为我说明：这是角色牌，每个人都将拿到一张，代表此局游戏中自己的身份；这是任务牌，游戏中进行任务的队伍会用它来决定这一轮任务成功或失败；那一张大的卡纸板，摆在圆桌中央，所有人都可以看见，上面画着五个圆圈，代表五轮任务，下面画着五个小一些的圆圈，标示投票选举出征队伍的人数；圆形木牌上有计分标识，一面为胜利，另一面为失败，它们会在每一轮任务结束后安放在卡纸板上面那一排圆圈上，示意任务是成功还是失败；还有表示投票次数的圆形木牌，任何一轮任务中，提名执行任务的队伍组合如果超过五次都被否决，任务就流产，等同于失败。

等等等等。初听下来，我几乎什么也没记住。在提出好几次重复的问题后，也不好意思再问。其他玩家里有人发出不耐烦的声音，更让我脸红。杏在一旁说了几句什么。亚当和她相视一笑，将所有的纸牌和道具复归原位，纸牌收拢好后交给杏，对我说，我第一次玩的时候比你不明白的还多，没关系，开始玩起来就都懂了。

的确如此，两轮下来之后，我已大致搞清：亚瑟王的游戏是一个策略与阵营类的游戏，这游戏的正式名字叫作阿瓦隆。之所以叫它亚瑟王的游戏，是因为游戏以亚瑟王传奇为背景。总体上，游戏分为两个阵营，正义一方叫作亚瑟王的忠仆，邪恶一方叫作莫德雷德的爪牙。在普通的忠仆和爪牙之外，有一些特殊的角色，拥有特别的能力。譬如：

梅林：正义，能力是可以在游戏的开始就看见所有邪恶阵营的人（除了莫德雷德）。

派西维尔：正义，能力是可以看见梅林，知晓他的身份。

莫甘娜：邪恶，能力是伪装成梅林，假如派西维尔存在，派西维尔会同时看到莫甘娜和梅林，但不知道谁是谁。

刺客：邪恶，在游戏的任何时候，刺客都可以刺杀梅林，即便在任务环节邪恶方失败了，刺客仍能通过刺杀梅林为邪恶方赢得胜利，扭转游戏的局面。

莫德雷德：邪恶，他可以不被梅林看见。

奥伯伦：这是一个特别的角色，直到很久之后，我才知道他的能力。

你会发现，这些特殊角色的能力彼此钳制。游戏人数五至十人都可以，总玩家数量的不同决定了双方阵营将有多少人以及有哪些特殊角色，以保持游戏配置的均衡。在人数恒定的情况下，并不是有特殊身份的角色越多，对那个阵营就越有利。譬如莫德雷德这个角色，乍看他的能力是对梅林的削弱——梅林看不见他，但这同时也增加了刺客找出梅林的难度——因为看不见莫德雷德，梅林反而无法那么显而易见地表现出他对坏人阵营的了解。固然，梅林总是要保护自己，掩饰自己的身份，可在实际游戏的过程中，玩家总会暴露一些真实的反应，况且梅林这个角色也需要在适当的时候给予队伍一定的暗示，这时候，他很难完全逃脱刺客的观察，所以，梅林的无知反而为他自己提供了真正的保护。因此，莫德雷德很少会被加入角色池，这会极大增加游戏的复杂程度。不过，不管游戏的人数是多少，梅林和刺客都是两个必须存在的角色。

整个游戏过程，用教授的话来说，就是代议制民主的基本流程。游戏一共有五轮任务，每一轮任务由一位玩家提名执行任务的人选——每轮任务需要的人数不一样，如果多数人认可这个人选组合，就通过。执行任务的人将在匿名的情况下提交自己的任务牌，成功面或失败面，只要队伍中有一个人选择失败，任务就会失败，换句话说，任务成功需要队伍里每个人都投出成功牌。主持者收集所有任务牌后，打乱洗好，再翻开。因此，所有人只能看到有几张成功牌，几张失败牌，但不知道是哪个人提交的。最终，好人需要拿到三轮以上的成功，坏人则要拿到三轮以上的失败——或成功刺杀梅林，来决定哪个阵营胜利。流程上，这个游戏就类似两个党派在竞选总统班子，每个党派各出一些竞选人组合，最终，由所有人共同投票决定哪个竞选人组合可以走马上任。

游戏由杏主持。我听不懂她的语言，但看一眼别人是怎么做的，也就有样学样。实在不懂的时候，亚当会在桌下握住我的手，在我手心翻译。这是小时候在教会学校做礼拜时，我们俩发明的沟通方式。做礼拜时不准讲话，校监会在一旁来回游走，查看有没有人违反纪律。时不时会有孩子被校监揪出来，在牧师念出那些肃穆的句子时，我们听到外头传来孩子的哭声。

请所有人闭上眼睛，双手握拳，放在你们的面前。尽量不要发出任何声响。下面请莫德雷德的爪牙睁开眼睛，相互确认你们的身份。好了，莫德雷德的爪牙可以闭上眼睛了。除了莫德雷德外，请所有莫德雷德的爪牙竖起你们的大拇指。梅林，你可以睁开眼睛了。请确认莫德雷德的爪牙都有谁。确认好了吗？好的，莫德雷德的爪牙，可以把你们的大拇指收回了。梅林，你可以闭上眼睛了。请梅林和莫甘娜听好，竖起你们的大拇指。请派西维尔睁开眼睛，确认梅林和莫甘娜是谁。梅林和莫甘娜，把你们的大拇指收回吧。请派西维尔闭上眼睛。现在，所有人都睁开眼睛吧。

我逐渐记住了杏的口中发出的那些陌生音节所构成的句子，和它们所表示的含义。那一天的游戏持续到天亮。亚当送我离开，在门厅换鞋时，我注意到墙上挂着一幅相片，一张似乎是很多年前的合影。一个中年男人站在中央，左右手各牵着一个孩童。左边的那个我一下就认出来了，在微微过度的曝光下，他的肤色更显奇异，几乎要消融在背景中。右边的是个女孩，穿着洋装，脸上流露着些许错愕的神情，看起来是还没做好准备，摄影师就按下了快门。哦，我还没来得及跟你说，亚当看着相片说，杏也是我的妹妹。

送我回研究所的路上，亚当断断续续讲述了他十岁至今的经历：教授是他的养父。十岁时，他跟随他前往德国，在莱比锡东郊一个农场，教授将他寄养在那里。他会定期来探望他，带玩具、衣服和书，也聆听他的请求，送他一把吉他。有一天，教授又带了一个女孩来，并令二人兄妹相称。爱情的发生是一个转折，合乎情理，也猝不及防。十六岁时，两人离开了农场，回到教授身边。教授在莱比锡一所大学教授政治学，没有自己的孩子。亚当考上了另一所学校学习音乐，杏没有去上学——她始终没有很好地掌握德语，而是固执地使用自己的语言。毕业后，亚当原要进入当地的乐团，那时发生了一个意外，教授就带着他们俩回到了这里。

亚当没说那是什么意外，但我想可能和教授的轮椅有关。天已经泛白了，空气是清晨那种特有的腥甜味。我们又一次回到了学院的后门。我的大脑说不上是极度困倦还是极度兴奋。那么，你父亲呢？我终于问出这个问题。哦，他逃走了，去了那一边，亚当神色淡漠，看着内陆的方向，你知道吧，当时他们要抓他。

我心虚地点点头说，我听我父亲说过。而没有问，他们是谁。

不管是对我的学业选择，还是我的生活选择，父亲都不满意。在他所受到的教养中，有一种极为坚固的信念，认为一个人从事什么样的职业，是从上帝创造世界时起就规定好了的，子子孙孙接棒下去，不可擅自更改。我的祖先以修缮房屋为业，我出生后，父亲尚未在这片陌生的土地找到专属于他的工作，曾四处打零工、找活计，带着母亲与我露宿过各种街头。最稳定的一段时间，父亲在修一座日后将连通两片陆地的大桥，我们就在桥下过活。我三岁后，我们才结束这种风餐露宿的生活，与另外两户人家共享一间不到十坪的房屋，与另外一百多户人家共享一栋残破的危楼。父亲很快乐。这样的生活形态，让他回到了童年，仿佛把一座村庄搬进了一栋楼宇。在楼宇中，通奸随时随地都在发生。人们在通奸时，也许是因为住在高楼，与上帝的距离更近，罪感与耻感会更加强烈。

快感也就更加强烈。父亲疯狂与不同的女人求欢。无论是在雨水来临时，或太阳暴晒时，父亲总是不知不觉就不见了，再出现已是次日的黎明。有一阵子，父亲干脆从我们的生活中完全消失了，可他仍和我们活在一起，在同一栋楼里存在。有一两年的时间，他就这样与我们存在于同一个平行的时空中，却不在我们的生活里。每个月的头一天，我的枕头底下会凭空多出一沓钱来。母亲用其中的一半换取蔬菜和肉，另一半投入看不见的交易市场。在小纸片上，母亲记录下密密麻麻的数字和曲线，那些纸片逐渐长得像钞票，仿佛指示着所罗门王的宝藏。母亲被那些纸片指挥，像一位末法时代的数学家。

父亲回来是因为我闯的祸。三年级时，我们获知将有机会参观海洋公园。不是每个人，而是那些特殊的孩子。这些特殊的孩子是那些能够以最优美、最虔诚、最动人的歌喉唱诵神的福音的孩子。他们将由一年一度造访学校的大人物亲自选出。那时，海洋公园还远没有后来那样如梦似幻，收容着全世界的奇珍异兽。海洋公园还只是一个又破又小的海边园林。但在每个孩子的心里，那里就是应许之地，远在天边，住着世上最神奇的生物。每个孩子的心愿都是有一天能够去遥远的那里，看一看只在寓言故事里听过的野兽。我和亚当也不例外。我们花了许多时间思考，什么叫作最优美、最虔诚、最动人。怎样才能被大人物选入这三个“最”的队列。在琴房打扫时，我突然产生一个想法：我们不一定要成为最优美、最虔诚、最动人。他看着我，没有理解。我继续说，他们要选出十个左右的孩子，我们一共有四百个人，只要我们不是最不优美、最不虔诚、最不动人的那三百九十个孩子就行了。

大人物到来那天，我和亚当忍住饥饿，没有吃一口午餐。下午，孩子们分组开始合唱时，事故像我们预料的那样发生了，他们一个接一个地捂着肚子，流露痛苦的表情。第一个从合唱中间离开去厕所的孩子如同第一张倒下的多米诺骨牌。事故的结局却并不如我们所想。在三百九十个上吐下泻的孩子里头，我们正常得太醒目了：最优美，最虔诚，最动人。

亚当的父亲就这样和我的父亲结识。在校监和几百位家长面前，他泪如雨下，诉说生活的艰辛，养育的不易，妻子是如何早逝，他是如何一个人抚养这个孩子，孩子那源自遗传的疾病又是如何让他处处遭人白眼。在他的叙述中，我的父亲惊愕地发现，他们曾前后参与了同一座大桥的修建。我们最终没有被学校开除，惩罚是直到毕业前，在所有的休息日，都要去社区做义务服务。大人物匆匆到来，又匆匆离去，并未对此事给予过多的关注。直到毕业后好几年，我才知道，在那所学校的历史上，从来就没有组织过海洋公园的游览活动。

认识亚当的父亲后，父亲对女人的兴趣逐渐减少。他将从女人身上节省下来的精力花在了工会上。亚当的父亲是他的介绍人，也是工会的领袖。父亲开始定期参加工会的活动，学习他未曾接触过的语法和秩序。但新的思想并没有对我们的生活有任何改变。母亲更加醉心于小纸片。

在白天，我们依旧生活在平行的世界，到了晚上，才逐一交汇于那个小小的蚁穴。举案齐眉，相敬如宾。

崩溃的发生是静悄悄的。一天下午，大人物从天而降，离奇地出现在教室里。校监示意大家安静，听大人物发表讲话。他没有说出什么惊心动魄的事情，甚至都没有说那些我们早已听惯了的箴言。他只是静静地注视着我们，有那么一会儿，他的心思似乎完全不在我们身上，而是被窗外的一只三宝鸟吸引住了。他用我们听不懂的语言——也许是他自己的母语——说了一句话，多年后我才弄明白，他说的是："如果在林中，你寻得至高无上的幸福，就回来教我修习；如果你只收获幻灭，那也回来，我们再一道祭奉诸神。"最后，他用我们勉强能够听懂的语言说，我要走了，祝福你们，孩子。有一个孩子终于忍不住颤颤巍巍举起了手，在大人物的颔首下，校监同意她站起来提出问题：那么，我们还会去海洋公园吗？大人物笑了，会的，会有那么一天的。

大人物空降后的第二天，那个周末，难得我和亚当被免除了劳动。全市宣布集体休息一天，以迎接盛大的庆典。我和亚当在港口玩了一整天的石子，回家时，我见到与我们肤色不一样的人站在父亲的面前，将他层层围剿，母亲在一旁啜泣。那一天后，我再没有见过亚当。他就这样离开了，连再见都没来得及说。

也许是游戏玩得还不赖，那之后我常收到邀请，去教授家拜访。每个周末，在那座宅邸都会举办派对，通宵达旦。人们从午后开始陆续抵达，教授这时要是还在午睡，就由杏和亚当接待来宾。天气好时，杏会在后院的小花园里准备点心和茶，亚当有时在树下弹琴，有时独自在房间一角读书。那种不属于我的安宁逐渐使我迷恋，也让我产生怀疑随时会从这幅美妙的画卷中被抹去所带来的惧意。我早已忘记幼时对海洋公园的神往，开始思索这里是否就是真正的应许之地。应许之地或许从来就不是一个地理方位，而只是时空中的一段瞬间。

那间用于玩游戏的书房平时是紧闭的，只有在教授示意开始游戏时才被打开。不过，有一次我无意中推开过那扇门，发现并未上锁。怀着一种探秘的心情，我走了进去，小心地浏览着平时没有机会观赏的书斋细节。那幅奇怪的传单又一次吸引了我的注意，我甚至没有觉察到亚当已站在身后。

这是毕希纳的作品，亚当开口道。

我吓了一跳，差点没蹦起来。房间没有上锁，我尴尬地解释道。

亚当没有任何责怪我的意思，淡然一笑，这个地方没有秘密，一切都是敞开的。

毕希纳是谁？

是一位早逝的天才，一位作家，一位革命者，亚当指着被涂黑的一行字，用德语念出一句话。

什么意思？

把和平给茅屋，把战争给宫殿，他说。

为什么要把内容涂黑呢？这样别人岂不是就看不见了。

想看见的人自然能够看见，问题是，你想不想看见。亚当的话似乎意有所指，但我那时还不大明白。我唯独觉得，这座宅邸并非如他所说，没有秘密。

教授的游戏通常会在晚餐结束一小时后开启。想参加的人自由加入，对游戏不感兴趣的人也可以做别的事。不过一般情况下，不玩游戏的人都会礼貌地先行告辞。考虑到这个游戏有很强的策略性，一局游戏又要花蛮久时间，整晚下来，其实总计也玩不了几轮。每一次拜访教授家，都会出现新的面孔，参加派对的人来来去去，玩游戏的人却渐渐固定了下来。杏从来不参与游戏，她总是游戏的主持者。每一局的角色虽是随机抽选，玩得多了，每个角色大家也就都轮中过，站在不同的阵营、不同的角色、不同的位置思考，对游戏也就有了更深的理解和更好的策略。

在亚瑟王的游戏中，所有人都同意，梅林是那个最关键的角色。我对梅林知之甚少。只知道他是一个了不起的魔法师。睿智无比，法力无边。他能够知晓未来，变幻自己的模样。在许多传说故事里，都曾出现他的身影。在亚瑟王的游戏里，梅林同样是一个接近于无敌的角色，他能看见除了莫德雷德外所有的坏人。也因此，除了与正义方争夺任务的行动权外，邪恶方还有一个胜利的办法，只要刺客能够判断出梅林是谁，刺杀掉梅林，邪恶方就能赢得胜利。这也就意味着，亚瑟王的忠仆们都要尽可能地保护好梅林，在必要的时刻甚至要假装自己是梅林，以迷惑刺客。

据说梅林这个形象来自两位真实人物，亚当说。

哦？说说看。

第一位是个吟游诗人，叫米尔丁，传说他目睹过战争之后便发了疯，逃离了文明，进入浓密的森林，成了一个怪人。

第二位呢？我问。

我忘了，亚当说。

我们哈哈大笑起来。说这话时，我们坐在学院的花房里。天又快亮了。我们分享着一支牵牛花种子卷成的烟草，烟也快抽完了。恐怕有一个王朝的时间，我们谁都没开口说话，各自进入了幻境。在我的幻境中，海水之上升起了一座塔，我站在岸边，看着亚当一步步从海面上朝塔的方向走过去，远远地消失在波光中。

对了，亚当的声音将我从幻境中拉回来，教授想让我问你，有没有兴趣加入我们。

加入你们？做什么？我问。

改变或许就要来了，他说。

什么改变？我问。

他没有回答这个问题，拍拍屁股上的灰尘站起来，下一次来玩游戏，教授会告诉你。

坦白说，我并不擅长玩梅林这个角色。但每次拿到梅林这张角色牌，我都会心里一跳。游戏中有个环节，当所有人的眼睛都闭着的时候，梅林会独自睁开眼睛，看邪恶阵营的成员都有谁。在这个时候，世界上只有第二个人的眼睛也是睁着的，游戏的主持者。杏在这个时候并不会与我有任何眼神交流，她是个非常完美的主持人，也就是说，不流露任何情感，只与玩家确认必要的信息。游戏内的全知全能者和游戏外的全知全能者，在此时更像是同一个阵营。我们都是全知全能者，却也不知道游戏会如何发展，刺客是否会认出梅林，每一次，在危险靠近的时候，我会不自觉看向杏。至少有一次，我能确认她回看我的眼神里说出了别的东西。

我最擅长玩的角色是刺客。尤其是当亚当是那个梅林的时候。但我并不喜欢玩这个角色。尤其是当亚当是那个梅林的时候。亚当并不擅长隐藏自己，但他毫无疑问是个优秀的领袖。所以最适合他的角色是派西维尔，他能够看见梅林，并在保护好梅林的情况下，在明面的任务竞选环节，通过雄辩说服大家，使任务成功，赢得游戏的胜利。

而在任何情况下，我都琢磨不透的玩家是教授，不论他拿到什么角色，似乎都能适应那个身份：是派西维尔时，他智慧；是梅林时，他狡黠；是刺客时，他果敢；是莫甘娜时，他善变；是奥伯伦时——似乎只有当是奥伯伦时，他才会表现出一定的迷茫。奥伯伦是个很少会出现的角色，但我认为这是游戏里最有意思的一个角色，他属于邪恶阵营。其他任何特殊角色，他们的能力都是一个增强项，只有奥伯伦的能力是一个缺陷：他不知道他邪恶阵营的队友都是谁，队友们也不知道他是敌是友。他就像一只掉队的孤雁，迷失在浓雾中，除了知道自己的身份外，对一切都一无所知。正是由于他的无知，他的存在本身就成了游戏最大的变数。他不知道他的投票对哪个阵营有帮助，在场的人也就无法通过他的行动进行有逻辑的判断。

只有当玩家人数超过七人时，奥伯伦才会被允许加入角色池。在亚当问我要不要加入他们之后的那次游戏，我们的人数恰好超过了七人。奥伯伦终于出现了。

二五年初夏，我又一次见到教授，也是在立法会门口。那是在我遇到亚当之前没多久。二十年代到来前，发生了过去三十年内最暴力的一场冲突，致使我们的最高行政长官终于失去所有人的信任。国会丧失耐心，行政长官被罢黜。自那之后的几年，我们处在无政府状态。军队接管全城，宵禁从晚上九点至早晨六点。天黑之后，街道空无一人，犹如鬼市。

二四年春天，与巨塔的消息一并透过无线电波传来的，还有国王驾崩的消息。

大赦再度来临，死囚、鸡奸犯和窃贼被一视同仁，一并免除刑罚。次年，悬寺被推倒。裂谷缝隙处，光洁的那一面石壁更加光洁，而另一面，岩壁坑坑洼洼，留下一盏巨大的凹雕，体现着历史所能创造出的最高深的艺术。数十年，以为自由在高地，我们羽化登仙，得到又失去。数十年，王的反对者住进监牢，日夜兼修，为更多的反对者凿建石室，无中生有。一朝先王驾崩，一夕新王加冕。顷刻间，牢壁与真理一同湮灭，深牢中的人走出来，与外面的人再度相会，不辨彼此。

选举恢复，如同狂欢。风干已久的城市终于焕发出一丝生机。街上开始出现熙熙攘攘的车队，卖冰激凌的小贩重新出现在港口，酒吧也将烈酒再次摆上货架。教授的选举花车是最简朴的，没有过多的装饰，也没有漂亮的女孩，他的轮椅似乎就是最有说服力的道具。在立法会门口的石阶上，人群的中央，他那低沉的嗓音和不假修辞的语句，像来自地底的警钟一般，一记一记敲在人们的心头。沉着，谦逊，坦诚。适度的幽默后面紧跟上推进省思的发问。拿捏精准的停顿。生动的小动作。更长的让人自我怀疑的停顿。我了解这全套的节奏型，如一首标准曲，许多年过去后再次旁听，仍如旧梦般让我颤动不已。坐在蚁群中央的教授，如米开朗琪罗一般，用名为真理的力量将每一位聆听者斧琢成一个沉思者。像当年曾征服过我们一样，我知道，他正在征服着新的年轻人。

头一次抽中奥伯伦这个角色时，我心头一阵茫然。究竟应该如何玩好这个角色？我的行动将如何影响两个阵营？游戏的结局又将朝着什么方向发展？我不知道这些问题的答案，只知道每一个选择都关乎紧要。那时，许多事情早已发生，而我们仍未察觉。历史在平静的黄昏中轰隆隆地向前滚动，未来尚未发生，现在永不再来。我如同独行的弃婴，对每个坐在圆桌前的人都抱持同样的怀疑，每一刻都在判断，哪些是我的朋友，哪些是我的敌人。

我接受教授的邀请，不是因为对改变历史有任何兴趣，也不是因为和亚当的友谊，现在想，可能也不是因为杏。我只是单纯想知道，事情的走向将会如何发展，个人的行动将会在历史中扮演什么角色，我又会做出怎样的选择，我是谁。

当行动的队伍被确定下来之后，周末去教授家参加派对的陌生面孔也在减少。教授似乎在借由过去一年的聚会，暗中挑选中意的人选。为什么会选中我，至今我未尝知悉。但我知道，我与他心目中的理想形象相差甚远。我所有的表现，不管是在游戏里，还是游戏外，都是一种伪装，一种表演。当行动的方针和方法被教授以纸牌的方式在那张桃木圆桌上摊开时，其他人脸上的那股淡然——也许是赴死的勇气——更映照出我内心弥漫的恐惧。

我试着说服亚当放弃。当然毫无效果。随着行动日期的逼近，浓雾逐渐消散，我似乎看见牺牲的背后，一头由金属零件拼合的史前巨兽在原地永恒地踏步，而那就是教授所承诺的改变。我必须做出选择：我是哪些人的朋友，我又将成为谁的敌人。

钳住亚当的那天，他已经三天三夜没有吃喝。从狱中出来后，他四处飘零，无处为家。解禁以后，他每天以竞选日结束后一地的垃圾作为救济粮，掰掉肮脏的部分，便是一顿簇新的佳肴。夜晚来临后，他就睡在我三岁前住过的桥洞底下，以由不同竞选人丢弃的锦幅缝制成的被褥驱寒。也是在这个时候，他又一次见到了他的养父——差不多与我同一天，当时他甚至可能就在离我不远的人群中，与我同时听见那熟悉而动人的声音。那个声音曾许诺给他吃喝，并实现了。那个声音曾许诺给他音乐的教养，也实现了。那个声音未曾许诺的东西，比如爱情，也奇迹般地发生了。他因此俯首称臣。那个声音最终只提出了一个小小的要求，要他成为一枚子弹——这个要求并未以声音的方式被说出，而是在多年的如愿以偿中化为无形的指令，神的指令，他的信仰，他自然毫不犹豫地将自己发射出去，以为目的地就是流着蜜与奶的地方。他并未想过自己能活着抵达彼岸，如果死了，他反倒不会遍尝煎熬：在他因密谋流血的行动而受到审判时，在他失去自由的这十年间，在他不断地听到流言与嘲讽随风散入石牢时，那个许诺他以烈火换永生的人未曾出现过哪怕一次。重获自由之后，他数次前往那座他一度也以主人的身份打理的山顶府邸：大门紧闭，荒草杂生，无论他如何呼喊，门内都死般寂静。

与亚当再次相遇的那天，我将他领到学院的花房中，如今那个玻璃花房也早已废弃，自然环境署整个部门都于数年前撤销。一路前往花房的路上，不断有稚嫩的面庞朝我露出敬畏的笑容，招呼我，教授，下午好。

没想到你也成了教授，亚当说。他的语气中绝没有一丝讥讽，我听来却像一把刺刀。

我知道他对我没有一丝怀疑。行动前一夜，荷枪实弹的人冲进教授的房子时，他不知道我就在房子外的阴影处，大门五十米开外那棵巨大的娑罗树下面，看着教授、他和杏被逮上防爆车。我向自己解释，这一切都是为了保护他，我不可能看着他真的将自己发射出去，孤身赴死。之后的数年，我也是这么向杏解释的。每当我这么解释的时候，她总是用一种极度哀伤但不含责备的表情望着我，不发一语，就像她作为游戏的主持者那样，似乎对一切都清楚明了，不必多言。也可能是因为她知道我听不懂她的语言，她和他们共同的语言。

他甚至对教授也没有一丝怀疑，他沿花车驰行过的街道一张一张捡起散落在地上的传单，用烧焦的木炭将传单的字句涂黑，再重新递送到年轻人的手上，试图以此为暗号告知教授他的下落——他的存在。他如此渴望见到他，与他面对面交谈，只不过是为了确认自己的奉献是值得的，他必须从他口中得到那个答案，亲耳听见那个声音——尤其是在真相如此明了的情况下。他四周坚硬的石壁已经倒塌，没有什么可以阻挡他用自己的双眼看到一切了：他看到教授坐在轮椅上——浅色衬衣、驼色背心、赛璐珞眼镜，说着他曾视若神音的句子，它们精细地调整了面目，民主变成了建制，开放变成了集中，商榷变成了期待，必将变成了只能，如此种种，因一致的空洞而听上去别无二致。站在轮椅后头的，是另一个年轻人，与他不一样，肤色正常而健康，眼神中流露着重蹈覆辙般的狂热。我决定背叛时他没有明白，在悬寺苦挨的十年间他没有明白，出狱后教授的避而不见他没有明白，现在他无论如何也必须要明白了：教授追求的从来就不是改变，而是权力。假使他愿意明白的话。

第二天，当我带着面包和罐头再次来到花房时，他消失了——又一次地。我甚至没有来得及向他和盘托出准备好的解释，呈上我那颗昼夜演练的真心：我为何安然无恙；杏为何得以免除刑罚；教授——我准备把一切都推脱到他身上，那归根结底离事实也不远。我们以为自己是牌桌上的玩家，从未想过自己其实是牌。亚瑟王的游戏里只有一位玩家，那就是亚瑟王自己。

好几天，我在立法会门口寻找亚当的踪迹，均无结果。第十五天，我一张一张检查街巷的墙壁和路灯上贴着的传单，它们的标语都同样醒目而无耻，没有一张是令我费解的那种神秘的黑。第六十天，我放弃了。我开始追踪教授的宣传日程表。每一次，当他出现在街头，我都在围观的人群中仔细察看一张张面孔，看那些被阳光晒得金黄的面容中是否有那张我熟悉的、近乎透明的脸。

第九十五天，我牵着妹妹沿着曾步行过许多次的小径爬上山顶。一路上，妹妹向我告知在学校习得的新知：两栖动物演化出来的时候，地球上所有陆地还连在一起，组成一块单一的大陆，称为泛古陆。妹妹还笃信，巨嘴鸟并未真的消失，它们只是被关在了一个地方，被一位比她还喜爱这种鸟的人豢养在了一起——而他这么做，是为了保护这些鸟。当我们站在那栋紧闭着大门的宅邸前，我潦草地确认那里无人居住，也没有亚当的踪影时，妹妹突然问，你听，那是什么声音？

我仔细聆听，除了风吹拂山林的响动，并未传来任何声音。

你听，你必须用心去听，你听到了什么？妹妹问。

确实没有任何声音。

巴度，巴度，你听到了没有，是巨嘴鸟的声音，妹妹尽力模仿鸟的叫声。

我好像真的听见了，又好像没有听见。巴度，巴度。我望向妹妹，她的嘴巴紧闭着。我听见声响隐隐约约从宅邸深处发出。妹妹牵着我的手，听从鸟的呼唤。我们来到宅邸的后院，院门没有上锁。妹妹来到一扇窗户前，蹲下来，伸手扒开杂草，我看见一盏通向地下室的门。门上有一把挂锁，但锁舌并未合上。我拉开那道小门。声音似乎更清楚了，巴度，巴度。我告诉妹妹等在那里，自己摸索着走下去。

穿过长长的甬道，我闻到熟悉的味道，那种气味来自我的脚下，蚕丝编织的地毯。地毯领着我走到一间石室门口，有光线从门的缝隙处透出，有人在石室内说话，我弯下腰，透过缝隙向里面看。那是一间比教授的书房宽敞得多的房间，布置简单，仅在中间有一处圆桌，围绕圆桌正坐着几个人，我数了数，恰好是七位。一位年轻人站在教授的轮椅旁边，长着一张和亚当相似的面庞，正在主持游戏。我错愕地辨认出，那坐在圆桌边上的人，每一个我都曾在街头，在宣传海报上，在立法会门口见过。他们每个人都有自己的游行花车，我以为他们是彼此的竞争对手，从未想过会坐在一张牌桌上游戏。但更加使我惊讶的是，房间的一角，确实站着一只巨嘴鸟，黑色的羽毛，喉咙及胸部呈白色，橙黄色的喙巨大，它一动不动。假使它没有看到我，发出了一声鸟叫，我几乎要以为那是一只假鸟。

请所有人闭上眼睛，双手握拳，放在你们的面前。尽量不要发出任何声响。下面请莫德雷德的爪牙睁开眼睛，相互确认你们的身份。

我看到那七个人，一起睁开了双眼。

第二百三十五天，我去港口为尼日利亚人饯行。教授成功当选为新的行政长官，亚非拉大厦被收编为国家财产，贸易流动在本地宣告终结。第四百天，我看见一个熟悉的身影从眼前溜过，讶异之下，几乎来不及思考，如一道阴影附了上去。我跟着他穿过一栋栋雄伟的建筑，阴阳分明的小巷，潮湿的公园和各类杂货店铺，最后来到了一栋熟悉的楼宇面前。我看见父亲提着一尾新鲜的海鱼熟稔地走进我们曾经花了那么多力气摆脱的笼宿，终于不得不承认，父亲有一点说对了。一个人从事何种职业，是上帝早已规定好的，无论他如何努力，都无法摆脱自己的命运。

我的职业，和父亲一样，都是叛徒。许多年前，发现母亲将家庭日复一日积攒起的微薄财富钉在了交易曲线的谷底，父亲意识到他从工会那里习得的新思想原来如此不堪一击，做工贼的机会来得恰如其时，父亲毫不犹豫地以背叛换取了钞票，我们得以逃离苦居，搬入一间完整的公寓。工会解散，亚当的父亲就此逃往内陆，亚当也因此被收养。若干年后，当确认不能忍受所爱之人与她的爱人在地底永结同心，我以背叛换取了新妻——我不要任何利益，只要求那个说陌生语言的女人无罪释放。可我背叛的结局和父亲一样，是个笑话。亚当失去了自由，却活了下来。杏免于牢狱之灾，成了我的妻子，却并未逃离死亡的命运。二十年代到来之前的那场暴乱，救护车被堵在大游行的桥梁中央，杏的羊水沿着车门的缝隙处流淌下来，在桥面滴成湖泊，与桥下的海面彼此相望。她死后，我将那个诞生于大灾之年的女婴取名为妹妹。

我对那场暴乱的发生一无所知，或者说，早已预料。教授谋划的那场暴动失败之后，他消失了。但我想他并不会真的消失，就像他其实也从未显明过自己的存在。他一定在暗中重新组织牌局，改换游戏的策略，挑选合适的玩家——是把他们当牌，还是同他们合作。政变不到成功的最后一刻，你永远不会知道发生过多少次隐形的失败。那场最终成功实现的暴乱的操盘手是谁，我并不关心。是教授，或不是教授，又有什么区别？对我来说，我都永远地失去了杏。

我想我应该早就洞悉了教授的诡计，而教授也在事后立刻意识到了我的叛变，我们对彼此的猥琐、阴险和狡诈都心知肚明：为何在所有人都被押入悬寺的时候，唯有他和我不在其列。我从未考虑过加入他密谋策划的革命，而他，从一开始就做好了全身而退的准备。

妹妹一岁时，我牵着刚学会走路的她第一次来到海洋公园，她为那头托哥巨嘴鸟取名为巴度，尽管它面前的铭牌上清楚地写着它的名字叫托克。这是她自诞生以来发出的第一个音节，我想那是一种我所不了解的语言。

我没有将父亲的下落告诉任何人。母亲沉睡的时间越来越多。一天的大部分时间里，她都安静异常，陷在沙发的一角。久而久之，你甚至很难觉察到这里还有一个人。

妹妹定期去诊所为她开镇静剂。像所有货物一样，在那些日头迟缓的流动中，药开始紧缺，最终成了黑市的珍物。母亲偶尔在黄昏时醒来，眼角闪动着异样的光，如同冬眠已久的植物在春天的第一缕光线下舒展自己的腰肢。黄昏很快消逝，黑夜到来，母亲再次合上双眼。数月后我才发现，浴室的柜子里，药瓶早已积灰，内中空空如也。母亲靠什么维系这样漫长的昏迷，我不得而知。

二十年代尾声，狂怒的豪猪和濒死的穷人每一天随意出现在街头。巨塔的第二层已经竣工，大迁徙开始。人们争先恐后地散尽金银，只为换一张去往内陆的船票。天空每一天都澄澈空寂，我们再也没有听到过飞机的螺旋声。学校不再教授新的知识，只打发孩子们一遍又一遍地背诵相同的诗词和定理。我不相信亚当会真的就此消失，但也没有任何证据证明他仍存在于这个岛城，存在于街头，存在于我们之中。日复一日，我在空荡的学院整理着过去的图表和数字，将文档按顺序归类，擦拭花房的玻璃，收集牵牛花的种子，将它们风干，存在玻璃罐中。夜复一夜，我深藏我的背叛所带来的反噬的痛苦，辗转反侧，我不知道父亲是否也体尝到了类似的耻痛，因此才离开了我们，回到了苦居，以此作为对自己的惩罚。也可能是，当他发现思想和钞票都不能激起他生活的热情之后，他重新爬回了女人的身上。

每一天，那些手握船票的人在码头苦苦等候轮船再次入港。我从水手那里听到一个传闻，很快就会有一个仁慈而富有的将军搭乘轮船前来，“一个大人物”，他愿意对那些没有船票的可怜人施以援手，只有一个条件，找到他曾独留在这里的儿子。那个孩子，水手说，应该不难找，他患有某种先天性的疾病，使得他的外表十分独特，人们一看便知。

我忽然想到一个我从未去过的地方。于是在一个风和日丽的日子，妹妹去了学校，母亲照样沉睡，我没有步行前往学院，而是搭上轻轨，横穿大桥，来到了西南长岛。然后又乘穿山的轨道缆车抵达岛的最远端。沿着嶙峋的山岩，我手脚并用，俯身下探，终于来到裂谷深底。裂谷底部，海水只到膝下，细沙足够温柔，刚好可以容人站立。我抬头，悬寺在石壁上留下的巨大凹雕是如此奇异瑰丽，在海风的侵蚀下，它逐渐生长出新的容貌，那是一种比米开朗琪罗更为神秘的手才能雕琢出的惊心动魄。我仔细地检查着凹雕的缝隙，终于在一处残存的石室浅穴上看到一张熟悉的脸。他的头骨嵌入了石壁，剩余的骸骨凌乱地附着在石壁缝隙处生长出的藻间。远远看去，就像是一位盘腿而坐的高僧，正在石室内打坐。时间和海风会将他与石壁嵌合得更加紧密。人们将再也不能通过他的肤色辨识出他的样子。

我努力沿着石壁往上爬，爬了一会儿，又往下坠落。然后爬起来，再次往上。我的手心和膊肘鲜血淋漓，反复愈合，终于在太阳即将消失于远处的海平面时，接近了亚当的石室。我看到在那几乎只余下几块石砖的石室壁上，刻着一句话，我认出了那句话。在我玩奥伯伦的那次游戏时，亚当悄悄拉起我的手，在我的手心里写下的，也是这句话：

> 如果在林中，你寻得至高无上的幸福，就回来教我修习；如果你只收获幻灭，那也回来，我们再一道祭奉诸神。

我仍然不懂这些话的意思，但这一次，我将它们深深地记在了脑子里。很快，我就会懂的。很快。

2022 年 3 月 23 日

幻听音乐史

最初，是一封从布宜诺斯艾利斯的阿根廷国家图书馆寄来的信函引起了奥地利神经学家的注意。在信中，那位据称对音乐从无热情——他在任何时候都喜欢安静——的图书馆工作人员愤怒地咆哮："我再也无法忍受这些漂亮的旋律了！"神经学家从混乱的语句和因浸泡泪珠而变得凹凹凸凸的信纸中，诊断这不过是一位饱受幻听困扰的神经失调患者，因癫痫或是其他脑部器质性病变而导致症状的发生，具体的病症和治疗方法都必须在接受全面的检查后才可以判断。因而这位神经学家漫不经心、不失优雅地回信道："建议您就近咨询当地的医院，记得先查询保险范围。"

但这并未打消那位图书馆管理员来信描述自己幻听体验的热情。和第一封相比，第二封信显得条理非常清晰，几乎不像出自同一人之手。于是，神经学家得以了解更多有关这位患者的生平：对方从小在布宜诺斯艾利斯郊区长大，热爱足球，左撇子，擅长踢后卫，第一次发生遗精是在九岁的一个午后，做过环切手术，最终因视力问题没能成为职业足球运动员——但他怀疑实际上是因为他上了教练的老婆，对方在背后使了绊子，这才导致他去了图书馆工作。他倒并不排斥这份工作，因为他“非常喜爱为一切混乱的事物做分类”。太阳落在处女座。喜欢日本料理，最讨厌西班牙菜，因为“太混乱”。神经学家回信道：“那么，我竭诚建议您尝试一下中国菜，或许这能改变您对西班牙菜的看法。”

因为国际邮政的问题（这期间中东如以往那样发生了一次“你情我愿”的小规模战争，导致原油价格颠簸，邮政也混乱了一阵），第三封和第四封信差不多是同时寄到的。在第三封信里，对方几乎又回到了第一封信的混乱状态，言不由衷、词不达意，凭借此种无序，他的幻听对他造成的痛苦完完全全地由纸面传达到了读信人的内心：他毕竟是一位那么厌恶混乱的人。第四封则又出乎意料地展现了这位图书馆管理员的耐心，他理性客观地描绘了出现在他大脑中的乐曲，用词精准乃至巧妙，没有一个字是多余的，读信几乎等同于聆听乐曲本身，这让人很难相信这是一位从未热爱过音乐的人——如果没有对音乐的敏锐感受，你又怎能用语言第二次赋予其生命？神经学家保持着同样的耐心回复：“如果可以的话，希望我能体会到您的痛苦。”

尽管意识到此人就算在音乐方面一窍不通，也至少是个文字方面的天才，他仍然决定这是最后一次回信给对方。

几天后，神经学家把这件事当作茶余饭后的谈资同妻子在晚饭时提了那么一下。晚饭他们吃的是鱼。这意味着晚饭的时间比平时要花得久一些。因此，神经学家才面临了一阵局促的无话可说的瞬间。就是在这个时候，他突然想到，可以说一说那个未能成为职业足球运动员的图书馆员幻听症的故事。他略去了一些无关紧要的细节（比如环切手术），着重描述了对方的修辞天赋。神经学家的妻子是一位年轻的钢琴教师，当然了，她非常热爱音乐，音乐是她生命中不可缺少的一部分。但是在维也纳，几乎人人都是这么想的。她在音乐这一行并未取得多么高的成就，在听到这个患者的故事时，只是惊叹“这个世界上竟然有无法忍受音乐的人”。“不，亲爱的，幻听症患者听到的音乐和你想象的不一样。”“你是说它们实际上是很糟糕的音乐？”“甚至很难定义它们是不是音乐，大部分幻听症患者听到的不过是无序的旋律片段，也可以说，只是声音。”“可按他的描述并不是这样。”“哦，亲爱的，你知道患者总是会夸大他们的病症。”“但是亲爱的，你刚刚还赞美他用词精妙。”他们的语气和在说甜言蜜语没什么区别。

两人的争执在甜品上来之前就停止了。幸好今天的甜品只是一块巧克力，一口即可宣告晚餐的结束。当晚，神经学家在实验室彻夜观察一份脑干切片。与此同时，神经学家的妻子将这个幻听症的故事在床上转述给了她的情人。她的本意是抱怨丈夫一如既往的专断和缺乏浪漫，以讨好身侧这个刚刚充分给予她抚慰的情人。她的情人是维也纳最负盛名的交响乐团的指挥，他是那种真正对音乐有热情也有天赋的人，音乐反哺给他同样的人格魅力。年轻的神经学家太太虽然只是他为数众多的情人中的一位，但他对每一位情人都同样尊重且充满爱意，至少在和对方相处的那几个小时，他都全身心地投入，卖力地干活，在必要的时刻，说一些床上的山盟海誓，它们大多以脏话的形式呈现。——他对付女人如此有一套，正是因为他不爱她们，当他可以用指挥棒命令一整支交响乐团的时候，他又何须在意自己的那玩意儿被女人指挥？对于神经学家太太的小故事，他起初只是假装在听，后来却不由自主地听了进去。她说完很久之后（她说那故事总共也就用了不到十句话），他都没有回过神来。她只好从床上爬了起来，准备打道回府。在她把袜子卷上去准备系袜带扣的时候，他才忽然如获天启，开口道："也许他可以把他脑子里的音乐演奏出来？"她反应了一会儿才明白过来他在说什么："哦，那应该是一位不会任何乐器的可怜人。"他立刻回答道："那么他至少可以唱出来。"

也许是这一晚交响乐指挥在床上的优异表现鼓舞了神经学家的妻子——他最后说话时的不由分说让她感受到一种紧张的吸引力，使她迫不及待想满足他的愿望。第二天下午，她带着萨赫咖啡厅最著名的萨赫蛋糕探访了工作中的丈夫，并在无意中表示“能否看一眼那名患者的来信”，神经学家无奈地答应了妻子的请求——他显然觉察到妻子今天的来访不同寻常，但也找不出什么回绝的理由。况且，他面前还有另一件要紧的事：在蛋糕对工作室造成任何可能的污染前把它干掉。在他享用那块蛋糕的间隙，妻子记下了图书馆员的地址。回家后，她模仿丈夫的笔迹给他写了一封信，询问对方能否用任何方式复现他脑中听到的旋律：“我有个精通音乐史的朋友，他很希望可以听一听这些旋律，看看它们究竟是真实存在的，还是只存在于您的大脑。这对搞清楚您的疾病来源十分有必要。”妻子附上了她那位情人指挥家的地址。由于她的西班牙语并不熟练，这封去信十分简短。

这之后他们三人都把这件事忘了。因为那位患者很久也没有再来信。生活恢复如常，神经学家的妻子照例在每周日晚上去指挥家的房子，神经学家则会驱车去郊区拜访他的某位病人，为其进行心理治疗。那位病人貌美惊人，但神经学家总会有意忽略这一点。当他询问并记录下对方的梦境内容时，杜鹃在窗外发出哀啼。

半年之后，一封来信突然出现在了指挥家的信箱里。当时他刚从布达佩斯归来，完成了连续三晚的演奏会，身体疲倦但大脑亢奋。他草草将这封陌生的来信拆开后，第一页复杂的西班牙语让他立刻失去耐心，将信放在了一旁，继而走去打开了房间里的音响，阿巴多的光辉令他深陷于炉火和柔软的沙发。倦意上身时，他重新拾起桌上的来信，准备再看一眼就去睡觉。他跳过了第一页，然后发现，从第二页开始，所有的字符他都认识了。指挥家吃惊地快速把这八页来信看完，事实上，他几乎是把它们在头脑里演奏出来的——

它们大概是这样的：

19
Fl.
Ob.
Cl.
Hn.
Bsn.
ff
mp
f
f
mf
f

扫码可听

如你所见，这是八页乐谱。

他没有等到周日的晚上与此事的促成者相会时再求解，而是直接拿着信去敲了邻居的门。他的邻居是一位曾经生活在巴塞罗那的犹太人，通晓西班牙语，有智慧且为人可靠，也就是说他的嘴像神父一般紧。对方告诉他，第一页的内容是，这位图书馆管理员如何花了半年时间学习了乐理知识，然后将头脑中的音乐写了下来。是的，他没有唱出来，而是把它们直接写成了乐谱。“我尽力了，但不能保证它们每个音都准确无比。”

指挥家确信他不曾听过这样的音乐——如他情人描述的那样，他确实也精通音乐史，所以，他确信假如世界上曾有人将这样迷人的音乐创作出来，他不可能没有听过它们。

出于一种猎豹般的敏锐，指挥家意识到他或许正在经历他一生中最重大的转折，尽管他的前半生已经足够精彩，但面对这份曲谱，他清楚地知道自己此前和此后的人生之间的对比关系绝不是递进，必须是转折。三天后，指挥家和那位图书馆管理员在布宜诺斯艾利斯的托罗尼咖啡厅见面了——你们看，当事情足够引起一方的重视时，它完全可以忽略中东战争和低能的行政体系，令叙事飞速推进。我们不用知道他们进行了怎样的深度谈话——怎样解决了语言不通的问题，怎样赢得了彼此的信赖，或达成了怎样的利益关系，当叙事的主线有足够的张力时，这些都是无关宏旨的细节。十天后，指挥家带着一份厚厚的乐谱手稿回到了欧洲。他拒绝了一切演出和晚宴，当然也包括情人们的邀约，每天都闭门不出，通宵达旦、废寝忘食地研究这份手稿。当他再次出现在维也纳初春的街道上时，有三位情人离开了他，几份演绎合同告吹，他掉的十几磅肉使他看上去像个下流社会的瘾君子。指挥家并不在意，他知道他即将获得巨大的成功。

指挥家宣布三个月后，他将进行一场非常重要的演出，演出只有具体的时间安排，并没有交代曲目的细节。尽管如此，票还是立刻被预订一空。

为了保证这份手稿不会被泄露，指挥家只在深夜、在大脑中进行乐曲的排演，他担心任何一个音符的流传都会走漏这份上帝的礼物的风声。他的担心不无道理，上帝毕竟没有直接把这份礼物给他，说横刀夺爱有失准确，说因缘际会也未免太过自然。在演奏会开始之前，指挥家并没有真正思考过署名的问题——不仅因为演出结果的不确定性，还因为指挥家过于醉心脑中的排演，没有心思理会这种俗务，这个问题现在还处在某种微妙的暧昧状态中。出于这份安全意识，演奏会开始前，乐团的其他成员都没有机会看到这份乐谱。基于对乐团每一个成员稳定性的了解，指挥家对他们的才能进行了充分的肯定：“我们不需要排练，必须一次成功，只能一次成功。”

三个月后，演奏会在维也纳金色大厅举办。神经学家和他的妻子亦在观众席之列，演奏会开始前，神经学家仍然在抱怨安娜·弗洛伊德为自己的工作添了多少麻烦:“他们应该吃药!而不是把主要时间花在探讨童年上。”他的妻子得体地报以微笑,瞳仁倒映舞台中央那个瘦长的背影。

三个充满激情的和弦作为前引拉开这部四个乐章的交响乐的序曲,这三个和弦在随后亦多次出现,作为情绪的转折,提示人们勇气和信心。整首乐曲织体浑厚,在主旋律的中间总是充满着对位音形。单簧管和大管模拟管风琴效果,体现优雅的动机。不同节奏型的共置和重拍的巧妙移动是所谓天外之音。乐团的配合非常完美,一如指挥家对他们才能和稳定性的预判。确实不需要排练。实际上,当每个人以手中的乐器对这份乐谱进行有生以来的第一次阅读时,都像那位指挥家一样被深深地迷住了:与其说是他们演奏出了这首乐曲,不如说是乐曲借由他们之手完成了自己的表达。此时此刻,它才作为一个生命体活了过来。

最后一个音符结束之后,指挥家感到目眩神迷,他不得不闭着眼睛站在台上许久,才得以缓过来,当他试图用衣袖擦去额头的汗珠时,发现那不是汗水,而是满面的泪水。他这才意识到自己被一种巨大的悲伤攫住了,他觉得这是他最后一次看见太阳。毫无疑问,乐团的每个成员也都感受到了这首曲子巨大的魔力——他们不像指挥家一样早已知道乐曲的全篇,直至最后一个音符结束,他们才既以表演者的身份也以听者的身份,听完了这首美妙无比的乐曲。

当指挥家整理好了情绪，转过身，向观众鞠躬，起身之后，才发现观众席上所有观众的愕然之色。没有掌声，没有喝彩。起初他以为他们和他一样，只是被这首只应天上有的乐曲震撼，久久说不出话来。“为什么要开这样的玩笑？”第一个观众起身愤怒地说道，他的声音不大，但传染力极强。然后是第二个：“我们不接受这样的愚弄！”在确认大家对演出的观感相似，并没有弄错什么之后，人们纷纷起身离场。唯一的掌声来自一位左派艺术评论家，指挥家后来在报上看到他的文章，才明白这场演出被那位艺术评论家当成了一次嘲弄当代中产审美的后现代行为艺术。“彼得·汉德克说‘骂观众’，我说，让他们在那儿待着就行。”

观众的表现十分合理，因为他们什么都没有听到，这场演出只在整个乐团的想象中进行。

指挥家不能相信这样一个事实，他很快组织了乐团的第二次演出，观众们仍然很给面子地来了一部分，还有一些是听闻了上一次演出的结果之后好奇而来的人。大家以为这会是一次道歉，他们终于可以听到真正的音乐，发自提琴、小号和定音鼓的真实的声音。第二次演出仍然以无声的全篇结束。观众愤怒了。

指挥家没有更多的机会证明这部伟大的交响乐乃真实存在而非出自他的虚构——或他人的虚构。夏天结束之前，他死于一场车祸。这当然是个借口，在车祸发生之前，他因心碎而亡。神经学家的妻子很快找到了新的情人。金色大厅里演出轮替，维也纳将这位指挥家遗忘。

又过了一些年，另一位在柏林研究音乐史的年轻人踏访维也纳郊区的墓地，遍寻这位指挥家的墓而不得。他非常失望，只好草草买了一束郁金香放在了一个不认识的人的墓地前，以留下些什么。在此之前他已经去过了蒙古、南非、阿尔及利亚和中国，为他的博士论文寻找证据。他的论文题目是“对于近现代幻听病症中不存在的音乐的综述”。他找到的第一个病症患者是自己的祖母，和布宜诺斯艾利斯的那位图书馆员不同，他的祖母非常享受只存在于自己大脑中的音乐，“它们让我感到从不孤独”。自她丈夫去世之后，这个秘密她保守了二十年，在因肺癌弥留于病床的最后时刻，她把它们唱了出来。年轻人并没有听见任何声音，但他看见了祖母在歌唱时脸上动人的表情。他认为如果不是真的有一首感人至深的乐曲回荡在祖母的心中，她不会在这一刻返老还童。年轻人对自己迷茫的学术生涯突然产生了希望，他看见了一条不曾有任何人看见的路。

他读博士的头几年沉浸在对历史档案的挖掘中，试图从任何残章断简里找出这些不存在的音乐的蛛丝马迹。同时他钻研神经生物学和精神病理学，查阅大量的病例集，拜访知名教授，与病人进行访谈，试着拼凑出这些音乐得以产生的原因。然而结果令人失望，他慢慢发现了一个真相，这些音乐即便存在，也只能存在于人们的大脑中，无法真正显现于世。能够听到这些音乐的人什么也不做，只是聆听，让它们在那里存在，这是对待它们最好的方式，也是唯一的方式。历史现实表明，任何一位被音乐控制而妄图将之表达出来的人最终都非疯即亡。这是真正的天籁之音，是神的声音，不小心泄露于人间。

年轻人最终来到了布宜诺斯艾利斯，找到了那位图书馆员，他惊讶地发现这是一位失明的老人。“其实只是白内障。”图书馆员说。他仍然担任着图书馆管理员的工作，由于他对这座建筑物的熟悉，“我其实不太需要我的眼睛”。他们谈到了音乐，在学习了乐理知识之后，这位图书馆员也逐渐领悟了聆听音乐的乐趣：“现在我可以坦然自若地和它们相处了。”他用食指在太阳穴的位置转了两圈：“当然，我其实更喜欢勃拉姆斯，不过有时听听它们也不坏。”图书馆员对多年前拜访自己的那位奥地利指挥家后来的事并不清楚——他始终以为自己不得已将那些音乐以乐谱的方式写下来，是为了提供给神经学家以研究自己的病症，年轻人决定隐瞒指挥家的死。“在我失明之前我们还通过好几次信，”他说，“他的西班牙语流利程度让我惊讶。”年轻人决定不去探寻这其中的秘密，他用仅剩的钱支付了晚餐，然后买了一张回柏林的机票。

他完成了博士论文的写作，匆匆提交给了大学的学术委员会，然后决定去博物馆岛转转，这是柏林的秋天的夜晚，只要出门，总能遇到一个姑娘。

学术委员会的人会对这样一份论文感到费解，只有其中最有经验的那个人会露出某种古怪的微笑，表示他在另一个大学任教的时候，也曾看见过类似的论文。

论文是长达数百页的空白，只在最后一页上有这么一句话：

凡是不应说出口的，就应当保持沉默。

2017 年 5 月 15 日

* 本篇小说中使用的八页曲谱来自我的朋友 Stephen Nashef，感谢他为这篇小说写了一部“不存在”的音乐。这篇小说最初写于 2017 年，当时小说中使用的曲谱是我随意从网上找的勃拉姆斯的作品。我心想，谁能看出这是什么谱子。后来小说发表在《西湖》上，又被《海外文摘》转载。一天晚上，我接到一通陌生来电，对方问我是不是《幻听音乐史》的作者。我说是。对方问，那你小说里为什么要用勃拉姆斯的谱子？你写的不是不存在的音乐吗？我非常吃惊，但对方确实不像骗子，只好耐着性子解释，这里确实应该放一个谁也没见过的纯属原创的谱子，可问题不就在于我不懂音乐没这个本事吗？好不容易才解释明白，放谱子在那儿就是那么个意思，意思一下得了。对方最后说，写作还是要踏踏实实，不懂的东西不能随便写。此人是谁呢，原来便是《海外文摘》的主编，很懂音乐，擅作曲。受此启发，或者刺激吧，两年之后，我便请了一位老师开始学习钢琴。但仍然没有能在小说出版前写出一首“天籁之音”——如果学三年音乐就有这本事我也不来写小说了。还好我有一位精通音乐的朋友 Stephen Nashef，我便请他来为这篇小说写一首曲子，他爽快地答应了。这便是文中曲谱的由来。

全语言透镜

尊敬的先生、女士、学者和教授们：

请允许我以这样冒昧的方式将我所要说的内容呈现在诸位面前。如果不是出自必要的审慎，以及对本届（和以往历届）世界哲学大会的尊重，我绝不会使用这种故弄玄虚的形式引起诸位的注意。形式只是次要的问题，相信诸位看完我要讲的内容，便会忘了浪费在这冗余形式上的时间所引起的烦躁。一旦您明白了我要说的事，便会发现时间不再是一个问题。我们有的是时间。

不过眼下，为了使您尽快弄明白这一切是怎么回事，我还是长话短说。

首先我要说明，这封信会出现在本届世界哲学大会的“自托马斯·阿奎那以降的反分析主义伦理哲学分议场第三次小组会议”——也就是你们正在召开的这场会议——是托了我的朋友金敏珍女士的帮助，你们和她都非常熟，我不用再介绍。金女士不仅在韩国宗教哲学界享有卓著的声誉，也是一位人品高尚、热心善良的人。我和她素无交情，从未谋面。半个月之前，我在实在没有门路的情况下冒昧地给参加本次大会的所有哲学团体和个人发了邮件，只得到了她一个人的回复，这位女士不仅相信我的故事，并强烈主张我速速把那个东西寄来，连带写一封说明文件，好让她在大会上代我向其他人证实这件事的真实性。这便是这封说明信的由来。而那个东西，托了国际快件的福，已经在各位的手上了。

至于我——我是乌兹别克斯坦的一名商人。我的祖先是最早在中亚地区定居的伊朗游牧民族，受到阿拉伯人和蒙古人的侵扰，从塔吉克地区北上，最后在撒马尔罕附近的盆地扎根下来。我们曾经是个庞大的家族，家族中最显赫的是我曾祖父这一系上的某位男性，他曾在列基斯坦神学院教授天文学，当时兀鲁伯还没死。到了我曾祖父这一代，我们家族已经衰落。我祖父是一位成功的商人，性格外向大方，从小就拥有极高的语言天赋，又得益于我曾祖父有意的引导和培养，十来岁时便掌握了七八门语言。我曾祖父本想让他进神学院，延续家族的传统，可当时国家形势混乱，不安定因素太多，我祖父便决定从商。在这之前我们家族都是知识分子，在撒马尔罕算得上德高望重。经商牟利这般下等营生，实违曾祖父所愿。好在我祖父脑筋不差，手脚勤快，又有语言上的便利，经商倒也有模有样。只是在我们这个地方，经商就意味着动荡，我祖父离开撒马尔罕，迁徙于各个草原、沙漠和城镇之间，回归了祖先的那种游牧式的生活，我父亲继承了祖父的经商事业，再到我，已经是从事这营生的第三代了。

我跟着父亲和祖父在沙漠和耕地上成长。很可惜，我没有遗传祖父那样的语言天赋，至今能说的也不过只有俄语和乌兹别克语，国家独立稳定之后，连俄语也快忘光了——看到这儿您可能会迟疑，那么我是怎么写出现在您看到的这种语言的呢？我难道不是一个你们语言的熟练使用者吗？莫非有人代笔不成？请别着急，我发誓这封信乃我亲手所写，这些疑问正是我接下来将要解释的。

顺便说一句，我祖父是卖衣服的。不，他既不是裁缝，也和时尚、设计、艺术没什么关系。他卖的就是那种最基本的、符合现代人穿着规范、令人出现在城里不至于看上去像个笑话的衣服。在我们这里，假如一个生活在草原或是沙漠里的人，想要改变主意搬到城里，讨一份正儿八经的工作，就得先学会改变他的外表，把那些土里土气刺着绣镶着边的衣服脱下来，换一身合乎文明礼仪的衣服。我祖父就是干这个的。当然了，反过来也一样，若是有城里的人脑袋一热想要重返他灵魂的故土，也可以在我祖父这里买到称心如意的衣服。与其说我祖父卖的是衣服，不如说他是在售卖身份。这里面的门道没有看上去那么简单，我们是有一百多个民族的国家，想要搞清楚每个民族的文化习俗，可不是一件容易的事。

总之，我祖父在这件事上做得很成功——倒不是说他赚了多少钱，这件事不赚钱——我是说，人们信任他，乐意和他交朋友。这份事业到了我手里，已经没什么难度可言，按部就班而已。我是个平庸的人，既没有多么杰出的经商才能，也没有什么别的方面的天赋，我的客户都是祖父累积的结果，同我祖父做买卖的人，他们的后代又同我父亲交易，后代的后代又认识了我。就是这样。

或许是血液中还残存着一些祖先的痕迹，虽然没有创作的天赋，但我仍然喜欢阅读。历史、哲学、地理、植物学以及小说、诗歌，什么都有兴趣看上两眼。我祖父有一个箱子，那里面还留着一些从我曾祖父那里传下来的经书、绘本和俄国小说，一些地理图册，还有几卷发黄的小册子，写着一些稀奇古怪的符号。那是我叔祖的手稿，他是我祖父同父异母的弟弟，我们姑且称呼他为J吧。他去世得很早，不到二十岁就死于一场恶疾。没有结婚，也没有留下任何子嗣。J和我祖父的性格截然相反，已经不能用性格内向来形容，恐怕得说是达到了一种自闭的境地。他的母亲是塔吉克人，因此说的是波斯语。我曾祖父待他母亲并不好，据我祖父说是那个女人性格暴烈的缘故——多么有意思，他们一开始相爱也是同样的缘由。我曾祖父很快受不了她，给了一笔钱让他们母子离开了撒马尔罕。J直到十岁出头，才回到我曾祖父身边。他们头一次见到这孩子时，就发现他身上的奇特之处。他只讲波斯语，并且拒绝学习任何能够与其他人沟通的语言。只有我祖父能够与他简单交流。后来大家才慢慢得知，他们母子离开撒马尔罕后，搬到了费尔干纳盆地的乌兹别克斯坦的飞地生活。由于不通晓当地人的语言，娘儿俩没法与外人交往，只能相依为命。那个女人几乎没有任何文化，又说着陌生的语言，在当地人的眼里，与疯子无异。后来，她似乎真的发了疯，有一天外出后，便再也没有回来，整个人消失了。J这才被当地的村民辗转送回。这个可怜的孩子回到我曾祖父身边后，仍然固执地保持着他那独处的习惯，既不学习，也不到外面浪荡，更不和人交流。我曾祖父起先怀疑他是否遗传了母亲的疯癫，但请医生诊断后，发现他智力正常，只是由于从小远离文明，加上语言能力落后，稍有些迟滞罢了。他回来之后，便住在我曾祖父家的一间本用于修道的小房间内，足不出户，像幽灵一般生活在那个家里。随着年纪的增长，他越来越少地出现在大家面前，到最后，干脆就被大家忘了。那几卷册子，是他留下的唯一遗物。

我幼时曾缠着祖父问过那上头写着些什么，他告诉我不过就是一些没有意义的鬼画符。我起初不相信祖父说的话，趁他不在时偷偷翻看过那些手稿，那确实是我不认识的各种符号，至少，J既没有使用阿拉伯文也没有使用西里尔字母。长大后，我又翻看过一次那些手卷，再次确认那是一种不存在于这个世界上的文字。很显然，由于没有接受过任何教育，也没有读过书，J仅仅掌握了语言的发音，却没有学过文字，所以他自创了一种“文字”，那些符号就是他自创的某种只有他自己才能理解的文字。那些文字可能是他在短暂的生命中一些真正感到孤独的时刻与自己的对话。这些手卷，当然也很快就被我遗忘了。

直到不久前，我遇到了一位从瑞典来的客人，赫定先生。他自称是一位地理学家，此番旅途是为了考察古丝绸之路，为了真正融入当地的文化，需要一身衣服，因此走进了我的店铺。这位先生知识广博，极富智慧。我们一见如故。选好了衣服，我便请他坐下来喝杯茶。我们从神学聊到历史，又从数学聊到艺术，还有世界各地的市井趣闻、人生见解。我们数次谈到兰波，感叹这位早逝的天才。实际上，主要是他在说，我在一旁聆听。我的妻子为我们端送餐饭，学徒代我处理生意，等我回过神来，已经过去了三个月。因为我的好奇心，让赫定先生在我家滞留了这么久，我感到十分过意不去，便挑了几身最好的衣裳赠予他，这才起身送他出门。实际上，我那时心中挽留可惜之情倒是大于愧疚之意的。

前面说了，我是个资质平庸的人，突然遇到这样一位知识和智慧几倍于我的朋友，言谈间难免流露几分自惭，赫定先生敏锐地捕捉到了这一点，但这三个月来并没有说过什么。当我起身准备与他告别时，他突然安慰我道："语言并不是什么问题。"

"啊，什么意思？"我没理解他的话。

"关于您那位精通数门语言的祖父，毫无疑问，他的确是个聪明人。但是眼下，我是说，在这个时代，语言对我们已经不构成什么问题了。”赫定先生说完，便从衣领深处靠近喉结的位置取下了一枚小小的圆形装置，那枚装置做得相当精巧，能够灵活地佩戴在身上，那时天气尚寒，赫定先生穿着高领厚实的衣服，因此我一直没有觉察他佩戴的这件饰物。

他将那个装置给我，又冲我说了一句什么，我一时没听明白，还以为是他语速过快的缘故。低头去看那块装置，只见中央是一片圆形的玻璃透镜，箍在铜制的金属外框里面。赫定先生仍在一旁继续说话，我还是听不明白，仿佛他突然间在说一门外语。为什么赫定先生要这样跟我说话？我迷惑地看着他，他好像才想起来什么似的，笑了起来，从我手中将那块装置拿起，然后如样佩戴在我身上。神奇的事情发生了，我像戴上了眼镜的近视患者一样，赫定的声音突然清晰了起来，我又能听懂他的语言了。

“……没错，就是这样佩戴。啊，你现在应该能听懂我在说什么了。”赫定先生说。

“这是怎么回事？”我惊奇道。

我没明白发生了什么。在这之前我与赫定先生一直能够畅通无碍地交流，起先我说的是俄语——见他是外国人，我想俄语应当更有可能被他听懂，果然如我所料，赫定先生对俄语的使用几乎与其母语无异。后来我和学徒用乌兹别克语说话的时候，发现赫定先生也能听懂，于是又改用乌兹别克语跟他交流——我的俄语可不如乌兹别克语熟练。我想赫定先生既然是一位如此见多识广的地理学家，精通几门语言也是十分自然的事情了。可刚刚，当他拿下那块玻璃透镜装置的时候，说的分明是一门我不懂的语言。难道是赫定先生在跟我开什么玩笑吗？

“哎呀，真是不好意思！”赫定先生笑了，“请您原谅，不是我存心想要愚弄您。而是……我其实从来就只会讲一门语言，那就是我的母语瑞典语。在语言能力这方面，我恐怕连您也不如呢。”

我呆滞了片刻，好像有人把房间的灯关了，但很快又恢复了照明。我立刻想到第一个问题：如果他说的是真的，那他刚刚那番话应当是用瑞典语说的，可我怎么能听懂？我分明对瑞典语一无所知呀。我刚想开口说出自己的疑问，又想到第二个问题：如果他说的是真的，那我现在该用什么语言跟他说话？再说俄语或乌兹别克语，他还能听懂吗？

赫定先生似乎看出了我的窘境，眨了眨眼睛说：“请您放心，就像原先那样跟我说话就行，不管您说什么我都可以听懂。”

我这才磕磕绊绊地、像是头一次学会说话的婴儿那样张口问：“您是说，您现在在用瑞典语跟我说话？”

赫定先生点点头：“是的，阁下。非常纯正的瑞典语。斯德哥尔摩口音。”

“那我是怎么听懂的？我可从来没学过瑞典语呀。”我说。

“都是它的功劳。”赫定先生指着佩戴在我身上的那个装置说，“这是一块全语言透镜，是它让你听懂我的语言。也是它让你说出的话能被我听懂。”

“透镜？”尽管在这三个月内，赫定先生已经让我无数次对他吐露出的新鲜事物发出惊叹，但这件事还是让我感觉自己触碰到了某种理解力的边界，“就是像放大镜的镜片或是眼镜的镜片那样的东西？”

“本质上差不多。您说的是通常大家知道的凹面镜或凸面镜，那是一种最基本的情况。我们可以通过更加精准地控制和调整一块透镜的纹理，去改变它对光的接收灵敏度，甚至可以建立一个透镜系统，譬如著名的菲涅尔透镜*。我们不用在这一点上停留太久，因为这一块透镜处理的并非光线，而是语言。”

我尽量试着理解他的话：“您的意思是，这块透镜处理的是……声音？”

“这是个好问题！”赫定先生赞许地看着我，“您触及了语言的本质问题。我们先不去讨论全语言透镜是怎么工作的——要回答这个问题，就必须先回答，语言究竟是什么？”

---

* 菲涅尔透镜（Fresnel lens），又名螺纹透镜。这种透镜孔径较大，焦距短，比一般透镜的材料用量更少，可以传递更多的光，被广泛运用于灯塔上，使得灯塔在很远的距离外仍能被看见。

“以我的看法，语言由两个部分构成，文字的部分和说话的部分。”我说。

“没错。这是我们对语言的一般认识。曾经有一位了不起的语言学家，将这种常识性的认识进行了更深入的推演。他提出，语言现象分为三个部分，第一是言语活动，它是人类全部言语活动的总和，既包括个人的也包括社会的，既是心理的也是物理的，是一个混杂的系统；第二是言语，这是指完全属于个人的言语活动，只以说话人的意志为转移的组合，就像您学会了一套语言后对它的使用；第三是语言，语言是言语系统中那个独立于个人存在的部分，是完全社会的部分，仅仅凭借社会成员间的契约而存在，是潜存于一群人脑子里的语法体系……”

我已经开始走神了，我并非听不懂赫定先生的语言，但确实没有太明白他说的话。我想这不怪全语言透镜，而是我的智识问题。赫定先生觉察到了这一点，他适时地停止了这一系列有关语言学的艰涩论述。

“哎呀！我说得怕是太复杂了。让我们忘了这些枯燥的学术语言吧。总而言之，您需要知道的就是，这位语言学家认为，在各式各样的语言之间，其实都蕴藏着某种共同的规则，这些规则和文化、历史、政治、地理都无关，是语言的普遍性法则。”

“语言的普遍性法则？”

“不妨设想一下，假如我和您语言不通，彼此都不懂对方的语言，但是当我们指着这杯茶说出什么音节的时候，我们都明白对方发出的那个音节是指这杯茶。”

我隐约有些明白了：“而且我们都明白那是一个名词。”

赫定先生点点头：“是的，一个名词。虽然我们说着不同的语言，可我们的语言中都有表示你我的人称代词，有动词，有名词……这些法则的建立不是偶然发展出来的，而是一种必然的结构性结果。”

在赫定先生的循循善诱下，我总算理解了一些现代语言学的观念：“那么，这块透镜……”

“它的工作原理正是基于这种语言的普遍性法则。它看上去是一块透镜，所用的材料却并不是玻璃，处理的也并非仅仅是声波、电磁波或机械波……这背后的工艺，恐怕我无法告诉您，这是不传之秘。总之，它能够使人透过它听懂世界上的所有语言，也能使得‘穿过’它的语言被任何人理解。”

“我明白了。就像是……一个全语言翻译机器？”我说。

“您完全可以这样理解。”

“真是一个了不得的发明啊。”

赫定先生笑了笑，没有再说更多。到这里，我总算明白了赫定先生为什么说“语言并不是什么问题”。原来世界上已经有了如此精巧的发明。我在感叹之余自然还有不少疑问，比如，是谁发明了全语言透镜？只有这一块吗？如此神奇的发明为什么尚未广为人知？

我看出赫定先生只打算跟我说到这个层面为止，因此将内心那些疑问咽了下去。即便如此，我也已经心满意足。我小心翼翼地卸下那块透镜，交还到赫定先生手上，又看着他将它佩戴在自己身上。我以为我们的会面将到此为止，可就在我准备送赫定先生出门之时，我鬼使神差般想到了我祖父那位同父异母的弟弟，J。

“不好意思，赫定先生，我想再多问一句，既然您提到它工作的原理是基于语言的普遍性法则，那么我想透过它不仅能够听懂别人说的语言，也能够看懂别人写的文字吧？”

“是的，您说得没错。”

我便让赫定先生留步，令学徒去找出祖父留下的那个箱子，待打发走学徒，我将J留下的那几卷手稿取出，跟赫定先生介绍了一番这些手稿的背景。“我一直都很好奇这些手稿写的究竟是什么。”

在此之前我从未和赫定先生提及我的这位亲戚，待听我简单介绍完J的生平以及这几卷手稿的来历后，赫定先生产生了极大的兴趣，抢上前去将那几卷手稿摊开来认真查看，我从未见过他有如此冒失的举止。在他阅读那几卷手稿的过程中，我注意到他先是眉头紧锁，翻阅缓慢，继而脸色通红，额头冒汗，翻页的速度也越来越快……不知过了多久，他终于从那几卷手稿中走出来，激动地跟我说：“我找到了！我终于找到了！”

“您找到了什么？”此时我也被赫定先生激起了好奇：J究竟写了什么让这位先生陷入如此狂喜呢？

“这块全语言透镜，我之前跟您说，它折射出的是一种语言学的普遍性法则，实际上我说得并不准确。语言是一种符号，而符号，代表社会群体的普遍特征。关于这种特征如何形成，人们没有形成共识，那位语言学家所代表的结构主义学派认为这是社群结构中的个体彼此影响的结果，而另一种观点则认为，这是一种客观存在的本质特征。这就像是进化论和创世论。”赫定先生不再理会我是否能够听懂，自顾自地滔滔不绝。

“那么，这几卷手稿写了什么呢？”我终于忍不住问道。

“……不仅语言如此。”赫定先生没有回答我的问题，而是继续道，“我们之前不是好几次谈到兰波吗？当时您感慨说怎么会有这样的天才，年纪这样轻就写出如此伟大的诗篇，不到十九岁便达到了自己的巅峰。就这个问题我们之间产生了一些争论，您认为他一定是在更小的时候就受到了其他伟大诗人的影响，从他们那里获得了那些不断流传下来的文学经验，我却倾向于认为这是某种先天的经验，是属于文学本质特征的一部分。当时您巧妙地引出了另一个问题，我们发现，后世的文学母题总能从最早的希腊神话故事中找到踪影，文学家们只不过在围绕同样的一些东西打转。换汤不换药。为什么会这样？是因为这些主题、元素、风格和形式被历史性地传承了下来，还是因为它们本就是文学的普遍性法则，它必将如此存在？回到刚刚有关语言学的问题上，为什么不管是哪种语言，总是会有名词、动词、形容词，总是会形成差不多的语法特征？语言究竟是如何形成的？是因使用语言的人群的影响逐渐形成，还是因为它有某种超越性的特征，使得它必将如此存在？”伴随他的论述，他开始不受控制地手舞足蹈起来。

“要我看……我不知道。”我说，“因为谁都没法证明这一点，谁都无法证明兰波是仅凭自己创造了那些诗篇，还是通过部分的学习……”

“对对对！您真是聪慧过人。这正是重点所在，谁也无法证明。除非有一座文学上的加拉帕戈斯群岛。”赫定先生讲完这句便看着我，仿佛已经讲出了那个最关键的线索。

“加拉帕戈斯群岛，就是启发达尔文写出《物种起源》的地方？”我问。

“是的。加拉帕戈斯群岛因海洋隔绝，动植物在完全封闭的环境中自然演化，形成了诸多奇异物种，成为一座活的生物进化博物馆。达尔文受此启发，提出了进化论。”赫定先生停了停，直视着我，两眼迸出火光，“而现在，我发现了一座文学上的加拉帕戈斯群岛，它正是您祖父的这位同父异母的弟弟。”

“您是说……他留下的这些手稿，是可以与兰波媲美的文学作品？”我问。

赫定先生摇摇头：“不，不需要与兰波媲美。我想找的并不是文学上的证据。容我再做进一步说明吧。假使我们所说的普遍性法则不止存在于语言和文学，而是……”他看着我，深吸一口气：“语言和文学，它们指向的其实都是一种更高级、更本质的东西。”

“您是说，思想？”我突然间顿悟，明白了他说的是什么，奇怪的是，当我闪电般冒出这个念头后，他说的所有的话我都能够完完全全地理解，像是打通了大脑的所有神经，我在一瞬间拥有了和赫定先生同等的智慧。

“正是如此！”赫定先生瞧着我的神色间充满了喜悦，“文学、语言、思想。人具有什么样的思想，决定了他使用什么样的语言，创造出什么样的文学。我们刚刚讨论的那种普遍性规则，实际上，暗含了一种更本质的指向，人的思想是不是也具有这样一种自古以来的共通性？如果是的话，这种共通性究竟是继承式的，还是决定式的？如果我们能找到一个完全孤独的人，他从未受到过其他人群的影响，是不是就能证明这些问题？”

“哦，我明白了，我完全明白了。”我感觉浑身既松绵又有力，一种全新的经验自我身上诞生。领悟。我想到了这个词。是的，这种共通性是如此明显。无论是语言还是文学，都只是这种共通性的一种表达。

“之前我说这块透镜的工作原理，是基于语言学内在的普遍性法则。现在你明白了，这种普遍性法则所容纳的范围要广阔得多。物理学界一直在寻找一种可以兼容现在所发现的一切科学现象的理论，他们叫它‘万物至理’。艺术、科学、思想……所有的一切都应当有一个可以容纳万事万物的普遍性真理，基于这样一种万物至理的假设，我发明了这块透镜。到目前为止，它都工作得不赖。至少在语言这个层面，它成功了。我们可以毫无阻碍地沟通，便是最佳例证。可我仍不能断定这种普遍性法则是人与人相互影响的结果，还是超越了人本身而存在。为了证明这个问题，我需要一座思想上的孤岛。一个从未受到过他人影响的人，也会发明出相似的语言，创作出同样主题的故事，产生同样困惑着我们的形而上的思绪吗？一位终生没有接受过文明教育的人，也会认同自由、平等和爱吗？假如我们找到了这样的加拉帕戈斯群岛，当我们证明这种普遍性法则的超验性，我们是否也会对那些犹疑不定的思想更加坚定？那些我们一直以来所赞颂的东西确确实实就是真理，是万物至理的一部分。这将是多么激动人心的发现！我这辈子都在寻找这样一座孤岛，现在，我找到了。”

说完这些，赫定先生平静地将那几卷手稿递过来：“您祖父的弟弟留下的手稿，虽然文字简陋，但他使用这些自己发明的符号，表达了世界上最为优美的真理——他的思想。那便是世上一切问题的答案。而这块全语言透镜，也完完全全成功了。它和这些手稿，相互成就，彼此证实。”说完这句话，赫定先生便缓缓地合上眼睛，再也没有醒来。

尽管已经明白了赫定先生的意思，我仍从赫定先生身上取下那块透镜，佩戴到自己身上，去查看那些手稿是否真如赫定先生所言。只一眼，便明白赫定先生为何离世，同兰波十九岁便退出文坛的理由一样：他相信他已实现了他能做的一切。

而现在，我将这一切呈现在诸位面前，相信您通过手中的这块透镜，读到这里，也已经领悟了所有这一切。

2018 年 11 月 6 日

明日方舟

“生与死之间有一团密云。”

一

现在我们对这种疾病已知的几点症状有：其一，病人感染这种疾病后，会逐渐丧失对机动行为的兴趣。一开始病人会丧失一般意义上的以愉悦为目标的行动兴趣，譬如运动、阅读或消费，接下来则发展到最本能的生存欲望，例如食物或性。其二，伴随机动兴趣的下降，病人的机动行为亦不断减弱，社交活动降低，与外界接触减少，自我封闭。这种疾病从外在表现上看，非常接近国际标准的疾病分类ICD系统及《精神障碍诊断与统计手册》（第六版）中的“抑郁症”，唯一不同之处在于，它具有高度的传染性。这与我们目前所认知的任何一种精神疾病都有巨大的不同。这种疾病的传染方式及传染源仍在紧张研究中，医学界尚无法给出明确的解释。根据本广播接收到的信息来看，目前美国汇报病例 15730 例，确诊病例尚无法统计，因为关于该种传染病的确诊，尚无法给出临床医学上的定义……

我把车载广播关闭，熄火，拔出钥匙——这条路上停靠的一排车里可能只有我还需要进行这一系列操作。这辆我十五年前学会开的、现在仍在开着的本田思域，在这个僻静的大学家属楼里曾经也算时髦，现在看简直像是二十世纪的产品。那是我十六岁考完驾照后父亲买的——他自己至今也没有学会开车。以我当时的年纪，开车还是那个时代同龄人中少见的事。父亲买车的用意很实际，为的是让我尽可能避免接触人群，每周独自去市郊那个科研所报到，检测身体各方面数据。和妻子离婚后，我又重新开上了这辆车，为的也是尽可能避免接触人群——但目的已经完全不同了，我已经不再需要去科研所报到，只需要尽可能地安排好自己的生活，基于个人的生存目的活着，而不是为了整个人类。

假如这个故事有一天被有机缘的人——比如你——看到，你可能会不耐烦于我的絮叨，着急知道它的高潮和结局。对于我的讲述，你也未必完全信任。随着人类科技文明滚滚向前，人脑中负责记忆的海马体变得不再让人信服。这或许是达尔文的自然选择理论的一部分：当比人的大脑更精确和自动化的机器被发明出来，任何信息都能经由这些机器留存时，人的主动记录信息的器官便被动地退化了。根据马尔萨斯的经济发展原理，达尔文进一步描绘了他的假设：演变一般趋向于最经济地使用资源。经济原则可以同时解释进化和退化现象，可以解释自然界中最完善的构造之一——脊椎动物的眼睛——的退化，也能解释最微妙的动物本能行为的进化发展。人类并不总是在进化的。这些事情是我长大后才在父亲的笔记本上看到的，为了讲述方便，我颠倒了事情发展的顺序。还是从我和张展再次会面的那天说起。并且，请你放心，我的记忆力略胜于一般人，自我的大脑成熟到可以记录接收到的所有信息以来，它的准确程度就出乎一般地高。我记住这些信息早于我理解它们。从这一点看，这种大脑的过于发达在现代似乎是多余的。

关上车门，我从后备厢里拎了两袋东西出来——一袋是书，一袋是吃的和一些生活用品，然后走上这栋低层居民楼的二楼。父亲患上阿尔茨海默症以后，我每周来看他一次，通常是周末，我的病人比较少的时候。他已经不记得我的全名，只记得我姓冷。也不记得我和他的关系，但看到我也不紧张，像左手和右手在陌生的身体上相遇了。他的日常生活由汪阿姨照料，我每周带些书给他读，修理屋子，添置生活用品，丰富冰箱，通常他坐在阳台的摇椅上听广播，没有太阳的时候就坐在客厅研究棋谱，广播仍开着，放西洋音乐或是几十年前的相声、昆曲，制造响动。我们基本不交谈。他有时会问，方舟去哪儿了？我不回答，汪阿姨就会说，不就在你面前吗？他会皱起眉头，说，他不是小冷吗？汪阿姨便懒得再答。有时他问，令令去哪儿了？我不回答，汪阿姨也假装没听见。他就继续看棋谱，摆棋子，有时欣喜地叫道，打吃！有时发出一阵怪笑，说，天机不可泄露。我不懂围棋，小时候没人教过，总觉得围棋这种游戏小时候没有学，以后学也不会懂，所以我长大后也没再懂过。父亲发出的那种怪笑总让我心里感觉异样。通常我做完琐事，就陪父亲在一旁坐着，看书或是打打游戏。我打的是一个叫“明日方舟”的手机游戏，这是二十年前的游戏了，基本上已经没什么玩家，游戏虽还能打开，但早已不再更新，只不过维系最低成本的运营，一个网络游戏变成了一个单机游戏。和妻子刚离婚那阵，有几次汪阿姨还会趁父亲在阳台晒太阳的时候问，令令就没再联系过你？我摇头。后来每次都是摇头，汪阿姨也就不再问了。她在家里照顾父亲、钟令和我已经二十多年了，对谁都比我们对彼此之间了解。现在，她只照顾父亲一个人，我付她的工资比以前还多些——哪怕算上通货膨胀——仿佛借由她的劳动薪酬，创造出这个家庭仍旧人丁齐整的错觉。

我站在门口，调整了一下心情，拿出最佳状态，然后敲门。照例是汪阿姨来开的门。见到我，她接过我手里的袋子，脸色有些异常。我还没开口，便已经看到客厅里一个人坐在沙发上，父亲单人沙发的对面，听到声响，他扭过头，见到我的那一刻，一股条件反射的喜悦追光似的打在脸上，很快又消失。他站起来，伸出右手："方舟，好久不见。"

我没有去握他的右手，只也说了一句"好久不见"。父亲仍然盯着面前的棋盘，抬头看到是我，没说什么。汪阿姨放下我带来的东西，从厨房走出来，替我介绍："方舟，这位——他说是你的朋友。"

我说："我知道。"又说："他是爸爸的朋友。"

张展走上前来，用那只游离在半空中的右手朝我肩膀捶了一记："也是你的朋友。"

我没接他的话，说："汪阿姨，你不记得了吗？他来过我们家的。"

"不记得，以前来家里的客人那么多，一茬一茬的，我什么事都得忙，哪能每个人都记得住哇？"汪阿姨说完，又钻回了厨房。

张展还是老样子，和二十年前我第一次见到他时比没什么变化，变化的是我，可以承受得住他的猛力拍肩了。他的力气真大，小时候我看他像大力水手，拳头可以在墙上砸出一个洞。后来我知道那是他常年攀岩的结果。他头一次见我，跟我聊的是一门语言。他说，在现今美国的西南部曾经通行过一门语言，叫作纳瓦霍语，属于纳-德内语系阿萨巴斯卡-埃雅克语族德内语支。这种语言有个特点，它的语序是按照生命力排序的。比如说，老虎吃了羊，他们就会说，老虎羊吃。动词放在最后面。前面的名词呢，是按照他们认为的这两种东西的生命力来排序的。老虎比羊有生命力，他们就不会说，羊老虎吃。假如我们俩放一起，有天只剩下两具躯骨，他们就会猜测说，张展方舟吃。你说有意思没有？

我说，那只是猜测。他笑了，像刚刚他对我做的那样猛力拍了拍我的肩膀，对父亲说，钟老师，这孩子好玩。

其实当时我还没太弄懂他那一番话是什么意思，只是如实地记录在了脑中，包括那串很难记住的语系和语言的名字。后来才知道，张展是研究语言学的。他曾经是我父亲的学生，大学考进了我父亲工作的学校，学化学，后来去了美国，不知怎么就迷上了语言学。他的博士研究的是一门伊朗语的旁支，叫作于阗语，是一种曾经在古于阗国使用的语言，也就是现在的新疆和田附近。这门语言早已死亡。为研究这门语言，张展成了一名伊朗学研究者。他博士毕业后本打算在美国拿教职，继续他的研究，但因为二十年前那场席卷世界的瘟疫，没能在美国待下去，草草回了国——也就是他与我头一次见面的那会儿。回国后，他的专业完全派不上用场，本科所学也全部扔掉了。一个懂得二十多门语言的人，在现实生活中却骑虎难下，所学成了屠龙之技。他原有两个副业，一个是当黑导游带人去中亚游学，另一个是经营一个名为“天书广播”的播客。

后来，前者变成了他的主业，混口饭吃，后者依然是他的副业。我下车前听的那个播客，就是他的天书广播。

我的朋友不多，张展算半个。这主要是因为他了解我有问题，人格障碍，术语叫作阿斯伯格综合征，是一种泛自闭症谱系中的综合神经性问题，表现为社会化障碍、信息读取与过滤异常、行为方式刻板化。这是在我们第一次见面时他告诉我纳瓦霍语的知识后，我回馈给他的信息。当时我只能流利地背出这种疾病的病理学定义，无法向他更好地展示这是一种什么病——如果我能迅速而清晰地让他理解这是什么病，我也就没有这个病了。随着他登门拜访父亲次数的增多，他慢慢理解了我——我的问题。这让我感到轻松了一些——这就是我对朋友的定义。那些让我不再需要反复地介绍自己的问题、理解我是一个有问题的人，甚至不再觉得我是一个有问题的人的人，就是我的朋友。严格遵循这个定义的话，我的朋友仍然非常少。张展算半个是因为我们也差不多十年没见了，他并不了解这些年来我的变化，我或许需要再一次让他对我的某些异常行为进行重新理解。比如说，和钟令结婚。比如说，和她离婚。又比如说——

“我听说你现在成了一名心理咨询师。”张展坐回了沙发上。

我愣了一会儿，说：“对。”

他说：“坐呀，站着干吗。”好像他才是这个家的成员。

我便坐在他旁边，另一张单人沙发上，和他保持两个身位的距离。这是让我感到安全的距离，也是在我做咨询时，病人通常与我保持的距离。

“没看出来啊。你是怎么会……”他斟酌了一下，不知道应该怎么提出对这件事的看法，或者说，质疑。

“你是想问我怎么会选择这个职业？我是否能够胜任这个职业？还是我怎样让自己胜任这个职业？”

我替他将问题分解。

“都有。”见到我仍旧以过去的方式讲话，他起初对我产生的陌生感一点一点瓦解，从他的表情可以看出——他笑了，一个表示人类这个种群面对同类时在心理上卸下防备的表情。虽然我还能看出，他的整个状态仍然是紧张的——从他双手交叉相握放在两膝之间的身体姿势。另一方面，如果不是因为什么事，他不会在这么多年没见之后突然登门造访。他与父亲在十多年前不知为何闹翻了，此后再未和父亲及我有过联系。

“说来你可能不信，我发现这是一种帮助我解决我自己问题的方式。具体去说的话，当我以心理咨询的方式与人相处时，我发现这不仅能够帮助他们解决他们的问题，也能让我以这种特定的交流形式解决我与人相处的困扰。当然了，我所针对的是一部分具有特殊心理问题的患者，我能也只能帮助这类患者。世界上 99% 的心理咨询师可以解决 99% 有心理问题的人群，我是那 1% 的心理咨询师，我帮不了有问题的那 99% 的人群，但我可以帮助那 1% 的、99% 的咨询师都帮助不了的人群。这么说你明白了吗？”

我不确认张展是否理解了我的话，我讲得有些过于笼统了，也诚然有些拗口，也许在旁人听来我这堆话等于一个字没说，但我想，其一，张展比绝大多数人都要聪明，他既然可以通过一个族群的语言理解他们的价值观和生活结构，当然也可以通过我这类人群的语言理解我的价值观和生活结构；其二，张展也并不真的对我从事什么职业有兴趣，只是阐明正事之前的寒暄，所以他理不理解都无所谓。

“天机不可泄露也！”

张展吓了一跳，然后才明白是父亲在说话。

父亲像往常一样盯着棋盘“嘿嘿”笑了几声。我还没顾上和父亲打招呼。从他这副状态看，他应该也没有认出张展是谁。

“爸爸。”我说，“张展来看你了。”

“谁是你爸爸？！”父亲头也不抬。

我只好转向张展：“爸爸他得了阿尔茨海默症。这是一种……”

“我知道。”他打断我，犹豫了一下，又说，“我应该早点来的。”

“你确实。如果你五年前来的话，他说不定还记得你的名字。”我丝毫没有安慰他的意思。不是不想。这是事实。我不擅长撒谎——这意味着我不能说出那些具有安慰剂作用的客套话，也即谎言。这也是事实。

“我没想到钟老师会病得这么严重。”他又问，“他真的什么也不记得了？”是征询的眼神。显然他已经从汪阿姨那里得到了一些信息，但不确认。

我点点头：“连我也不认识了。只记得令令和我的名字，对不上号。不过，你要是想跟他下围棋，应该还可以。”

张展露出了极为失望的表情，似乎父亲清醒与否事关重大。

“还是说正事吧，你来是为了什么事？”我直接问道。

“是一件非常重要的事，这件事非得同钟老师商量。”

“是跟什么不知名的传染病有关的？”我问。

张展有些吃惊：“你怎么知道？”

“我是天书广播的忠实听众。”我说，“而且，你来找爸爸还能因为什么呢？总不能是因为什么语言学的问题吧。”

他尴尬地笑了笑，又想到什么：“钟老师不记得人了，还记得事吗？他的那些研究……”

“你是想问，爸爸虽然丧失了记忆力，但其他方面的认知功能还有没有所保留？”

“正是。”

“就像我刚刚说的，你可以跟他下围棋，所以他的逻辑思维能力目前还没有完全丧失，但这也是因为他保留了对于围棋这种技艺的晶体记忆。如果你拿其他方面的东西来问他，说实话，我也不确定。自从爸爸得了这个病，又退了休，就没再做什么研究了，来登门拜访的人也基本上没有了。”

“那就是说，我还可以一试？”张展的语气中透露出一丝希望。

我点点头。

张展立马从旁边的包里掏出一份厚厚的文件，抽出了最上面的几页，放在父亲眼前：“钟老师，您能看看这份文件吗？”

父亲只向那份文件瞥了一眼，眼神又游移开了，回到棋盘上，右手的一枚黑子重重落下：“吃！”

张展有些着急，把文件盖在棋盘上：“钟老师，拜托您看一眼吧，事态紧急，不然我也不会来找您。”

父亲视若无睹，伸出手把文件移开，然后把刚刚吃掉的几枚白子从棋盘上拿走。

张展站了起来，把文件递到父亲怀里，压着声音说：“钟老师，之前是我不对，您骂我骂得应该，我不该不相信您。现在又发生了同样的事情，我开始意识到，您的理论可能是正确的……这一次的疫病来势汹汹，极其古怪，除了您，我想不出更好的人来帮我了。”

父亲终于注意到了张展，也终于恼羞成怒，站了起来，把文件扔到地上，怒道：“你们是谁？走！都走！我不认识的人怎么会在我家里？小汪？小汪？”

汪阿姨从厨房走出来，看到这幅景象，一边安慰父亲，一边冲我们使眼色："怎么啦？"

我从地上捡起那几张纸，把它们交还给张展："爸爸这些年确实再没碰过他以前研究的那些东西……我看，今天还是算了吧。"

在汪阿姨的照应下，父亲转身进了里屋，见此状，张展没再多说什么，把文件整理好重新放回包里，脸色沉重，在我的陪同下走出了屋子，离开前向那扇还没关上的里屋门说了声："再见，钟老师。"

父亲把门重重关上。

张展站在楼下，似乎还不愿就此离去。他从裤兜里掏出了一包烟，抖出一根，给自己点上，冲我说："方舟，陪我抽根烟吧。"

我从他手上拿过那包烟，也抖出一根点上，吸了一口，被呛得咳起来。张展笑了，说："不是让你陪我抽，是让你陪我，我抽。你还是小时候那样。"

我咳了半天，又试着吸了一口，这回没咳，学着他吐了口烟："看来抽烟也不难。"

"是不难，可戒烟就难了。"张展说完这句话，眉头又慢慢拧起来。

"你是在哪儿学会的抽烟？伊朗、约旦还是塔吉克斯坦？还是新疆？"

"我也不记得了。"张展幽幽道，仿佛这些名字已经离他很遥远。

“这么多年，你也没结婚？”

“好过几个，都分了。你呢？”他看着我，又补充道，“你和令令结婚我倒不奇怪，为啥又离了？”

我不知道怎么回答他，只好又抽了一口烟。

见我这样，张展知趣地不再追问：“算了，这也不稀奇。”

我清清嗓子，把话题转到别处：“天书广播播的向来都是那些有关语言、考古遗迹、小国文明之类的东西，怎么最近一直在播有关精神疾病的内容？”

“你还真是我们的忠实听众。”张展说，见我主动提起这个话题，似乎解开了一些他在父亲那里受挫的郁结，“这就是我来找你父亲的原因。你既然都听了我们的广播，对这件事应该也有所了解。”

“你是说，现在的的确确有一种类似于抑郁症的精神疾病开始流行，而且，它还是一种传染病？”我总结了最近天书广播所播的内容。

“我知道这很难让人相信，但……我们所得到的信息确实如此。”张展说。

“‘你们’是谁？”我问。

“最开始是我的一个大学师兄来找的我，本科毕业后他也去了美国留学，跟我一个学校，不过他在医学院。我虽然没有往医学方向深造，但和师兄多少也有同门之谊，在美国这些年一直都有来往。他后来去了加州的一所公立医院，从事神经学和精神病理学方面的临床研究。前段时间，也就是三个月前吧，他接收了从一位同事那里转诊过来的患者，患者被诊断为急性抑郁症，他按这个诊断为对方治疗，用了一些类血清素释放药物，按常规流程留院观察，几天后，觉得可以出院，便开了药方，叮嘱对方半个月后来复诊，就放了。结果没几天，就收到对方在家自杀的消息。”张展一开口就停不下来，听上去有无数的来龙去脉，已尽量择其主干。

我看了眼手表，他敏锐地捕捉到这个细节，停住问：“怎么，你有事？”

“哦，是。一会儿有个定期的患者分享会。”我说。

“那我就长话短说吧。”张展把那根烟灭了，“这本来也没什么。我师兄只是有些自责，毕竟签了出院同意书的是患者自己，他又把患者的资料拿出来看，按患者陈述，他之前并没有抑郁症病史，大概在就诊一个月前开始出现抑郁症的症状，发展速度很快，但他的生活环境中并没有出现诱导疾病产生的突然变化。总之，疾病的发生很难解释，救治转好后突然自杀也很难解释。”张展一口气说完。

“是有些奇怪，但也没有特别奇怪。”我说。

“重点在这里，这名患者自杀后，他全家在一周内接连自杀而亡，他的父母、妻子、他们正在读高中的女儿。”

“是集体自杀？”

“不，先走的是父母，然后是妻子，最后是女儿。”

“那有没有可能是家人接受不了打击，受到影响的结果？”我问。

“PTSD，创伤后应激障碍。这确实是警方和医院一致认定的结果。除了这种解释，也没有更合理的了。此种情况虽然悲惨，但也谈不上罕见。”张展说。

我又看了一眼手表，张展抓紧继续道：“但接下来，这家医院在短短一个月内又接诊了十来例类似的患者，均按急性抑郁症诊断。这次，医院吸取教训，没有过早地将这些患者放出院，一律留院观察，就在这时，我师兄注意到一个奇怪的巧合。”

“什么？”

“之前那位得病的患者是一位虔诚的基督徒，定期去当地一所教堂做礼拜，这些陆续接诊的患者，也都是那个教会的教徒。”

听到这儿，我终于明白了张展想说什么。

“那有没有可能是集体暴力——问题出在这个教会身上？”

“这点也被排除了。我师兄觉察到古怪之后，迅速联络了其他地区的同行，这才发现他们医院的病例并非个案，美国其他地区，乃至世界其他国家，均出现了这种奇怪的现象。发病快，传统临床医治无效，且找不到集体发病的病因。”

“那么就只有一种解释了。”我直视着他。

张展看着我，凝重地点点头：“哪怕一个不懂医术的人都能看出，这已经不能用各自独立的小概率事件来解释了。毕竟，我们都是经历过二十年前那场灾难的人。”

二

父亲并不真的记得我的名字。

我的名字叫冷阳，寒冷的冷，阳光的阳。小时候，我通常会这么介绍自己：“你好，我叫冷阳，骨冷魂清无梦寐的冷，虎落平阳被犬欺的阳。”

父亲第一次见到我的时候，我就是这么说的。他则说，你好，我姓钟，你可以喊我钟叔叔。我“哦”了一声，然后又继续埋首于手中的智能机上那个叫作明日方舟的游戏。他们把我从那艘游轮上带走，经过一系列的检查，最后让我待在那间明晃晃的病房里——这整个过程中，我都一直在打那个游戏，就快通关了。后来我终于可以出院，但无处可去时，钟叔叔收养了我，不知道是不是我一直在打那个游戏的缘故，钟叔叔领我到他家时，给我改了一个名字：“他姓冷，寒冷的冷，叫方舟，挪亚方舟的那个方舟。以后我们就是一家人了。”

那个比我年长一岁的女孩，一脸茫然，下巴上还挂着一滴眼泪，但在父亲的注视下还是伸出了右手，带着哭腔结结巴巴地说：“你好，我叫钟令，时钟的钟，今天的今下面加一点那个令。”

父亲不是我的父亲，父亲是钟令的父亲。我的父亲和母亲都死在了那艘游轮上。瘟疫在船上爆发得非常迅疾。船上只有一支简单的医疗队，爆发初期，经过远程指挥，医疗队在游轮上迅速开展了抢救、消杀及隔离等行动。但由于迟迟接不到准许上岸的通知，整艘船就像一个自繁殖的病毒集中营一样，人们迅速地陆续死去。父亲和母亲各自坚持了一周和两周，隔离的客房只够一户家庭一间。等我从那个被锁住的衣柜里放出来的时候，看见客房的床上躺着母亲的尸体，父亲的尸体缩在浴室的浴缸里，而客房桌子上那个插了蜡烛的蛋糕，已经发霉变质不知多久。那是我的十岁生日蛋糕，为了庆祝生日，父母从不多的收入里挤出一笔钱，买了全家人一起去济州岛的游轮船票，却不想成了一趟通往地狱的旅程。

幸存者并非只有我一个，近千人的游轮，最终确认被感染者占 80%，死亡者占 30%。我并不是其中最悲惨的，被灭门的家庭有好几户。可不管一个家庭中死了几个人，对那个家庭来说无疑都是无法承受的剧痛。亡者的尸体除了部分用于解剖研究病毒的性状外，大部分被直接送去流动的焚烧舱集体高温焚烧，他们的名字也被集体刻在了一块高大肃穆的墓碑上，待遇与英烈无异，虽然他们对这场瘟疫并无贡献。这种兹事体大的做法唯剩昭示此场灾难残酷的意义。对此，家属们虽感无奈，却也没有反对的理由。

等我们下了船，上了岸，才知晓这场瘟疫不仅爆发在船上，而是一场全球灾难。每个国家都尽可能调动了所有资源去应对这场危机。一块块墓碑被立起，无数个残忍的故事隐藏在那些冷冰冰的数字底下，人们不敢去追忆，不敢去悼念，在劫后余生的一点点庆幸中，努力将这段记忆从脑海中抹去。“失去的三年”。年纪轻一点的，第一次意识到他们度过的二三十年和平盛世仅仅是历史上的一段偶然。年纪大一些的，没想到在经历了战争、资源紧缺和社会巨变的动荡之后，命运又一次将他们安插进了一场旷日持久的飞来横祸之中。

我被锁进那个衣柜时，父亲和母亲在里面放了足量的水和食物，还有用来排泄的空水壶和洗脸盆。对缺乏科学知识的他们来说，这个衣柜是整艘船上他们能想到的最安全的地方。住进衣柜后，我明白我必须愈加节制地使用手机，随着右上角那个电池标记内填充色的减少，每天我点开游戏的次数也越来越少，我规定自己每天只打开一次游戏，从一次两局，逐渐地变为一局，又逐渐地变为只给角色换换服饰，挪动位置。最后，我什么也不操作了，只是看一眼游戏界面，“Welcome back, Dr.Leng”。手机每天都有新闻推送，我从未点开过，因为不感兴趣。很多年后，我才逐渐学会将注意力放在不感兴趣的事物上，但那时，我还没有。最开始，父母每天会隔着衣柜门跟我说会儿话，或者是我听见他俩在悄悄地议论当日的新闻，询问各自的身体情况。后来我听到他们开始咳嗽、擤鼻涕、喘气、争吵，跟我说话的次数逐渐减少。不久后的一天，我听到敲门声，然后是有人进来的声音，母亲压抑的一阵啜泣，之后无人再说话，只听到一系列的动作，似乎在将某个房间封上。那之后父亲的声音消失了。又过了一周，母亲的声音也消失了。母亲的声音消失前的那一周，她时而跟我说几句话，时而低声啜泣，还有从未停止的剧烈的咳嗽声。她咳嗽时，我听到声音由近及远，似乎每当无法控制住咳嗽时，母亲就会尽可能地离我远点。我总是问，妈，船什么时候才到济州岛啊？母亲总是回答，明天就到了。后来，母亲的声音似乎不再波动，只是愈加微弱，那不是位置变化导致的结果，是她没有力气再说话了。有一天，她不再回答我的问题。第二天醒来，我闻到一股腐败的气味从外面游入衣柜。那股气味，是不同于我的排泄物和腐烂发霉的食物的另一种臭味。每一天，恶臭不断升级，灌满衣柜，我逐渐学会不再区分不同的臭味，而是将它们一视同仁地吸入体内。

我从来没有想过，如果游轮被准许登陆任何一个口岸再早几天，事情会变得如何不同，母亲和父亲或许就不会死去。那是一场精准打击在整个人类全体身上的灾难，岸上的残酷和海上的悲惨，没有孰重孰轻之分。悲剧的普遍性削弱了将其怪罪于任何一个个体或局部共同体身上的理由，人们只能归因于上天、不确定性和历史循环论，而作为幸存者的我们，也许应当如同瘟疫后文学家们写的那样，“相互拥抱，吻尽彼此脸上的泪水”。

我没有去想这些如果可能，也没有去做什么从此以后。父母罹难在旁人眼中对我似乎没有形成太大的打击，大家或许觉得我为时尚幼，或是认为我天生具有的心理“残疾”令我不能体会到失去至亲的悲伤。我也很快适应了新的环境、新的名字、新的父亲。新父亲是抗击那场瘟疫的关键人物之一，他是这方面医学研究的专家，在那场瘟疫中，他最先带领团队确定了病毒的分型，又在接下来的抗疫部署工作中担任了首席医学顾问，最重要的是，他将从极少数幸存者身上发现的特定抗原投入治疗药物的研发，成功地在极短时间内研发出了抗病毒药物，救下了那场瘟疫后半场的感染者。一年以后，几个国家几乎是同时宣布了疫苗的发明。在疫苗被投放临床使用一年之后，人们最终宣布战胜了那场瘟疫。

尽管居功甚伟，那几年父亲每天回家之后，面色仍然是阴沉的。客厅里挂着一幅遗像，那是他的妻子，钟令的母亲。她也死于这场瘟疫。我们住着的这户家属楼的旧屋子，是钟令母亲生前任教的学校分配的房子。虽然国家在瘟疫之后奖励了父亲一座郊区的独栋别墅，我们仍旧住在这个不到九十平方米的三居室里。三间卧室，钟令、我、父亲，一人一间。客厅放着的一架立式钢琴占据了最大的空间，那是钟令的母亲留下来的，后来成了钟令的。汪阿姨就是那时来到我家的，父亲雇佣她，负责照顾我和钟令的起居。他每天天不亮就离开，晚上我和钟令完成作业后才回来。我和钟令的差距从一开始就很明显。无论是学业还是其他方面的天赋。她总是班上的第一名，擅长演奏乐器，性格开朗。她母亲去世后，她很快就恢复了乐观的天性，总拉着我陪她弹琴，她教过我很多次怎样识谱，我都没有学会，最后只学会了打拍子。2/4 拍，嗒嗒，右手向下再向上。3/4 拍，嗒嗒嗒，右手斜向右下滑，再滑到左边，最后斜向上回到最初的位置。4/4 拍，嗒嗒嗒嗒，在空中画一个复杂的符号。学会这三种打拍子的手势，花了我七年时间。之后我们先后离开了这个家。她比我大一岁，凡事都抢先一步。她考上了首都的音乐学院。一年后，我上了一所本地的普通大学。毕业后，她先回到了家，一年后，我也重新回到这个三居室。我们结婚是她提出的想法，我虽然有些意外，但也没有拒绝。结婚后，我从我的房间搬到了她的房间。虽然已经不需要汪阿姨，我们仍旧留她继续承担这个屋子的家务工作，多出来的那一间屋子供她休息使用。那几年是这个家看上去最平静的几年。没有人知道我在想什么。

坐在车里等红绿灯的时候，我习惯性打开了手机，点开那个熟悉的游戏，查看有没有新消息。玩家的人数越来越少了，现在还在这个游戏里的玩家，基本上都是我们的人。新信息有二十八条，我逐一读毕，大多是互通战绩的，少数几条是讨论何时结束计划的，目前看来我们的计划已经成功了一大半，就快接近终点了。既然张展能注意到最近冒出来的这些奇怪的病患，一定也有其他的人发现并且在四处搜集相同的病例，他们终将汇合，彼此相认，形成强有力的组织，向权力结构上层反向施压，以引起更加广泛的关注，权威最终将认同这是一起严重的公共卫生事件，然后开始调动力量追杀病源。这个过程会很快。少数发来的几条消息，正是担心这个问题——是趁人们采取行动之前继续推动下去，还是就此收手，减小我们暴露的概率。

还有最后一条消息，显示来自一个陌生玩家，ID 是 Archaeologist_X（考古学家某人）。我漫不经心地点开来，有那么一瞬间，我窒息了。

我知道你在做什么，停下吧

只有这么一句话。我点开对方的玩家页面，显示对方的游戏级别是 92。明日方舟是一个塔防游戏，要用不同功能的抵抗军角色组合守住每一关前来攻破防守的、被矿石感染了疾病的怪物，越往后关卡越难，对角色的要求也越高，必须通过不断练级提高角色的功能属性才能过关。92 级，已经足以通过全部关卡了。一位老玩家。

后面的车开始摁喇叭，绿灯有一会儿了。

这句话是什么意思？换挡开动汽车后，我的大脑迅速运转起来。难道是对方已经追踪到了我？这不可能，没有人知道我们的计划，更没有人知道我们通过这个游戏进行通讯。莫非是有人泄密？也不可能，这个计划长达十几年，如果有人泄密早就泄了。况且，大家都在一条船上，要泄密无异于翻船一起死。还有什么可能？我想不出。

又到了一个路口，好在是红灯。

我再次拿起手机，点开游戏，回复了一条：

你是谁

红绿灯再次扭转，车流又开始移动，我把手机放下。下一个红灯差不多有十分钟才出现，我又拿起手机。新消息数为零。这时突然来了一个电话，来电显示是我的助理金，应该是问我到哪儿了。我已经迟到了几分钟，这在之前很少发生。我掐了电话，同时发送了一条快捷回复短信，告知金我马上就到。

几分钟后，我将车开进公园的地下车库，然后从车库的消防通道上到地面。这个公园在旧城区，原先是上几代市民周末休闲娱乐的去处，里面有热闹的商铺、游泳馆、餐厅、书店等。后来随着城市扩建，人们向外围迁徙，公园凋敝，商铺也逐渐消失了。建筑和那些过时的雕塑保留了下来。其中一间独栋的房子，五年前被我租了下来。房子在公园中心的隐蔽处，之前是一家小书店，空间能容纳二三十人，我把它改成了做团体咨询的场地。这不是我正式的咨询室，我的咨询室在郊外偏远处，选择这里做团体治疗是因为便宜，我承担得起，也便于最多的人就近来访。签约时的租期是五年，眼看快到了，这几天我正在想怎样谈接下来的续租问题，租金虽不高，年年增长也颇让我有些吃不消。再加上我的病人越来越少，还能定期参加这个每周一次的患者分享会的人，一小半是风一般来了就走的流动性病人，一大半是逐年沉淀下来的老病人。对此种局面，其实我应当负责。病人去医院看病，只有一个目的——尽快从医院病愈离开，心理咨询也一样，咨询师应当帮助病人尽早自助，而非永生永世绑定在咨询师身上，将咨询师当成一根走到哪儿都要带着的拐杖。而我的病人又更加特殊……

我急匆匆地穿越半个公园，终于走到咨询室门口。推开门，走进去，十几个老面孔夹杂着几个新面孔，我认出那几个新面孔是我近期接收的患者。我又看了一眼手机，消息显示为零。于是努力把刚刚那位“考古学家某人”和他 / 她发来的那条消息从脑海中驱逐，进入咨询师的角色中去。

助理金看到我，低声说，大家已经等了十分钟了。我点点头，脱下外衣，金接过拿去挂起。我走到那个围坐成一圈的病人中唯一空出来的座位前：“不好意思，今天家里有点事，来晚了。如果不影响大家的话，我们就把这次分享顺延十分钟。”

无人表示异议。

我于是坐下来，把座椅往前移了移，让这个圈子看上去更加紧密一些。“那我们就开始吧。”我按照往常的规则，先把分享活动的宗旨传达给所有人：这是一个匿名的、自主的分享活动，来的人既可以谈一谈自己的问题或是治疗的情况，分享对他人有用的建议，也可以提出自己的疑问或遇到的困境，当然，也可以什么都不说，只是聆听。来者不拒，新人旧友我们都欢迎。离开也不用特地打招呼。我们有不少病人，都是来了走，走了来，有时候甚至几年不见，又突然出现了。“人生看似无常。我有些同行，比如做婚姻咨询的，就遇到过那种突然消失，隔了两三年又出现了的咨询者，问题还是一样的问题，但是老婆换了一个。这种情况，你说它是无常还是有常呢？”

大家发出一阵哄笑。这点幽默感是我在社会化的过程中一点一点练习来的，为了让病人放松。其实我不明白这些话有什么可笑的，但经验证明它们总是有效。

我继续说：“今天的分享会，来的大多是老朋友，彼此之间也比较熟悉了。我们还是照例让新朋友先来。新来的朋友中有没有想说点什么的？”我的目光从那几张新面孔上滑过，让每个人知道我注意到了他的存在。

一段短暂的沉默后，新来的人里头有一位男性似乎有说话的意思，但又有些踌躇，大概是头一次参加这种活动的缘故。我看着他，让自己露出鼓励的微笑："我看到有朋友似乎想说点什么？"他看到我，犹豫了两三秒，然后在众人的注视下站了起来。

"坐着就好，又不是开批斗会。"他旁边的人跟他说，那是一位六十多岁的阿姨，姓蒋，是我多年的老患者了，为人很热心，常替我扮演主持的角色。

"哦，哦。好的。"他又坐下来，因为有些紧张，引发了大家一阵友好的轻笑。"我应该说点什么？"坐下去之后他又问。

"先说说你为什么来这里吧。"蒋阿姨说。

"我是从隔壁市过来的。半年前，我儿子在网上查到了冷老师的心理咨询室的信息，说是专门针对瘟疫后创伤人群的，推荐我去看看。我一开始不想去，后来我儿子又提了好几次，我想，要不死马当活马医吧，就去了。找冷老师看了几次，还是觉得心里有个疙瘩解不开，冷老师就说有这么一个分享会，建议我有时间可以来参加。"他说了这一段之后，又停下不说了，大家沉默着等待，他于是继续开口道："我孩子他妈，二十年前去世了。当时我儿子才三岁，是我一个人把他带大的，这孩子很听话，从不让人烦心，考上了很好的大学，现在又在省会找到了一份好工作。家里就剩下我了。按理说我应该从此放心了，可儿子一走，我心里反而有个念头，白天的时候想，晚上做梦也想……我总想着跟孩子他妈再见一面，怎么能见上呢，想来想去只有一条路……”

话说到这儿，大家的神情都严肃起来了。

“我知道这么想不对，可我实在憋得慌。有一晚孩子他妈托梦给我，说别想她了，她在上面过得好得很，还找到了新的伴侣，又生了一个孩子……醒来之后，我反复地想，当年死去的为什么不是我呢。我不明白啊，她身体比我好得多，为什么当年我们俩都感染了，她死了，我却活了下来？这不公平啊。”

男人说罢，抬起头看着在场的其他人，有些人与他目光交汇，流露出同情的眼神，有些则低下头，想要避开这样的探寻。总是这样的，虽然人们已经听过无数个类似的故事，坐在这里的人无一不是那场瘟疫的幸存者和受害者，每听到一场新的悲泣，人们仍然回忆起他们自己的故事，对他们来说，那是唯一的故事。

蒋阿姨说：“我也这么想过。死掉的是我儿子，活下来的是我。我也不明白是为什么。”

男人看着蒋阿姨，又将目光转回到在场的其他人那里：“你们……都是？”

“我不太一样。”男人对面一个坐着轮椅、体重看上去有两百斤的胖子说，他不断地用纸巾擦着脸上冒出来的虚汗，“我们家只有我感染上了那种病毒，但是治疗药剂派发到我时已经太晚，虽然活下来了，还是留下了一身的后遗症，每天得吃四五种药……前几个月去做检查，发现我又得了肾衰竭。现在每天早上醒来看着桌上的一堆药，我都要犹豫很久，想，到底是吃还是不吃。”

“那怎么办？”那男人问。

“我申请了肾脏移植手术，但不晓得匹配的肾脏什么时候才轮得到我。家里这几十年为了我的病已经没钱了，我也一直找不到女朋友，后来终于谈上一个，知道我得了这病，前不久跟我分了。我不怪她。”他自嘲地笑了下，“我倒是因此瘦了二十斤，再瘦一点，说不定我就不需要这玩意儿了。”他拍了拍轮椅的手靠，“反正横竖都是个死，我早就想开了，比上不足，比下有余，能多活这么些年，我已经算赚了。”

胖子的乐观似乎感染了那个男人，还有新来的其他几个人。那几个人的情况我都记得，一个是父亲最近死于瘟疫遗留下来的并发症，一个是虽然没有感染病毒却留下了深深的心理创伤的前线医疗人员，还有一个是情况相对来说最好的——因瘟疫而失去了宗教信仰的教徒。

胖子表达出的乐观并不是我想看见的。他的乐观不是我一直以来希望引导他们达成的那种。因此，当胖子看到我并没有因为他刚才的那番话表露什么赞许的时候，他适时地闭上了嘴。

那位教徒似乎有话想说。我咳嗽了一声，大家迅速安静了下来。我将目光投向他，那是一位六七十岁的老者，穿着整齐干净。这种患者通常是我尽力避免接收的，他们往往过于理性，不能很容易地放弃自己的想法。他开口道："和你们比，我应该是受那场瘟疫影响最小的了。我的小孩是医生，比较早觉察到了不对，因为她，家里人都平安度过了那场灾难。刚刚那位先生说，他觉得不公平，我想他可能是想求得一个答案。"第一个发言的男士听他这么说，向他投来感激的一眼，他继续道："其实我也是想求得一个答案。我和我老伴都是几十年的基督徒，事情发生时，我们在女儿的强烈劝诫下，停止了教会活动，但没想到，其他的兄弟姊妹却……"他没有说下去，但在场者都明白。

"我也想不明白，为什么反倒是那些最虔诚的人，遭到了这样的下场。这么多年过去了，我还是没想明白。我老伴总说，你想那么多干吗？只要相信就行了。她是跟我结了婚之后才皈依的，结果反而是我先不信了。"

差不多是时候了。我下意识看了眼手表，确认一下还剩多久。按照商议的那样，这时候应当是我的追随者发表意见的时候了。但今天，我有些犹豫，今天是恰当的时机吗？如果不能一击必中，解决这几个老大难，反而会暴露我的存在。我又想起了那条游戏里收到的消息，"我知道你在做什么"。你真的知道吗？

"这样想当然想不明白。"一个人拉了把椅子加入了我们这个圈子。是金。

金的年纪其实比我大几岁，可能是常年下棋的缘故，他看上去比我还年轻一些。一年多前，他找到了我，希望我能帮助他解决他的困境。和总是最快地信任我的那些人一样，他身上有着相似的特征：对某种事物有狂热的信仰，年纪尚轻，瘟疫是他们这辈子经历过的最严重的灾难，也是最容易让他们因为命运的改变而放弃某种信仰的事情。对于我提供的答案，他们很快就能相信，并且在这样的相信中得到解脱。

金按照我们的约定开始了他的工作。只要我低头看表，他就会适时地坐下来，成为患者中的一员，开始表演。他并不是每场活动都会加入，我会根据每次来的病人的情况，对他下达指令。我其实并不确定今天是不是让他行动的正确时机，也许是之前张展的话让我感到了前所未有的兴奋，胜利的曙光已经照耀在这片大地上。正不正确还重要吗？

“归根结底，是我们的人类本位主义思想作祟。”金接着道。大家不由得一愣，不知是因为金的加入太突然，还是因为无法理解这个陌生的词汇。

“哦，我忘了介绍自己。我是冷老师的助理，也是他的患者之一。之前都是站在一旁听大家说，今天，我也想讲讲自己的故事。”金看了我一眼，我点点头。他已经非常熟稔这一套台词，并不是死记硬背的结果，而是他纯然地相信自己说出的句子。

“我的故事可能没有你们那么沉重。”他顿了顿，然后继续道，“我曾经是一个围棋棋手，从小就喜欢下棋，也有这方面的天赋。如果没有围棋，我只是一个普通的小孩。但坐在棋盘面前，我就成了一个天才。父母看到了我身上的禀赋，从小就努力培养我，给我找当地最好的老师，去全国各地参加比赛，希望我可以走上职业棋手这条路。为了学棋，我放弃了普通小孩的学业晋升之路，每天的主要时间精力都花在下棋上。从记事以来，我的世界就只有面前的那个棋盘。”

也许是说了太多遍，金的话语中自然而然地带有一种吸引人的声音，驱使着在座的人屏息凝神地听下去。也可能是他们听过了太多凄惨的故事，金的故事令他们恍然想起还有另一种叙事的语气。

“想要成为职业棋手，就必须在二十岁之前通过定段赛。不知怎么，我参加别的比赛总能获得好成绩，考定段赛时，却总是差那么一点。或许是因为压力太大，从十六岁到十九岁，我考了三次定段赛，都没有通过。父母焦急得很，假如最后一次还是无法通过，这十几年的投入就全都作废了。他们甚至已经开始让我重新学习文化课，这样万一做不了职业棋手，我还能参加高考，上一所大学，过普通人的人生。”

金笑了一下。那笑意里已经比他第一次在我面前笑时少了许多绝望。

“最后一次定段赛，正是在二十年前。那天，就在我父母收拾好行李，准备带我去首都比赛的时候，我所在的那座城市，突然宣布封控，因为瘟疫爆发了。我没能参加最后一次比赛。定段赛在那天照常进行，我们市只有我一个选手没能有机会参加那次比赛。其他选手通常都会提早几天去首都，做些准备。我家境并不宽裕，每次都只是提前一天走。由于每年的棋手是固定的名额，我也没能在次年参加补考。从此之后，我就与职业棋手无缘了。”他又笑了一下，然后说，“这就是我的故事，很无聊吧。”

在场者均不知如何回答。一阵沉默之后，金继续开口道：

“我重新变成了一个普通人。那场瘟疫里，我和家人都平安无事。在旁人眼里，这也许已经十分幸运。可对我来说，我的人生道路却就此关闭了。我总是回想，假如我能有机会参加那次定段赛，我是会幸运地通过呢，还是依然被拒之门外？也许，我的命运就是要让我成为一个普通人？我下得确实不够好？这样的假想在我脑中盘桓了很多年。如果没有这一丝可能性，我也许反倒接受了自己的命运。可就是因为这一丝可能性，我不断地想，不断地想。这成了我几十年来的噩梦。”

金看了我一眼。

“直到认识冷老师，我对这个世界有了新的认识。”金站了起来，走到了圈子中央，低着头，双手比画着，“你们有没有想过一种可能性：在历史上，作为人类的我们，曾经遭遇过无数次灾难。有些是毁灭性的，像侏罗纪时期的大灭绝；有些则像这场瘟疫一样，仅仅消灭了一部分人群。对于我们人类来说，这种瘟疫固然可怕，可是，换一种思路，假如这个世界，这颗地球，并不是围绕人类而转，那又会是怎样一副情形呢？”金今天的表现出乎我的意料，他全情投入在自己的讲述中，从中心走出去，在人群外低着头绕圈，像是一个萨满，也像一位大师，人们的目光追寻着他，我必须承认，在这件事上，他比我有天赋。“假设这颗星球才是中心，而对它来说，我们人类才是病毒呢？”

“如果你们读过进化论的话，就会发现，进化不总是朝前的。进化总体来说会朝着最经济的使用原则发展。假如把我们人类当作这个地球生命体上的一部分来看待的话，人类的急速扩张也许就像地球得了癌症一样，最终会导致整个星球的覆灭。这时候，地球会把人类当作侵染它身体的病毒来看待，它会产生抗体，将‘病毒’控制在一个合适的程度，不会全部杀死，在接下来的一段时间内和星球继续共存，直到我们——不管是我们还是其他物种——再一次危及这个生命共同体。”金脸上露出古怪的笑容，如果不是清清楚楚地记得这些话是我一字一句告诉他的，连我都差点开悟了。

三

“生物繁殖的速度如果太快，数量会超出环境所能承载的容量，结果必然导致这种生物自身的大量死亡。不管是哪一种生物都一样。我们人类也是其中之一。只不过，人类总是认为自己是这个世界上最高级的物种。实际上，说一种动物比另一种动物高级是很荒谬的，我们主观地认为那些大脑构造最发达的动物是最高级的动物。如果从群体生存智慧的角度来看，蜜蜂无疑才是本能最为发达的动物。”

我瞧着助理武在人群中间说出这番话。他说得尚且有些生疏，也不怪他，这毕竟是他第一次表演。我低头看了看表，时间差不多了。

一个月前，警方来找我，我才得知金的死讯。他走得很快，没有遭受太多的痛苦，留有遗书一封。遗书上写，他一度丧失了求生的欲望，感到人生漫长而没有目标，后来经过心理治疗，才获得解脱，他的死与任何人无关，他死，不是因为觉得活着痛苦，而是明白了生而为人真正的意义，对他来说，活着已无意义，死反而才有意义，所以他做出了这个选择。

“一个蜜蜂群体，有一只蜂王，数百只雄蜂，上万只工蜂。工蜂负责采蜜，雄蜂负责和蜂王交配，蜂王负责繁衍。工蜂身上的刺针有倒钩，刺针的另一边连着内脏，所以蜇人后会死去。为什么蜜蜂会进化出这样的生存策略？工蜂蜇人后不用死去，回到蜂巢继续工作不是更有利吗？和直觉相反，工蜂由于没有繁殖能力，它们主要负责营建蜂巢、采集食物、照顾幼体，所以它们的核心价值是保证蜂王和雄蜂的繁殖过程顺利。因此，从一个蜜蜂群体来看，工蜂蜇人后死去的策略代价是很小的，另一方面，工蜂蜇人死亡后会发出化学信号，给其他工蜂同伴起到警示作用，并且，工蜂死亡，还避免了蜇人后将病原体带回蜂群的可能。”

我再次看了一眼手表，武终于注意到了我的动作，适时地停了下来。我站起来，拍了拍手，以示对武的演讲的认可，同时提示大家时间到了。人们开始陆续站起来，穿好外套，向外走。我留在最后，检查有没有人遗忘东西，关灯，拉下电闸，锁门。新助理武的住处跟我顺路，我便载着他一起开车回去。

武是半年前来我的诊室咨询的患者，年纪跟我差不多大，所以他认得出我是谁。也因此，他成为我的追随者要比其他人快一些。我的过去在替我背书。开车回去的时候，我照例打开了车载广播，张展的声音从广播里传出来：

> ……据目前为止的数据显示，欧洲、亚洲、美洲的汇报病例已经超过30000例，但由于我们缺乏对此种流行病的正规医学测量和统计，这个数字并不准确，我们恳请世界各地的相关专业人士联络我们，以尽快让世卫委相信这是某种传染病，引起世界各地卫生组织的重视。再次强调一遍，这可能是一场新的瘟疫，并且，比我们过去经历过的无论哪种都要棘手……

“一场新的瘟疫？”武条件反射式地抽选出了其中的关键词。

“哦，这是我一位朋友的广播，他经常播一些听起来匪夷所思的内容，都市传奇什么的，你当故事听就好。”我说，同时把广播音量调低成背景音。

“是吗？”他有些迟疑。

“你知道在现今美国的西南部曾经通行过一门语言，叫作纳瓦霍语吗？”我问。

“不知道。”

“这门语言属于纳–德内语系阿萨巴斯卡–埃雅克语族德内语支。这种语言有个特点，它的语序是按照生命力排序的。比如说，老虎吃了羊，他们就会说，老虎羊吃。动词放在最后面。前面的主语呢，是按照他们认为的这两种东西的生命力来排序的。老虎比羊有生命力，他们就不会说，羊老虎吃。假如我们俩放一起，有天只剩下两具躯骨，他们就会猜测说……你我吃。”说完我笑了笑，“你觉得这像不像一个故事。”

“确实，听着挺有意思的。不过……”

“不过什么？”

“方舟老师，和你放一块儿，应该是，你我吃。”武说，以为自己说了个不错的笑话。发现我没有什么反应后，又说：“毕竟，你是救了我们的人啊。”

“别这么说，我什么都没有做。”这句话这二十年来我已经不知说过多少次。这是实话。

武还在兀自说下去，试图表达他对我的感激："幸亏有你，我妈妈才活了下来……"

我打断他："我不是说过了吗，生与死对个体来说并不重要，重要的是整个群体的存亡，个体没有任何意义。从这点看，死去的人比活着的人更有价值。你今天表现得蛮好，可你自己好像还不太相信自己说的话啊。"

武有些尴尬："对不起，方舟老师，你跟我说的理论我还没有完全消化吸收……"

"这不是理论。"我让自己的语气强硬起来，"这是世界运行的客观真理，半年前治疗的时候，我向你展示的那些材料和证据，你没有仔细看吗？对了，还有，以后叫我冷阳，方舟已经是过去的名字了。"

"抱歉冷老师，你知道我的后遗症导致我的脑子转得比较慢……"

我在心中叹了一口气，也罢，现在已经无所谓再多一个还是少一个超级传播者了，不如放武去吧。日后他可能会庆幸于自己的迟钝，上一场瘟疫导致的残缺却成了他躲过这一次瘟疫的护盾。

我没说话，把车停到路边："到了。"

"嗯？"武不解。

"你家。"

武这才反应过来——他的大脑确实受到不小的损伤，

反应和观察总是比正常人慢一拍。他解开安全带，打开车门下去，又转过身来，脑袋伸进车内，朝我露出一个讨好式的笑容：“冷老师，那么下次治疗还是下周三？”

我点点头，没说话。武应该感受到了我的不快，没再说别的，关上了车门，又冲我挥挥手再见。我踩下油门，再次上路。没有下一次治疗了，今天是最后一次。这件事还是留待他自己发现吧。

金的死是我不希望看到的结局——至少我没想到会这么快发生，在我的追随者中，他有着不错的成为一个超级传播者的潜能。这一年来，我在他身上几乎没下太多的功夫，他很快就对我希望他领悟的东西深信不疑。培养一个超级传播者并不容易，但收益极高。当然，超级传播者的结局也可想而知，病毒最开始的毒力总是最强的，当它不断迭代，为了自身繁衍的需求，会朝着传播力更强——也即毒力更低的方向进化。我唯一遗憾的是，尚未把金送上更大的舞台。不过，就目前的情况来看，这场瘟疫的收效超出预期，我的任务，也快完成了吧。

警察来找我的时候没有问太多的事，只是按照流程摸排了一下金的人际网络，从我这里得知金近一年多来都在接受心理咨询，反而更让他们相信金是不堪忍受精神的折磨选择了自杀。

我把车停入这栋二层楼别墅的车库，这是政府奖励父亲的那套房子。五年前，和钟令离婚后，我搬到了这里。

一个人住这么大的房子其实并不方便。我一般只在一楼活动，一间带洗手间的卧房，一间厨房。客厅被我改造成了咨询室兼书房，三面是书架，中心安置沙发和扶手椅做围合空间，另一边放了一张木制的办公桌，铺地毯，边角放绿植，释放暖意和静谧。和分享会的选址不同，愿意跑这么远来这个偏僻之处的人，一定受了足够强的精神折磨。还有一点，培养瘟疫的试皿也在这里，二楼的实验室在父亲的打造下原本属于一流，但毕竟十几年过去，所有的设备都已过时老化。我原封不动地保留了实验室的所有东西，对我来说，它们是非常好的教具。父亲的思想一目了然地体现在实验室的方方面面。

但现在，是时候让父亲退场了。武是我培养的最后一个零号病人，也是最后一位看到这些资料的人。和其他人不同，我并不幻想自己会逃过制裁，我的任务已经完成了，接下来的命运如何，已不重要。我已经准备好自己的结局。

我走上二楼，没有像过去那样在缓冲区消毒，换防护服，而是直接走进了实验室，继续最后的清理工作。将所有器皿和设备用泡沫纸包上，套上塑料布，用胶带封好，所有的纸质资料分类装订在文件袋里，贴上胶布，最难处理的是父亲按照严格的保存方式保存的各类冻藏的病毒毒菌，光是将它们灭活就花了我几天时间。我把这些东西一一搬下楼，放在推车上，从后门运到别墅后院废弃的化粪池里，在上面浇上汽油。

现在，实验室基本已经空了，唯独剩下一整面墙的四块活动黑板，父亲在上面写满了笔记。许多年过去，笔迹早已风干。我把遮掩着这面黑板墙的布帘拉开，又一次审视这些由文字、分子式、图表以及杂乱的符号构成的思想，黑板左上角写着四个大字，大字外围画了加粗的圆圈：方舟计划。下面是几行方舟计划的总思想：

a. 进化一般趋向于最经济地使用资源，因此，倒退是可能存在的。

b. 选择的结果是判定是否“有用”或“适应”的唯一标准，因此，在进化中最重要的是不要被自然选择淘汰。

c. 生物繁殖的速度若使其数量超出环境所能承载的容量，结果必然导致生物自身的大量死亡。因此，生物之间存在着不可避免的斗争。这个理论适用于所有生物，也包括人。人口过多必定会使人类遭受困境。如果要寻求安慰，那也只能是在现实困境所激发的对美好生活的渴望里寻求，但不能指望这些渴望会实现。

d. 谈论个体进化毫无意义，进化是指由个体组成的种群从一代发展到下一代时总体平均结构的变化。个体的消亡乃是适应性或建设性变化的一个必要条件。

e. 灭绝也许可以通过适应性变化避免，也有可能避免不了。没有法则可以保证任何生物群体无限存续下去。

f. ……

我第一次看到这些文字的时候是十六岁。那时父亲刚给我买了那辆车，令我从此以后可以独自前往郊外的科研所报到。每个周末，他们做同样的事，测量我身体的各项数据，抽取血液，提取我体内产生的抗体，借以研究那种杀死了我父母的病毒。在此之前我和他们打交道已有五年，很熟悉整个过程，所以父亲可以放心地让我独自前去。那时，我出门已经不会再被人认出，“你就是那个幸存者”，但父亲仍小心翼翼地保护我，唯恐我患上什么疾病。他也逐渐认识到我的人格缺陷。和始终试图“治好”我病症的生父生母不同，父亲不会逼迫我做任何我不想做的事，不会要我像正常孩子一样专注学业，不会要我和同龄人交朋友，不会改正我的说话方式，一切都由着我的天性自然发展。瘟疫之后，我作为为数不多依靠自身免疫系统战胜了那种病毒的幸存者，被父亲领导的医疗小组带到了研究所。通过对我体内抗体的研究，他们很快地研究出了第一批临床治疗药物，挽救了剩下的感染者的生命。幸存者当然不止我一个，但我感染上的病毒，是尚未变异的初始毒株，毒性最强，“零号病人”“超级幸存者”，人们用修辞体现着死亡或存在的独特性；而且，我尚未成年，又是孤儿，没有太多自主选择的能力，我无法说不，也没有人替我拒绝这些修辞。世界各地接连被瘟疫席卷，陆续出现的带抗体的幸存者有几百名。我们国家虽然不止我一个参与了这项实验，也许考虑到我的身世最凄惨，形象也适于宣传，我成了那一年的“抗疫小英雄”，被媒体铺天盖地报道。当然，那些报道中，父亲才是真正的幕后英雄。后来，他收养我也便成了自然而然的事情。我一直以为我的名字是来源于那个我一直在打的手机游戏，直到十六岁那年意外闯进父亲这个藏匿于别墅的实验室，才知道我早已被命名。

那天是周末，我照例去研究所报到，汪阿姨照例带着钟令去学钢琴，父亲照例消失了好几天。在白晃晃的房间里，我伸出胳膊，针已经扎了进去，血液随负压流入针管，我突然接到父亲的电话。这是父亲头一次给我打电话。他已经说不出完整的句子，只是拼命地咳嗽，我努力听，才听出他似乎在唤我的名字“方舟”，后面断断续续地跟着“救我”两个字。我让父亲冷静，让他把他的定位发给我，然后拔掉针头，立刻出门奔向停车场。理性从来都是我的缺陷，虽然刚拿到驾照，上路以来我却从未犯过什么错。那天开车去父亲定位的地点，我感到心跳得飞快，车开到了 150 公里 / 小时，我的脚还紧紧地踩在油门上。别墅的门没有锁，不知道是父亲提前打开的，还是他从来没想过会有第二个人来这里，所以没有锁门的习惯。我冲进别墅，看见父亲躺倒在客厅，立刻叫了救护车。

就是在等救护车的时候，我头一次看到了自己的名字。我的名字就写在父亲手中的那个玻璃器皿上：方舟零号。我才知道，原来这世上很多人的命运，早已被这几个字所决定。

现在，我站在这块黑板前。只要把这些擦除，这个世界上有关方舟计划的一切证据就都灰飞烟灭了。父亲的阿尔茨海默症罹患得恰好到处，他曾经的思想已经从他的脑海中被完全地抹去。即便偶有残余，现在他也已经无法表述给任何一个人知道了。半个月前，去父亲家看望他时，我向他坦承了我所做的一切，我不确定他有没有听懂。晚上十点，我接到汪阿姨的电话，说父亲突然中风了，她正在救护车上。等我赶到医院，父亲已经被救治回来，但是完全丧失了语言功能。看到我，他双目圆睁，不知是因为愤怒还是因为激动。汪阿姨问，钟老师怎么了。我说，他可能终于认出我是谁了吧。理性从来都是我的缺陷，我确定无论他听不听得懂都已于事无补。

我拿起板擦，准备把这些笔记擦除。时间已经不多了，我卷起袖子，看到手臂上起了几排细细密密的红疹。

楼下的门铃突然响了。我的手剧烈地抖了一下，板擦差点掉在地上。会是谁呢？除了病人，没有人知道我住在这里。况且，现在已经很晚了。

我把布帘重新拉回去，把袖子放下来，关好实验室的门，走下楼。

门打开，我微微一惊。确实，除了病人，还有一个人知道这里。

“你回来了。”我说。

她没有说话。五年没见，她憔悴了不少，穿着简单的

T 恤和牛仔裤，T 恤已经卷起了边，头发剪短了，背着一个帆布袋子。和五年前差不多。只是脖子上围了一条头巾，像个美国童子军似的。我往旁边站了站，给她让出路来："进来坐坐？"

她径直走了进去，站在客厅——也就是咨询室里，不知坐在哪里好。

我指了指通常是病人坐的沙发。"坐吧。"我走进厨房，"想喝点什么？"

她仍然没有回答。于是我给自己倒了一杯水，给她倒了一杯果汁，走回客厅，在她对面的扶手椅上坐下。

"我的琴不在这儿。"这是她说的第一句话。

"你的琴在家里。"我说。

她拿起那杯果汁，喝了一口："三分之二浓缩橙汁，三分之一水。"

"一点不差。"我说。

她双手握住玻璃杯，深吸了一口气，然后直视着我："张展找过我了。"

我喝了一口水："是吗。那倒也不奇怪。"

我们沉默了一会儿。

"我知道你有很多问题想问我。我也知道你一定都不会问的。"她说。

我笑了一下，默认了她对我的了解。

"我只有一句话想说，停手吧。"她说。

我举起杯子刚想喝水，听到这句话停了下来："是你，我应该想到的。"

"什么？"

"明日方舟。Archaeologist_X。考古学家某人。"我从裤兜掏出手机，点开那个游戏，对她晃了晃，"你是什么时候注册的？我都不知道你也玩这个游戏。事实上，我就没见你打过游戏。你对这件事好像一点兴趣都没有，就像我对音乐也从来不好奇一样。"

她站了起来，走到我那张办公桌前，把水杯放下。那张办公桌乍看有些过时，桌面上压着一块玻璃。玻璃下面七零八落地压着一些照片。她俯下身，好像在端详那些照片，背脊贴着 T 恤凸出来。她比五年前也更瘦了。那张桌子是父亲的桌子，他原先在这里的办公桌，桌子底下压着的，是一些家庭照。有他们一家人的，也有我的。

"你刚来我们家的时候，和谁都不说话，总是一个人待在屋子里。我很好奇你在干吗，就偷偷注册了这个游戏。后来发现没什么意思，就没有再登录过。"她喝了一口果汁，转过身来，问我，"你不好奇我这几年去了哪里吗？"

"你去哪里都不奇怪。"我想了想又补充道，"你一定在做想做的事情。"

她说："我去了一个偏远的乡村，做乡村老师。那个村子很穷，连网络都没有。其实原本应该要有，后来国家政策下来，要保护生态，退耕还林，修建光缆的计划就暂停了。”

我说：“经济发展和自然保护永远背道而驰。这也未必是坏事。我们的社会就是过于发达了。”

她说：“我想教孩子们一点音乐，连一件乐器都没有。”

我说：“人声、鸟鸣、丝竹、风雨，音乐蕴藏在万事万物当中。没有乐器也可以无中生有。”

她说：“你能不能不要打断我。”

我说：“行。”

她拿起桌上的果汁又喝了一口，然后继续道：“我只能教孩子们唱唱歌，认认简谱。但几乎没有人有兴趣。他们也不爱上课。你玩的那个游戏我虽然没再玩过，但也一直没有删除。有天一个学生拿着我的手机玩，打开了那个游戏。他玩得很起劲，其他孩子都被吸引了，围着手机看。于是，我就许诺每次考试，得满分的学生可以打三局游戏。”

我说：“然后你的手机就借不过来了。”

她竟然猝不及防地被我这个笑话逗乐了，然后又迅速地收回了那个转瞬即逝的笑容。这好像是我们之间为数不多真正松弛的时刻，至少对我来说是。

我说：“对不起，请你继续。”

她重新坐回到沙发上，说：“就是这样，我才注意到，你仍然在打这个游戏，每天都会上线。一开始我以为你就是单纯的恋旧，或某种习惯。我观察了一段时间，发现有一个问题，你虽然每天都登录游戏，但数据没有任何变化。

这说明你只是打开了这个游戏，并没有在玩它。为什么？这不是你的行为模式。虽然你对大部分事情毫无兴趣，但对关注的东西，你一定有一个目的，而且会不惜一切代价达到那个目的。”

我没说话，而是举起右手，向下滑落再向上：“嗒嗒。这是 2/4 拍。”然后再举起右手斜向右下滑，滑到左边后再斜向上：“3/4 拍，嗒嗒嗒。”我问：“是这么打的吗？”

钟令说：“一点不错。你学会了？记得我出去上学之前你都还没有学会。”

我耸了耸肩：“所以我也会做一些没有目的也不感兴趣的事。”我又说：“再次抱歉，你继续说。”

钟令迟疑了一会儿，她知道接下来要讲的内容，一旦说出来，一切就都结束了。

“张展来找我之后，我突然明白你为什么一直在打这个游戏了。”

“说说看。”

“你不是在玩游戏，只是通过这个游戏做别的事情。能做什么呢？我打开游戏，每一项功能都点开查看，点开信箱的时候，发现里面有一封私信，不知道是我的哪个学生玩游戏的时候发出去的，他大概是在测试能不能收到别的玩家的回复。我立刻明白了，你是在通过这个游戏与其他人联络。这是你们的某种秘密联络的工具。”

“你说的‘你们’是谁。”

“在张展来找我之前，我并不清楚你们是谁，也不知道你为什么要用这么曲折的方式和别人联络。他来找我之后，所有的拼图都拼上了。你们——你，和你的其他想要毁灭这个世界的同伴。如果我没猜错的话，应该是和你一样的那些上一场瘟疫的幸存者。”

我觉得喉咙有些发干，于是又喝了一口水：“为什么你觉得我是想要毁灭世界，而不是拯救这个世界？”

“发起一场新的瘟疫，这就是你用来报复父亲的方式？”她说。

“为什么你会这么想？我只是继承父亲的思想，替他接着做他想做的事罢了。”我说。

“别说了！”她站了起来，浑身颤抖。

“这个世界上只有我和你知道父亲的思想是什么，如果你不能理解他，我觉得很遗憾。”

“不，那是一次失误。那只是一次失误。”

十六岁那年，我头一次看到父亲写在黑板上的这些文字。救护车开到别墅的时候，医护人员从车上下来，准备将父亲抬上车的时候，看到了他捏在手中的那个器皿和上面的英文字符，脸色立刻变了。车上没有足够的防护衣，他们便让我去房子里找，看看有没有可以用来防护的东西。一楼自然是没有。我上了二楼，在实验室的缓冲区，找到了新的防护服穿上，跟着上了救护车。父亲感染的是我曾经感染过的同一种病毒，幸运的是，他打过疫苗，也已经有了治疗的药物，父亲在ICU躺了一个星期后，终于醒转过来。病毒没有对他的健康产生太大的影响，只不过损伤了他的认知系统。这种认知失常，被贴切地诊断为阿尔茨海默症。这个诊断结果是多方力量的合谋，父亲的真实动机不能被泄露，否则世人将无法理解他的行动。出院回家之后，他问我，那天发生了什么事。我如实说了，他又问，方舟，你知道我过去做了什么吗？我回答，不知道。父亲非常信任我，知道我不会说谎，如果我说不知道，那确实是不知道。父亲由此放下心来。

我确实没有撒谎。我看到了实验室的黑板上父亲写的那些文字，它们清清楚楚地记在了脑海中，我当时并不知道这和那场瘟疫有什么关系。只因那时，我还不明白。后来我上了大学，在图书馆翻到达尔文的《物种起源》，我才像是从冬眠中觉醒一般，隐约明白了父亲那些文字的含义，我意识到脚下的冰面裂开了一条缝。经过那次事故，父亲再没有去过那个别墅。在一个周末，我偷偷拿了父亲的钥匙，独自开车再次去了那个地点。看着实验室里分门别类贮藏的各种或古老或新近的病菌，父亲记了好几个本子的笔记，黑板上的那些文字和符号在我脑中终于产生了意义。

父亲研究了几十年的病毒学，最终得出一个结论：不管人类的文明发展到如何先进的地步，都从未真正战胜过这些比人类历史还要古老得多的微生物，而每当人类的繁殖速度过快，导致人口爆炸式增长，对自然环境和其他物种产生威胁时，都会出现新的瘟疫，抑制住人类的扩张。天花、鼠疫、伤寒、麻疹……历史不断地循环，一次又一次地重复同样的悲剧。下一次将会是哪一种瘟疫？人类有办法从这种循环中逃脱，避免下一次灾难的降临吗？

父亲找到了他认为的破解之道：假如人类可以在下一场瘟疫来临前，就预测出是哪一种病毒被选中作为上帝的镰刀，在那之前破解病毒的代码，找到治愈疾病的方法，开发出疫苗，是不是就可以让绝大多数人逃过这场悲剧，而代价只是一小部分人的牺牲呢？下一场瘟疫会是哪一种呢？父亲开始疯狂地研究那些从世界各地找到的尚未被攻破的病毒，最终，通过海量的数据，计算、演绎、模拟，他选出了最有可能性的那一种，在笔记本上写下了“方舟计划”的设想。接下来，他需要挑选一个类似加拉帕戈斯群岛的封闭环境，投放这种病毒。他需要看到“万物设计者”在创造世界时，世界进化的全过程。人类将如何被这种病毒感染；病毒将如何迭代，发生免疫逃逸，进化新的分支；人类将如何与病毒搏斗，死亡，产生抗体，抗衡，与病毒在一轮一轮的博弈中达到平衡，最终和平共存。实验的样本既不能太大，也不能过小。一艘上万人的跨海游轮，是最合适的实验室环境。

父亲的计划成功了，我就是他的实验的关键产物。可他没有想到，这个实验室环境并不完全干净和封闭，在船上携带了病毒的飞鸟飞回了海岸，海岸边的人群又将病毒带回了内陆。病毒在大陆的扩散速度很快就追上了游轮。这要得益于人类文明的发展，发达的交通、密集的商业综合体、高强度的工作、高密度的居住区，当代生活的一切特征都是病毒爆炸的扳机。在治疗药物被开发出来之前，父亲已经失去了他的妻子。在长达六年的时间里，他不止一次地痛哭，因为不想当着孩子的面哭，他只能选择闭居在那个国家因为他投放的病毒而奖励给他的房子里。他本想选择用同样的方式自杀，却在最后一刻被他随机挑选的幸存者救活。超级幸存者。瘟疫万灵药。方舟计划。他姓冷，寒冷的冷，叫方舟，挪亚方舟的方舟。

我花了更久的时间来接受这个事实。在找到自我解脱的方式之前，我仍然和父亲生活在一起，娶了他的女儿，过着平静的生活。终于，我找到了说服自己的理由，父亲自认为找到了破解万物设计者的密钥，其实他并没有。人类仍将驯服于这个颠扑不破的设计法则，任何一种生物的繁殖速度过快，打破整个世界的平衡后，都必将遭到某种反噬，一个物种长期霸占主流生态位的状态，放在时间的长河里，都不过是一个过渡阶段。三叠纪之后有侏罗纪；白垩纪毁灭，而后新生代诞生。世界必将遵循某种法则打乱牌局，重归平衡。而那些被撤掉的扑克，被毁灭的同类，以事后的眼光看，是在奉行整个种群存续的法则。世界上并不存在一种抵抗万物设计者的妙法，从来就没有，只要没有跳出独属于物种本身的观念局限，就不可能逃脱这种命运。唯一的解脱只有一种，那就是真正理解生命运行的规律，成为万物设计者的同行者，成为狼，成为野牛，成为食蚁兽，成为云杉，成为水藻，成为蜉蝣，成为风，成为虹，成为原子，成为你，也成为我。我们就是世界万物，世间万物的命运与我有关。父亲的一切努力不过是再一次证明这个设计法则的必然。当理解这点之后，我告诉了钟令她父亲的所作所为和我的理解方式。然后，她离开了我们，不知所踪。

找到那些和我一样的幸存者并不难，但找到那些真正领悟了这一思想的人颇花了我一些功夫。既然人类将一次又一次地面临灾难，总有一部分人要为此牺牲，那么，为什么不能让这种牺牲由人类自己主动代偿呢。为了防止森林火灾，人们会提前烧掉林区积累的可燃物，这叫作“计划烧除”。对地球而言，作为病毒的我们，在每一次滚雪球般成倍繁殖的时候，假如也主动削弱自己，是不是就可以避免地球产生自体免疫反应，引发毁灭性的大火呢？

计划烧除，这就是我的目的。病毒由我亲自挑选，这种病毒就是我所领悟的有关万物设计者的一切，这种思想本身。我不懂病毒学，可我清楚地意识到，精神的瘟疫比实体的瘟疫更为强大。即便我没有主动制造这场瘟疫，当代人类的精神状态也已积累了足够的可燃物。如不加以烧除，便会发生更加严重的灾难，战争、倾轧、暴力。更关键的是，人类芜杂的思绪将在一条没有救赎也不可能有出口的莫比乌斯带上走下去，万劫不复。只有真正领悟了造物主的思想，才会将死亡看作生存的一部分，视死如归。

我没有告诉钟令，其实父亲早已疯了。黑板的右下角，父亲的笔迹渐趋狂草："太平盛世让我狂躁""苦难暗示了造物主某种更高深的意图""没有任何法则可以保证生物群体无限存续下去""人类现在的模样是进化的最终形式了吗""突变"——父亲在这两个字外面画了加粗的圈——"人类必须产生突变，才能突破当前的限制"。

二十年前的那场瘟疫真的是一次失误吗？父亲在投放病毒之前，怎么会没有考虑到一艘游轮并不足以构成真正完美的实验室环境呢？他在潜意识中是否已经觉察到自己努力的无效，他的本意是要通过实验获得抗体，从而攻克那种病毒，可最终造成的结果却如同一场非计划的计划烧除。

"张展也知道父亲做了什么吗？"我问。

"不，他不知道。他只是听父亲说过，人类将无可避免地经历一次又一次的瘟疫，这是一个无法解开的循环。因此，必将有一部分人类为了整体人类的生存牺牲自己，不管他们愿不愿意。他当初因为不赞同父亲这番荒唐的说辞同他大吵一架，而现在发生的事情，让他重新想起了父亲当时的那番话。"她说，"他去找你的时候，你说你并没有听父亲说过这些。所以，他才来找了我。"

“我确实没有听父亲说过这些。”我说。

钟令盯着我，笑了：“父亲总以为你不会说谎，不知道你掌握了另一种说谎的方式。你没有听父亲说过这些，你是看了他写下来的笔记。”

我站起来，准备送客。一切都已经结束了，没有必要再进行这无谓的争辩。突然间一阵天旋地转，我努力稳住自己：“我帮你叫车吧，再晚就叫不到了。”

“你的目的已经达到了，还要再死多少人你才满意？”她问。

我掏出手机，点开叫车软件，十分勉强地在上面敲字：“你住在哪里？”

她没有回答。

我笑了笑说：“还是说，你住的地方连网络都没有？出租车不去？”

我语气中的讥讽彻底激怒了她。

“为了报复父亲，你牺牲掉这么多人的生命，值得吗？”她问。

“像你一样躲进一个桃花源，教一群原始人读书就是值得的吗？”我问，“你觉得一言不发地转身离开就高尚，留下来照顾那个连自己名字都不记得的傻子就无耻吗？”

啪——

我猝不及防地挨了她一巴掌，差点被她这一下打晕过去。我跌倒在扶手椅上，又从扶手椅上滑落下去，她也没有想到我会如此不堪一击，下意识地走过来想要扶我。“别过来。”我说。

“对不起。”她说，“这五年我也过得非常痛苦。”

我慢慢从地上爬起来，像个小丑似的重新坐回扶手椅上。病程走得极快，我觉得身上忽冷忽热，一半在炎夏，一半在冻原。

“我没在杀人，你看到的不过是拼图的一个局部。”我说。

她的嘴角抽搐了一下：“这个时候你还要重说一遍五年前你试图贩卖给我的那套理论吗？”

“这些人的牺牲是必然的。”我无视她的抗拒，用一种我深信不疑的耐心继续道，“我做的事不过是为了防止一片森林发生火灾，提前将那些危险的杂草烧掉。难道你觉得这些主动选择去死的人，能够逃得过等在后面的，真正的、可怕的、必然的精神瘟疫吗？如果没有我，死掉的人只会更多。贫富悬殊、极权统治、保守主义、虚无主义……任何一种人类社会劣根性的扩散，都足以消灭他们。”

“杂草。”她说，仿佛在自言自语，又或者是我逐渐听不清她的声音，“如果有什么植物妨碍了我们的计划，或是扰乱了我们干净齐整的世界，人们就会给它们冠以杂草之名。可如果你本没有什么宏伟的计划，它们就只是简单的绿影，也一点不面目可憎。”

“什么？”我问。

“这是我最近给孩子们念书时读到的一段话。我不确定我领悟了什么，只是觉得它似乎在讲一个深刻的道理。比你告诉我的那些要深刻得多。”她的眼神在空中飘了一会儿，然后再次回到我身上，“我是你实验的第一个试验品，是吗？”她问。

我没有回答。

她把脖子上戴的那条头巾绕过头顶拿掉，我看到一圈疤痕出现在她的脖颈上。

“如果是的话，告诉你，你成功了。但我选择这么做，不是因为我相信了你的这套理论，而是因为我太痛苦了。”

我说不出话来。我很想告诉她事实并非如此，但实在是没有什么力气，寒冷和疼痛不断对我进行突袭，我感觉大脑里有一把机关枪在突突突地随机扫射。

“我去的那个地方不是什么桃花源，是我母亲出生的地方。我在那里找到了一棵树，准备把自己吊死，但是功亏一篑，被人救了下来。我于是在那里住了下来，但每一天都还是想死。我反复地想，我的父亲是个罪人，我的母亲就是因他而死。你的父母也是因他而死。世上那么多无辜的人，都是因为他痛苦地死了，或是痛苦地活着。你想报复父亲，我也一点不反对。我比你更恨他。”

“水。”我艰难地打断她。

“什么？”她问。

我指了指脚下的水杯，刚刚被我弄翻了，水洒了一地。

她终于意识到我真的不太对劲了。她弯下身子试图捡起那个杯子，我指了指办公桌上她的那杯果汁："那杯就好。"她飞快地拿过来递给我。我示意她放在地上，退后两步，我弯下身子拿起来，一饮而尽，然后猛烈地咳起来。这种似曾相识的反应显然引起了她的怀疑。

"你怎么了？"她问。

"别靠近我。"我命令她，"我没事。"

"真的？"

我努力挤出一个笑容，摇摇头："请你继续。如果你还有什么想说的。"

"在那个村庄住下之后，有几位村民认出了我，或者是从我的脸上认出了我母亲的痕迹。他们有时来看望我，会告诉我一些我母亲小时候的故事。他们说，母亲小时候体弱多病，一场流感就曾经差点要了她的命。我也依稀想起来，母亲似乎总是在生病。他们感叹，幸好母亲嫁给了父亲。母亲去世多年的消息并没有传递到这里。我突然意识到父亲为什么会犯下那种错误。他害怕母亲无法在一场席卷人类的瘟疫中活下来，所以，他必须在这件事发生之前找到破解它的方法。"

两行眼泪沿着她的脸颊流下来："我活了下来。也许在你看来，这种简单的解释就能让我决定活下来是虚伪的表现。但无论如何，我决定活下来。我没有原谅父亲，我只是想到，父亲是个罪人，可你什么都没有做错。你知道为什么我一直在登录那个游戏吗？其实只不过是为了上去看一眼你，看到你在线，就好像我们之间还有联系。”

我的大脑嗡的一声，眼前一黑，仿佛有无数只苍蝇齐刷刷地迎面撞上了我的眼球，然后又逐渐散去，它们散去的时候也一丝一丝抽走了我的视网膜。我好像没听明白钟令在说什么，又好像感觉有一道光线从厚厚的乌云中钻出来，可它转瞬即逝。我感到一只冰凉的手抚在我的额头上。

“你怎么烫成这样！”她惊叫道。

“二楼实验室的缓冲区有一套防护服，你把它穿上。”我说。

“我不去。”她说。

“你去穿上，我也有一些话要跟你说。但不是现在。等你穿好了我再告诉你。”我说。

她这才站起身来，然后迅速地跑上楼。趁她不在，我把衣袖卷起来，胳膊上的红疹完全扩散了。我整个人现在看起来应该就像一只被煮熟的龙虾。我从扶手椅上挪到地上，然后躺下来，地毯的绒毛包裹着我，支撑着我的背部，这让我感觉舒适了一些。过了差不多有一个世纪，我听到脚步声重新出现。我摸了摸裤兜，里面有一个打火机，这本该是我去做的事。现在，时间可能不容许了。

她重新出现在我的视野里，已经穿上了白色的防护服，戴上了口罩和护目镜，我们都是经历过那段历史的人，她对于这套动作并不陌生。她又递给我一杯水，是一杯新的水。我接过来抿了一口，害怕再次咳起来，会造成大面积的飞沫。

“现在你说吧。”她说。

“我要请你帮我完成一件事。”我从裤兜里摸出那个打火机，放在她手上，“证明父亲做过的事情的所有证据，有关方舟计划的一切，都在后院那个化粪池里，汽油已经浇好了，剩下的只有一件事，点燃它们。”

“为什么要我去做这件事？”她惊恐地看着那个打火机。

“因为我快死了。”我努力把这件事说得波澜不惊，“当然，决定权在你，我不能强迫你。”

她怔怔地看着我，仿佛不能理解我在说什么。

“你认为我做这些事就是为了报复父亲，”我想了想，摇了摇头，“但我完全可以理解他为什么这么做。他的错误只是在于他对世界的理解程度还不够。也许我的理解也不对。可我必须相信我是对的，就像父亲也必须完全相信他是正确的。如果连我自己都不相信，又怎么能让其他人相信呢？我才是我实验的第一个试验品。二十年前，我的父母成了瘟疫的祭品，现在，轮到我了。”

她把那个打火机扔到远处，从口袋掏出手机，颤抖着在手机上敲着：“我帮你叫救护车，你不会死的。还来得及。”因为戴着手套，影响了手机的操作，她试图把手套取掉。

我制止住她：“我感染的是一种新的病毒。你叫人来只会引发不可挽回的后果。”

她停止了动作：“一种新的病毒？”

“在灭活父亲保存的那些病毒时，我保留了一种，是父亲的笔记里预言的下一场瘟疫的病毒，那种病毒比二十年前的那种要猛烈得多。它会在很短的时间内杀死宿主，比埃博拉还要迅疾。一个人同时幸免于两种病毒的概率有多少，我想知道。”

她的眼泪还在无法控制地往下流，防护服如此闷热，这样穿着哭泣会很难受吧。我于是举起右手，嗒嗒，右手向下再向上。3/4 拍，嗒嗒嗒，右手斜向右下滑，再滑到左边，最后斜向上回到最初的位置。4/4 拍，嗒嗒嗒嗒，在空中画一个复杂的符号。

“这样对吗？”我问。

“对，对。”她再也忍不住了，放声大哭。

“你走了以后我才学会。学会之后我发现打拍子一点也不难，我为什么非得等你走了以后才学会呢。”我虚弱地笑了笑，“你必须活下去，好好活下去。”

“为什么。”

“你是这场精神瘟疫的幸存者。你难道还不明白吗？”我笑着说，“你不是我的试验品，却是这场瘟疫的第一个幸存者。现在，轮到你去做许多事了。去告诉人们，有关那些杂草的故事。”

我的视线越来越模糊，在闭上眼睛之前，我听到了她离开我的声音，也许是去捡那个打火机。我已经做完了每一件我应当去做的事。等待我的不是死亡，而是成为狼，成为野牛，成为灰烬，成为尘土，成为养料。我仍然活在这个世界上，以另一种形态成为世界的一部分。

再见了，父亲。再见了，万物设计者。再见了，幸存者。

大火将焚烧七天七夜。

2020 年 3 月 9 日

和平精英

第五千八百六十三次我被一把 M4 射死。但眼下，我们运气还不赖。落地之后有很长一段时间布鲁斯不见踪影。我们都以为他命丧于降落失败，挂在了哪个烟囱顶上，或被松柏上结出的锋利冰柱贯胸而亡。这死法虽然罕见，但不离奇，顶多有些耻辱。不过在战场上，死了就是一种耻辱，不管是死于一把轻机枪还是一柄十字弩。这版图上的大部分人都是来送死的。我们也是。直到一个黑鬼突然从地下冒出头来，朝我们跑过来，右手还握着一把手枪。一把手枪，你瞧瞧。雪地上的脚步声咔嚓咔嚓清脆地响，一听就是个蠢货。电动李察在按下扳机的前一秒偏离瞄准镜，侧头大喊，你还没死？然后是一记震天响的枪声。我循着声音望去，李察趴在酿酒厂主楼西面的屋顶上。你他妈有病？屈伏塔跐脚在原地跳。子弹贴着他的头皮划过，我闻到一股轻微的焦味。别紧张，我试试枪，李察说。一把喷子试个屁，屈伏塔把烧得卷曲了的头发捋下来。李察在屋顶上疯狂大笑。在这里人人都不正常。人在这里就是会变疯。不过在别的地方，我想也未必会好到哪儿去。

你们必须得看看这是什么。布鲁斯将那把手枪平握在手里，手柄是暗红色的，枪管比一般手枪要粗一圈，也更短。我一眼就认出来，那绝对不是一把手枪——不是一把能杀死人的枪。你们在那里干吗？我们得走了，有人去找过车没有？对了，我这儿多一个八倍镜，有人要吗？不过最好是拿一个步枪枪补来跟我换，李察在屋顶上噼里啪啦地喊。别管他，屈伏塔说。他从布鲁斯手里拿起那把枪仔细检查，翻过来转过去。我从来没有见过这种枪，他说，然后看着我。我也没有，我说。但是我有 80% 的把握，这是一把信号枪，我又说。

这不可能，屈伏塔说。

除此之外我想不出别的，我说。

你在哪里捡到的？屈伏塔问。

就在那边，布鲁斯指着他从地下冒出来的方向，那片酒窖里，就放在地上。

屈伏塔露出难以置信的神色，就这样放在地上？

是的。

周围没有别的踪迹？死人，或是活人落下的背包？对了，你没听见什么脚步声吧？

没有，我反复确认过了，所以花了一点时间才过来。

屈伏塔又重新把枪举到眼前查看。我的天！李察的声音从背后传来。不会吧？你们从哪儿弄到的这个？李察凑上来，夺过屈伏塔手里的枪。这是——

这把枪不属于我们。屈伏塔的语气中带着恼怒，他很少会这样，从任何意义上来说，他都是我们中最稳重的那个。在这个四人小队里，他是那个当仁不让的队长。起码我是这么看的。我想布鲁斯也没什么意见，毕竟他加入我们没多久。就一小会儿。也就是从飞机上到现在。

屈伏塔试图从李察手上把枪夺回来失败了。把它给我，他说。

开什么玩笑？这是我们活下来的唯一可能，李察说。

但它不属于我们，他说。

就像活着不属于我们一样，李察说。

没等大家来得及反应，一发子弹射向云霄。一种不尖锐的破空声缓慢地上升。我们向天空望去，那枚信号弹在空中开出粉红色的眩光，山茶花在冬天绽放，就像不属于我们一样。

你知不知道你干了什么？屈伏塔吼道。谁也没有经历过这种事情。能看得出李察也是头一次，他支棱在原地，脸色不大好，朝我们苦涩地一笑。还真是把信号枪，他说，我以为是把 R45。他右手缓缓垂下，敷衍似的又看了一眼枪，说，我真这么以为。瞎子都能看得出来那和 R45 和任何一把在这块版图上、在任何一块版图上能够找到的手枪都相差甚远。

26.5 毫米口径，看形状应该是从“二战”德军使用的

Leuchtpistole 34/42 改良过来的，布鲁斯一边说一边盯着那把枪，李察和屈伏塔一时都没反应过来他在说什么。布鲁斯自然地从李察手里把枪拿过来，用右手中指指关节敲了敲枪身，继续说，没错，硬铝合金的枪身配合低碳钢的枪管，通常用来装置发射信号弹、照明弹和烟雾弹。嘿，你们知道吗？“二战”的时候，德军甚至突发奇想……

没人关心德军想什么，老弟，李察说。

呃，好吧。那……现在怎么办？一想到发生了什么，布鲁斯有些手足无措，显然是个没经历过多少事情的雏儿。如果是真的，是不是表示我们只要待在这里，就会有空投掉下来？

会正正好好落在你的脑袋上，李察说，所以不想被砸死的话，就往旁边站些。他似乎从既定的事实中恢复了一些生气。待会儿谁都别抢——

屈伏塔刚想说话，李察就抢着把八倍镜扔到他手上，拿着老哥，要是有 AWM 就正好配你，要是运气好还有 AUG——

我没等他说完就转过身向酿酒厂北边那片仓库走去，这样我身上背着的 M4 就能够让李察闭嘴。

他果然没再往下说，只大声喊，你去哪儿？

我去找车。

实际上我很难把注意力集中在找车这件事上。酿酒厂在一块高地上，远眺过去只能看见更远处白雪皑皑的低处平原，那是我视线不及之处，近处没有车的踪影。我们可能得做好先上路再找车的准备。但这都不重要。重要的是：我们为什么能捡到那把信号枪？我们从来没有捡到过这玩意儿，毫无疑问，这是敌人的东西。我方部队并不提供这种高级装备。听说打出信号枪就会召唤超级空投，里面配备了最精良的武器和装备。如果我们能拿到这些武器，说不准——

我听到身后传来咔嚓咔嚓的脚步声。你最好不要跟着我，我说。

呃……好吧，等一下，你怎么知道是我，布鲁斯在身后问。

另外两个不会跟着我，我转过身说。天哪，他可真是个黑鬼，在雪地上黑得那么耀眼。

你怎么知道不会是别的人，比如，敌人？

敌人的脚步声和战友的不一样，这是你在战场上必须学会的第一件事。我转过身继续走，听到他跟上来。咔嚓咔嚓。

第二件事呢？

不要让自己死掉。

第三件呢？

没有第三件。我又转过身去，我不是说了不要跟着我吗。

为什么？他又往前走了两步。咔嚓，咔嚓。

我等他彻底停下来，说，你的脚步声会把我害死。

他终于意识到自己在这块土地上过于不检点的行进方式，不好意思地一笑。也就是短短一秒钟内，提枪、瞄准、扣动扳机、枪响，我意识到自己没死，才看清他扛着一把狙击枪指着我——是瞄准了我身后的位置。你也试枪？我把双手从脑袋上挪开。

不，我看到后面有个人——

我立刻蹲下来，躲在附近围墙后面，找好掩体，才转过身去查看，远处有一片房区，寂静无声，没看到任何人影。你确定？我问。

不太确定……布鲁斯蹲在离我一步之遥的另一块围墙处，伸头眯着眼看。

我才发现他的狙击枪上没装任何瞄准镜。我把倍镜从 M4 上卸下来，这个给你。

他摇了摇头，示意不要。

二倍是不高，总比没有好，我说。

我不习惯用倍镜，他说。

啊？我不明白他在说什么。有必要在我面前装模作样吗？

是和席摩 · 海赫学的，他说。

那是谁？我问。我已经开始不耐烦了。

白色死神。

白色死神？

他惊讶道，你不知道？那个芬兰的狙击手。

我说，不知道，没听说过。赶紧结束这个话题吧，老兄，我心想。

他说，苏联和芬兰打冬季战争时，他射杀了542个苏联人，白色死神是他的绰号，他用狙的时候从来不用瞄准镜，只用枪上的准星瞄准。冬季战争期间，他平均每天射杀5个苏联人，是历史上杀人数量最多的狙击手。

后来呢？我竟然来了点兴趣。

什么后来？

他是什么时候死的？这位白色死神。

他犹疑了一会儿，说，我也不知道，这个问题我还没考虑过。然后又自言自语道，他死了吗？不会吧。

我说，人总是要死的，尤其是在这里，在战场上，人死得比通常情况下还要快一点。

他抬头看了看我，仿佛没听明白我在说什么。你是说，我们都会死？

我再一次确认这家伙是个蠢货，但不确定是因为他还年轻，还是因为他是个黑人。我说，我们都会，你上飞机前没人告诉过你？

他大概意识到自己受到了羞辱，说，我知道，我知道，这里会死很多人，可是我总感觉……

你会是那个例外？活下来的几个人之一？我说，想得真美，甭管你是谁，是你自己还是什么白色死神，死亡随时随地都有可能发生。就好比现在。

听我这么说他神经质似的扭头张望了一下，再次检查附近有没有敌人。

我说，用你的耳朵，而不是眼睛。

布鲁斯低下了头，似乎想把他羞愧的表情藏起来。我忽然感到有些不好意思，也许我不该这么对待他。毕竟他是个雏儿，还是个黑雏儿。

喂——

我听到远处有人叫喊的声音，布鲁斯看向声音的源头。我说，是李察。他说，是他，他们在喊我们。我说，走吧。我俩站起来，我扭头去看刚刚布鲁斯的枪对准的方向，一张模糊的脸，我意识到那是不远处一栋房子的窗户里露出的挂在室内墙壁上的画，这解释了布鲁斯为什么会有那样的误判。

我们往回走，布鲁斯抬头看向酿酒厂上方的天空，你瞧——

我也抬头看去，一个巨大的一人高的正方形包裹被两瓣降落伞提着缓缓下落，远远地能看到包裹外面的淡绿色粗亚麻布和紧紧捆在外面的麻绳。

布鲁斯激动起来，是真的。他扭头看我，我们会活下来，对吗？

我没说话。这是我们最后一次任务，假使我们能像之前那么多次一样侥幸活下来，我们就可以脱下这身衣服，永远甩掉肩上扛着的枪，回到我们来此之前的地方。想到这一点，我不禁战栗了起来。

你在发抖，布鲁斯奇怪地看着我说。

有吗？我克制住自己。天太冷了，我说。

是挺冷的，我之前没想到会这么冷，布鲁斯缩了缩脖子，我这辈子都没来过这么冷的地方。

是吗？我说，你刚刚说的，你的偶像，他在哪里来着？

芬兰。

那是一个真实存在的国家？我问。

你在开玩笑吧，布鲁斯看着我说。

我听说过这个名字，但我一直以为那是个虚构的国家，我说。

怎么会呢？它就在地图上的这里，布鲁斯用两只手在一张不存在的地图上比画着，你看，右边一点是俄罗斯，左边一点是瑞典……

好了好了，我说，我在跟你开玩笑。

他的手这才停住，看了我一眼，不是很相信的样子，但还是把两只手放了下去。

我们继续朝酿酒厂走着，听到轰隆一声，应当是那个巨大的空投落地的声音，似乎还压碎了一些什么。它落在房顶上了，布鲁斯指着远处。确实，那个空投落在了酿酒厂一个厂房的顶上，离刚刚李察趴着试枪的位置不远，我似乎已经看见李察在重新往上爬。

你刚刚说“二战”的时候德军甚至用那种枪来做了什

么？我问。

布鲁斯迷惑地望着我，显然没反应过来我在说什么。那把信号枪，你刚刚没说完，你说它可以装信号弹、烟雾弹、照明弹……德军还用来做了什么？

哦，你说那个，他想了起来，是的，是在巴巴罗萨行动时一个德军士兵突发奇想发明的方法，他将手榴弹填进了信号枪，作为袭击式炸弹使用，只不过榴弹还没发射出去他就被炸死了，这个方法当时虽然失败了，却被苏联人学了过去……

他还在自顾自地说着，我却突然觉得自己听到了什么，一种凝固住的轻盈，就像玻璃在受热即将裂开前的那种。没来得及抬头，我接着听到一发极尖的、小小的波动声，然后是什么东西撞进了某种油脂般柔软的织物里，最后是成群结队的神经网络紧张而后瘫软、四散而去、与尔同销——

第三千四百二十次我被 AWM 命中头部击倒，然后不治而死。

* * *

我不明白我们为什么要选择这么一个地方落地，我说。我艰难地抬头看了一眼天空，现在是正午，我们待在一个巨大的铁坑坑底，上面仅有一条细细的廊桥可以遮挡炎热的日光，再亏了身上厚实的装备，体感温度每秒钟都指数上升。汗水被衣物吸收然后晒干，外层结出白色的盐巴，然后被新一轮的汗水融化。

你不明白的事情，我建议最好就是别问。电动老李在一旁轻飘飘地说，仿佛他现在不是正跟我、跟我们三个一样在这里遭受残忍的折磨，而是在他自己的家附近、林荫道临街的公寓楼门口的花园长椅上呷着咖啡读着报纸，从报纸上方偷偷打量路过的女人的大腿。他又用那种轻飘飘的语气补充道，还是你认为我们还有别的选择?

身旁传来呻吟，那个名叫布鲁斯的新兵缩在廊桥下方狭窄的阴影处，快歇菜的样子，我怀疑下一秒他就会掏枪自杀。唯一的问题是他没有枪。我们都没有。

再坚持一会儿。屈伏塔的声音从上方传来。他蹲在比我们高一些的位置，这个铁坑的中间层，那里可以监视外面的情况。

我看到布鲁斯似乎动了动，然后伸出两条胳膊，试图把头盔解下来。李察说，我建议你还是别这么做，这不会让你好受多少，反而会死得更快。布鲁斯把头盔下方的固定尼龙带松了松，说，我不是想摘下来。

屈伏塔冲我们喊，我觉得可以了，然后跳了出去。我们终于从坑底站起来，一个一个爬上去。这是一片水厂，周围是起伏的土坡，我们刚刚待着的是用来储存雨水的地方，周围有几个巨大的水罐、两处低矮的平房和几片参差错布的钢架。总之，看着不像能找到几把好枪的地方。尽管如此，我们还是立刻分散开来，看看能有什么发现。一刻钟后，我们在被土坡包围的唯一一块低地处汇合，屈伏塔找到了一辆皮卡，后部是敞开的。他看着我们站在车旁不动，把头伸出窗外，怎么，你们还想坐劳斯莱斯？我们仨看着副驾驶的位置，谁也没动。李察弯腰做了个极其做作的动作，请。我跳上了车斗，李察也翻了上来。布鲁斯似乎有些不好意思，但也只好上了副驾驶的位置。

等车发动之后，李察才问，你觉得他们为什么要把这个娘娘腔分配到我们这里？

我看了他一眼，说，你不明白的事情，我建议最好就是别问。

他哈哈笑了几声，说，我有个猜想，不知道对不对。他故意停下来，等我追问。

我偏就不理他这茬。我心里烦躁得要命。刚刚那个破地方，我只找到一把冲锋枪，UMP45，不算特别差的枪，但在这片沙漠中，手握冲锋枪等同于送死。其他人也好不到哪儿去。李察背后背着一把M16，三连发步枪，还不如冲锋枪。更要命的是，我身上的止痛药和饮料也不够，如果我们在下一个补给点不能搜到什么好东西，就别想活着到达第一个安全圈了。

你在来这儿之前是干吗的？李察突然换了个话题。

我不知道他为什么要问这个，他是那种你永远无法预估接下来要干吗的人。我低着头检查枪膛和子弹，依然不准备回答他的问题。

嘿，别这样哥们儿，不说点什么咱们怎么熬过这鬼天气。

那你更应该省点力气，我说。

我的意思是，你看咱们做了这么久队友，我好像从来都不知道你是干吗的，为什么要来这里。他顿了顿又说，你的枪法很好，是在哪里练的？

他会夸人，这倒不太常见。我俩面对面坐着，如果他一直这样唠叨，我总得说点什么。

我以前是个猎人，我说。

猎人！他夸张地说，哪种猎人？

我家在乡下，在我们那里人人都会打猎，打偷食的野兽，也打无辜的动物，我从三岁起就跟着祖父和父亲学习狩猎了，就是这样。我说。

李察更加夸张地“哦”了一声，然后不说话了。

不知为什么，他的沉默让我有些心虚。于是我主动开口道，那么你呢？

我？他问。

我说，我们都知道你家境不错。

你在开玩笑吧？他说。

我说，我听屈伏塔说过，你爸爸是教授，你妈妈也是教授，都在同一所大学，一个教数学，一个教——那叫什么，导弹工程？

他干笑了两声，说，没错，是这样。不过老屈没告诉你我是干吗的吧？

我说，没。

他说，那是因为他也不知道，哈哈，我从来没跟他说过。

我问，所以你是干吗的呢？

他说，什么也不干，所以我才从家里逃了出来。他想了一下又换了种说法，说，是被赶了出来，就因为他们在我床下发现了一个避孕套。用过的。这事儿有那么严重？我这个岁数没有女人他们才应该担心吧？说到女人他一下来了劲儿，不怀好意地看着我，说，我其实一直怀疑——

我有些紧张，问，什么？

他说，屈伏塔有那种爱好。

我没听懂，问，什么爱好？

他说，你知道的，他是不是喜欢男人？

我惊讶道，我觉得不是。

他说，那我就不懂为什么要把那个娘娘腔分配到我们这里了。不是为了满足老屈的爱好？否则我想不通有什么理由，那娘娘腔一看就是个菜鸟，完全是给我们拖后腿的家伙。你们也都没反对？我真服了。

这是命令，我说。

狗屁命令，他说。过了一会儿又神神秘秘地说，我还能想到一个理由。

我问，什么？

他说，为了让我们——

他话还没说完，车突然颠簸了一下，差点把我们俩摔下去。操他妈，李察说。车停下来，屈伏塔和布鲁斯从两边下来。我看了看四周，是一片破败的房区，像是一个小镇，能听见海声，我们车停的地方有一块牌子，上面的招贴画和油漆字已经斑驳脱落了，仔细看能辨认出“普罗港”三个字。看样子这里也不会富裕到哪里去，但留给我们的时间并不多。我们迅速四散开去，我向靠山的那侧房区跑去，接连搜了几个房子，只找到一把 AKM，再上面一些有座教堂，我努力爬上去，希望能在那里有所收获。

走进去的时候我听到一种奇异的乐声，唤起了沉淀在记忆最深处的某些画面，可我不记得我曾在教堂里听到过这种音乐——或许更根本的原因是我从来不去教堂，我模模糊糊地意识到这地方让我恐惧，可那种悦耳的声音仿佛某种召唤，吸引我留下来。

一个人在背后轻轻地拍我，我瞬间恢复了原本的警醒，是屈伏塔。我吓到你了？他看我满脸惊悚。我含糊道，没有。你待在这里干吗？他问。我在找枪，我说。他把手里的一把 Mini14 给我，说，你用这个。我问，你呢？他说，M762 加三倍镜，够了。我知道屈伏塔习惯把加了倍镜的步枪当狙用，但这是沙漠，远距离射击三倍镜根本不够用，还要克服步枪严重的子弹下坠和后坐力问题。我想再推辞一番，但他已经扭头走掉了。我捡起 Mini14，想了想，把

AKM 扔了，这样我手上就有两把枪：一把狙，一把冲锋枪。暂且这样吧。我跑了几步跟上屈伏塔，不知道该说什么。也许是刚刚李察说的有关屈伏塔的话让我有些迟疑。屈伏塔突然问我，你觉得我们能活下来吗？我不知道，我说。我感到有些奇怪，屈伏塔从来不会问这样的问题，他一向沉稳而信心十足，即便信心不足也不会表露出来。难道……李察的那些话再次飘进我的脑中。我问，如果活下来你想做什么？屈伏塔沉思了一会儿，仿佛想到了什么非常遥远的事，说，我要回去看看我那只泰迪怎么样了。我摇摇头把李察那个无稽之谈从脑子里甩掉。我们都知道屈伏塔有一只叫卡路里的小狗，那是他的心爱之物。我问，还有呢？他说，其他的我还没想过。

我说，我想我们能活下来的。他眉头一抬，哦？我说，我们已经活下来那么多次了，没道理这次不行。他的嘴巴紧紧闭着，发出一声“嗯”。过了一会儿，他突然开口问，我们经历的那么多次战斗，你觉得哪一次最悬？我想都不用想就说，是在海岛的那次。

他点了点头。那是一个我永远都不会忘记的地方。Z城，那里三面临海，我们开车抵达的时候满地落叶，海风吹拂着大片大片的醉柳和泡桐，我们很久没有觉察到秋天。我第一次想起生活原有的样子。我们中只有李察见怪不怪似的照常下车检查那片地带的情况。我们的时间谈不上充裕，实际上，在任何一场战斗中时间都是如此奢侈，我把秋天的事情抛在脑后，凭借本能冲进一栋又一栋无人的房屋，粗暴地掀开房屋内每一处可以藏匿武器、资源或是人的地方。我们走过的地方，掉落的秋果和枯萎的花朵在地面上绽出点点滴滴的汁水，叶瓣嵌在泥土里，像海洋的遗骨。很快我们见到了血和死人，那里不久前刚发生过战斗，这意味着一段时间内安全，我们稍稍放松了一些。再度汇合时，我们发现屈伏塔消失了，李察让我去找他，我最终在一个矮屋的后院找到了正坐在一个轮胎制成的秋千上的他。秋千被他的屁股压得膨胀变形，一旁有一个毛茸茸的玩具熊，他就那么直愣愣地盯着那个玩具熊。我不知道他在想什么，但我不想打扰他，准备悄悄走掉。直到他开口叫住我，说，卡路里也有一只这样的熊，那是它最喜欢的玩具。

如果不是李察，那一次我们仨准会都死在那儿。想到这里，我不由得又觉得李察没那么令人讨厌了，他的冷血在战场上是一种伟大的品质。

别想太多，我说，这是最后一次任务了，再活下来一次我们就可以永远离开这鬼地方了。

屈伏塔若有所思地喃喃道，最后一次，最后一次……难道是因为最后一次，我才会有这样的感觉？

我问，什么感觉？

他说，还记得在海岛的那次吗，我失手没干掉对面楼顶那个狙击手，那时我产生了一种奇怪的感觉，我想起了一些从来没有，我是说，成为一个战士以来从没想起过的东西。

我问，比如什么？

他说，比如那只熊，卡路里的那只熊，这真奇怪，其实在那里我看见的那只玩具熊，和卡路里的完全不一样，我甚至都不记得卡路里是不是曾有过那样的玩具，可当我看到那只熊之后，卡路里的那只就清楚地出现在了我的脑袋里，那是一只黄色绒布的熊，眼珠是绿色玛瑙石的，穿着牛仔布缝的背带裤，一条背带已经被卡路里咬坏了。当我想起这只熊的时候，越来越多的细节开始塞满我的脑子……屈伏塔停顿了一下，似乎是在回想那些他所说的“东西”，他看了我一眼，继续说，刚刚我又产生了同样的感觉，这感觉让我恐惧。

我问，这次你看到了什么？

他说，什么也没有，这才是让我恐惧的地方。

我安慰他，你只是太想念卡路里了，想想看，结束这次战斗，你就能见到它了，所以你才恐惧，有时候人们太想得到一样东西，离那个东西越近，反而越感到害怕。这就是美梦即将成真的感受。

他低声呢喃，这就是美梦即将成真的感受。

我刚想继续说点什么，不远处传来枪声，先是一枪一枪，然后是三枪连发。是李察，我立刻反应道，M16。还有 98K，屈伏塔说。他一下子恢复了原有的样子，果断、迅捷地拿起枪向枪声那边跑去，我紧跟他。眼前的房子一栋挨着一栋，看不清枪声来向的情形。屈伏塔从小巷中穿梭而过，我从旁边的房子后门进去，穿到前门，再穿到下一栋房子的后门，上二楼，从露台翻上屋顶，矮着身子确定枪声的位置。一枪，又一枪。我听到布鲁斯的声音，他中弹了，我看到街区对面的一栋房子，前院围墙里有个身影跪倒在地上，正慢慢往屋里爬。我不禁急躁起来，他应当留在原地，他没有被狙击手直接射死，说明他的位置有死角。98K 两枪命中头部足以直接倒地，哪怕你是三级头盔。二楼窗户露出一杆枪的枪口，应当是李察。一枪，又一枪。布鲁斯意识到那个狙击手还在对自己开枪，停下来，又慢慢挪回围墙后。一枪，打在了围墙上，砖石四溅。他暂时安全，但不知伤势如何。必须赶紧找到那个狙击手。如果我判断没错的话，那个狙击手就在我旁边的房子里。穿过房子时我注意到，这里的房屋格局相似，一楼开阔敞亮，窗框高大，他不会躲在一楼。二楼从楼梯上去后左右各有一个房间，我上二楼的那个房间在左边，没有窗户，后面有门，打开后是个露台。那么他就应该在右侧那个房间，那房间前侧应该有窗户。不，不对。房子的格局相似，但每栋房子的房间朝向未必一致。我匍匐至屋顶后侧，试图看清楚隔壁房子二层的露台在哪一边。看不见，被屋檐完全遮住了。这时我又听到枪声，三连发。突突突，突突突。三连发的声音不断。我往回爬，看见一个穿着深黑色制服的人影从布鲁斯那栋房屋隔壁的房子围墙探出头，似乎是想翻过去，将布鲁斯补掉，再上楼夹击。李察注意到了，正在用火力压制。我这边的狙击手在用同样的方法压制李察，给他的同伴创造机会。必须立刻找到他。我收起狙击枪，准备爬下去上隔壁的房子突击。很冒险，但没别的办法。一串枪声，对面那个试图翻过围墙的人软软地挂在了墙上，是屈伏塔，我瞥见他蹲在隔壁那栋屋子外的巷口。一枪，又一枪。他倒了。完了，我意识到那个狙击手发现了他的位置。是在左侧还是右侧？不，等一下，这是普罗港，这一侧的房子面朝大海。没有窗户。无论是右侧还是左侧的房间都不会有窗户。那么他只能在一个地方。我缓慢地爬到屋顶的最高处，那里可以看到旁边的屋顶，然后仔细听，织物摩擦瓦片，齿轮转动，一梭，又一梭。没错，他在换子弹。我大着胆子蹲起来，然后慢慢站起，一个黑黝黝的脑袋显现在我眼前，我将右脸贴近狙击枪，右眼瞄着准星。我没有倍镜，但这个距离够了。我扣动扳机。一枪，两枪，三枪。倒。

周围死一般的寂静。约莫五秒钟后，对面二楼窗户，李察的脑袋探了出来，脸色苍白。我迅速从屋顶跳下，奔向屈伏塔。他的左肩中枪，无力地连在身体上，眼睛闭着。我掏出绷带帮他包扎止血，又掏出一瓶止痛药给他灌下去。他清醒了一些，问，怎么样？我说，死了。他问，我们死了？我说，我们活着。我扭头看了一眼路对面，李察正在敞开的屋内帮布鲁斯包扎，他的伤势看样子不重。屈伏塔说，我们打死了他们？我说，是。他的脸色露出一种奇怪的表情，好像觉得这不应该发生。我问，怎么了，有什么不对？他摇摇头说，不，没什么，然后努力站了起来，说，我们得走了。我说，你应该再休息一会儿。他说，时间不够了。我说，那我去把车开过来。

车就停在教堂的附近，我迅速跑过去，打开门刚要上车，忽然又听到那熟悉的音乐，是从教堂里传出来的。为什么我会对这个旋律感到熟悉而惊栗？时间确实不多了，我应当抓紧上车，带上他们离开。可我不由自主再次走向教堂。那音乐越来越响亮、澄澈，像群鸟在低空盘桓，走进去之后，整个建筑都充盈在这样的乐声中，一个新的词汇跳了出来，我意识到，这就是管风琴的声音。为什么这样的声音会让我感到悲伤？为什么？

我坐在教堂中间的长椅上，陷入一种无法罔顾、不可抗拒的沉思。那一次在海岛，就是这样的走神，差点让我们全部死掉。和屈伏塔一起回去找李察的时候，我们照例分两路并列前进，他走巷道，我穿房屋。在穿越某个屋子的时候，我骤然听到一种极为悦耳的旋律，不由得停下脚步，最终在一个关闭的房门内发现了那旋律的来源，一台留声机，唱片在旋转，那旋律欢快，像是某种舞曲。是谁拨动了唱机的唱针？是刚刚死去的他们，还是打死了他们的他们？如同现在，那动人的曲调让我产生了一种崭新的情绪，不知是那种情绪还是那乐音，掩盖了靠近我的脚步，等听到枪响，我已经来不及回转。

当我想到这些的时候，我听到一种细小尖锐的枪声从高处射来，几乎是与此同时，我的头盔从头上滚了下去。还有另一个狙击手。我立刻就地滚到长椅旁狭窄的龛室里。他的枪上装了消音器。我努力在脑海中搜寻，即便装了消音，这种狙的声音也是我从未听过的，不是98K、不是Mini14、不是Win94，哪一种都不是。更不会是AWM，否则我就会直接中弹倒地，最坚固的头盔也抵挡不住马格南子弹。我把每一种可能性都在脑海中过了一遍，不是，都不是。又是一枪。我脚边的地砖被掀飞，碎砖割破了我的面颊。他看得到我。这窄小的壁龛吃不了他几发子弹就会暴露出我的致命部位。我无处可逃。子弹射速极快，他距离我最多不超过两百米。不论我走出壁龛向哪个方向移动，他都能用移动狙射死我。教堂背靠山坡，他多半就趴在山坡上某处山石掩体后，通过教堂上方狭长的窗口瞄着我。我的大脑飞快地运转。又是一枪。我的右腿已经暴露。就在这时，我听见一个熟悉的声音低声道，引他出来。是李察。

他应当就在我旁边教堂侧门的后面。他说，我看不到他的位置。我飞快地计算着狙击手、李察、我，我们三个人之间的角度——在刚刚我坐着的地方，他能狙到我的头，在这里，他只能狙到我的脚。又一枪。我的右腿感到一阵剧痛。但他没有打中。他在后移。他的枪不是AWM，那么我的防弹衣可以挨起码一发他的子弹。我低声道，准备好。然后一点一点挪出去。两声枪响几乎同时响起。撞击力让我直接弹在墙上。李察说，一枪。我努力站稳，又往前走了一步。两枪，李察说。我的防弹衣几乎完全破碎。第三枪会要了我的命。我不假思索继续向前——

什么都没有发生。我静静地等待了一会儿。再没有枪声响起。他死了，李察出现在我面前，他的手里拿着一把AWM。走吧，他说。

李察走到车边开门跳上驾驶位，我坐上副驾驶，盯着他的枪，问，哪儿来的？他说，死人身上捡的。他绕了一圈，并没有去屈伏塔他们的方向，而是朝教堂后面的山坡上开去，车爬了一会儿坡，很快又停了下来。刚刚被他打死的狙击手就倒在那里，脑袋中央的洞正汩汩冒着血。他跳下来手脚麻利地把那人的装备扒下来扔给我，然后拽起仍牢牢握在尸体手里的枪，仔细端详，说，这把枪我从来没见过。我早已注意到，那确实是一种我没见过的步枪，枪托位置刻有极细小的字，Mosin-Nagant。再一次，一个崭新的名字从我的脑子里冒出来。是莫辛-纳甘，我说。莫辛-纳甘？李察问。我说，苏联人发明的枪。李察蹲下来，从那死人身上摸出弹夹，装弹上膛，瞄准教堂某处，一发子弹飞出，枪声平静。不赖，他说。

屈伏塔的伤比看上去严重，除了胳膊，他的右斜下肋也中了一枪，大部分时间只能躺着，我坐在车斗里看着他，布鲁斯说什么也要挤在这儿，说是在车斗里射击视野更好。我看着这今天刚加入我们小队的黑小子，不知该跟他说什么。（“你是说对敌人来说视野更好？”）我们各自从死人身上捡了些装备和武器，都是很不错的东西。这给了我们一些信心。为避免遇到人，我们一路上都拣偏离营镇的小路走，很多时候是在连绵起伏的岩坡上攀爬，植被稀疏，灌木和仙人掌逐渐消失。很快开始下雨。地表被雨水冲刷，露出红褐色的土壤，泥浆伞样包覆我们的车，自下而上。黄雾迷蒙的四周变得清晰起来，一眼就能望见整饬嶙峋的山岩，远处显得更加遥远，近处居高临下。屈伏塔时而昏迷，时而清醒。昏迷的时候嘴里总在念叨什么。

他在说什么？布鲁斯终于忍不住问。

卡路里，我说。

是他老婆？

是他的狗。

他慎重地点点头，好像应该给予这份情感以尊重。他不知道李察背后常拿屈伏塔这事儿开玩笑，甚至恶毒地猜想他会不会有什么古怪的性癖。（“他养的是一条公狗。”“那又有什么区别？”）毫无疑问，李察在背后说我的也不会是什么好话，证据就是有一次屈伏塔突然郑重地对我进行了一番开导——在我们从死人身上捡到一枚烟头，趴在地上试图再次点燃它的时候。那是在雨林，四周是茂密的、永远湿漉漉的长草和旁逸斜出的树枝，我们试了又试，始终没有燃着，后来我怀疑屈伏塔是故意的，只是为了试探我那时是不是按照李察的猜测已经疯了。(“我注意到你最近总是走神。你看，我不是想指责你什么，只是这会把我们都害死，尤其是你自己。我不知道你身上发生了什么，但是你得明白我们和别人不一样，我们是战士，有必须为之奉献的事业和使命。总之，你最好不要让太多不干净的想法占据你的脑子，最好什么都别想。”）我不知道屈伏塔说的不干净的想法是什么，这一定是李察加塞给他的东西。但他说的也不错，在这个地方，想杀人、想女人、想狗才是干净的想法，想操狗，那就更干净了。

力气在离我而去。身上还有最后一瓶补给，我犹豫了一下，放了回去。从刚刚打死那几个人开始，我就有一种奇怪的感觉，我们打死了他们，可我并不感到幸运，好像我们才是应该死的人。布鲁斯低着头，一直在摩挲一把暗红色枪柄的手枪，我问他那是什么，他说是从死人身上捡的信号枪，信号弹已经用完了，他执意要带回去收藏。

药效过去，屈伏塔的呻吟报复般袭来，我弯下腰，查看他的伤势，血一时止住了，但我们没有更多的止痛药，布鲁斯想到了什么，从怀里掏出一支肾上腺素，递给我，说，这也许管用。我摆了摆手，让他收起来。他问，不给他用？我说，他未必能撑下去，用了也是浪费。他说，那我们就这样什么也不做？我没搭理他，开始清点屈伏塔身上的子弹、补给，然后分成三份，布鲁斯像看怪物一样看着我。我说，我们中只要有任何一个人活下来，就意味着胜利。他说，可是我们已经胜利了。我问，胜利？在哪儿？我怎么没看见？他说，这不是上飞机前我们就已经知道的吗？我们已经打下了大部分战场，胜利已经是显而易见的事情了，战争已经结束了。我说，我们接到的命令是继续我们的任务，他们也是，只要命令还在，战争就还没有结束。他说，如果我们现在接到命令让我们停止任务，我们眼前的敌人就不是敌人了？我说，就是这样，如果你乐意，他们也乐意，你们还能坐下来喝一杯。他脸上浮现出无法理解的神情，仿佛此刻才明白自己在什么地方，在做什么。我说，这是战争，不是游戏，不是你想退出就退出的，再说了，你怎么知道我们真的已经打下了大部分战场？他骇然道，这不是真的？我说，我不知道。他问，那我该相信什么？我没再说话。他自言自语道，那我们是谁，要保护什么，要对抗什么呢。我心里想，谁知道我们是谁呢，也许连人都不是。这个念头蹦出来的时候，无名的恐惧像一记惊雷打在我身上。我们是人吗？

车缓慢地停在一座陡峭的山岩下方，李察从车上下来，告诉我们车没油了，也开不上去。你们仔细听，他说。时断时续的交火声隐隐约约出现。在山背后，他说。我说，我们去占高地。他点头道，人快死完了。我拿上枪从车上跳下，摸出那瓶补给喝了。布鲁斯还坐在车斗上，问，他怎么办？李察看了一眼屈伏塔的状况，说，走吧。甚至都没有捡上分好的弹药，转身向山上行进。我拿上其中一份弹药补给，跟上李察。濒临死亡的时刻，我和李察反而默契起来。

越往上走，山势越险峻，我们避开平滑的地形，找能够作为掩体的部分绕上山。枪火声越来越疏落，爬至半山腰附近，已有一阵没有出现枪声，在这样光秃秃的地势上，声音会立即暴露位置。气压降低，天色变得沉闷，大团的黑云像固定在眼前一样，将太阳完全遮蔽。我的腿肚子不自觉打起摆子，体力在急速下降。你怎么想，李察突然开口道。什么，我问。那小子，他还会来吗？李察说。什么时候你关心起黑鬼了？我说。哈哈，李察干巴巴地笑了两声，然后在一块稍有些平整的石块上一屁股坐了下来，控制不让自己大口喘气。我贴着岩壁蹲下，努力让自己不暴露在山顶的可狙击范围内，在这样的高度，能看见一片片绿洲零星分散在地图上，如同汪洋中的小岛。

李察的气息渐趋平静，他把狙击枪放下来，一边换上步枪，一边说，我一直想知道，打动物和打人有什么区别？

这得看你是一个多么好的猎手，对我来说，区别不大，我说。

你可真会吹牛，他说。他把自己的狙击枪上的倍镜卸下来递给我，这个给你。

我说，不用。

他说，差不多就行了。

我说，倍镜会反光，暴露位置。

他把倍镜和狙击枪一起扔了下去，问，这些技巧你都是跟谁学的？

我说，我祖父教会了我父亲，我父亲又教会了我。我们那里常年下雪，冻原里的那些动物像幽灵一样敏锐，任何一丝响动都会惊走它们。

他好像并没有真的在听我说话，而是惯性地问，你老家是哪儿？

芬兰，我说。

他看了我一眼，说，你可真会开玩笑。

这有什么好笑的，我问。

芬兰？那是一个不存在的国家，你干吗不挑一个别的地方编，其实我也不关心你说的是真是假，他说。

不存在？这回轮到我说了，你才真是在开玩笑。

你不会把小时候听来的童话故事当真了吧？冰天雪地的王国，大片大片的森林，精灵啊公主啊，诸如此类的，他说。

我懒得与他争执，眼下不是聊天的时候。

不过这也正常，他语气古怪地说。

什么意思？我忍不住问。

不是你疯了就是我疯了，或者是我们都疯了，只是还不知道，他说。

我承认道，是我疯了。

他没有理会我语气中的讥讽，神色异样，说，你一定也觉察到有什么地方不对了吧?

我问，什么地方不对?

他说，我不知道，但肯定有什么地方不对，比如说，我们可能一直搞错了我们的任务，我们的任务不是活下去，而是死掉。

他说这话的样子异常平静，一点也不像一个神志失常的人，这让我不禁怀疑他可能真的疯了。

我尽力打消他的疑虑，故作幽默道，那我们可能早就被移交军事法庭了，毕竟我们已经活下来了那么多次。

他说，是啊，我们活下来了那么多次，可我一点都没有活下来很多次的感觉，倒像是死去过很多次，你难道没有这种感觉吗?

我想努力再说点什么缓解他的压力，听到下面传来粗重的脚步声和大口喘气的声音，李察敏捷地迅速跳起来，本能般将枪口对准脚步声的来向，我没什么反应，因为知道是谁跟了上来。

布鲁斯的脑袋刚一露出，就差点被李察吓得滑下山去。等他翻上来，这里已经没有什么多余的空间了，我们仨挤在这块岩石上，如果这时有人发现，扔个雷过来，我们全都得完蛋。

屈伏塔死了？我问。

布鲁斯摇摇头，说把他放在了一个隐秘的地方，希望我们回去的时候他还在那儿。

李察看了我一眼，那眼神我懂。布鲁斯还在继续说，我在他旁边放了一支肾上腺素，希望他清醒的时候能给自己打上。我说，真是个十足的蠢货。他像没听清似的，问，什么？我说，得走了。李察点点头，先爬了上去。我跟在后面，布鲁斯殿后。

你背着的那是莫辛–纳甘？布鲁斯在我身后惊讶道。

我点点头，说，你知道它？

他说，当然了，这是席摩·海赫用的枪。

我问，席摩·海赫是谁？

他说，白色死神，你不知道？

我说，白色死神，白色死神，听上去似乎谁跟我说过。

他说，他是世界上排名第一的狙击手，“二战”的时候杀死了 542 个人，平均每天射死 5 个人……

嘘——

我对布鲁斯比画手势，示意他别说话。有脚步声在我们附近。我们的视野已经很狭窄，脚步声来自山体另一边。布鲁斯也听见了，停在原地一动不动。我们能听见对方，对方也就能听见我们。我抬头看，李察没注意到我们的情况，还在弓着身子往上。等一下，我看到更高的地方有一杆枪杵在地上，枪口在缓慢地与李察行动的角度并行移动。有人比我们先占领了高地。更有可能他们早已发现我们，只不过一直在等待机会。现在，假如我们朝上面开火，我们的位置暴露，附近的人就会冲过来把我们干掉；假如我们什么也不做，等机会找出附近的人，上面的人会先把李察干掉。我们必死无疑。我突然想到了什么，朝布鲁斯伸出手，说，把信号枪给我。他疑惑地看着我，还是把那把信号枪递给我。我掏出一颗手雷，跟布鲁斯指了指我这一侧的方向，说，做好准备。他仍不明白我要做什么。我把手雷装进信号枪枪膛，正好合适。我心想，苏联人真他妈是天才。那瞬间有个念头闪过我的脑海，我是怎么知道这个点子的？来不及细思，我拉掉拉环，在心里默数，枪对准上方那杆枪口的位置，扣动扳机。与此同时，拿上冲锋枪对准眼前山体边缘消失的位置开火。三，边缘处闪现出一个黑影。二，布鲁斯在我身后开火。一，手雷在头顶炸开的爆裂声。这之后，几乎有一个世纪的时间我听不清任何声音，枪火声不间断地从四面八方响起。我几乎是本能地朝任何一个视线范围内会动的东西开火。枪声几乎是同时停下的，一下子安静得如同什么都没发生过一样。布鲁斯软软地挂在下面不远处一块凸起的岩石上，除了他之外我没看到任何人或尸体。山体上被打死的人多半直接掉了下去。我也中了枪，但似乎还能动。我往下小心地攀至布鲁斯的位置，他还没死，不过身上都是血。你怎么样？我问。他嘴唇动了动，发不出声音。我费了好大力气才把他支棱起来，背在身后，手脚并用，爬到山顶。山顶起伏不定，我在靠近山崖的一条沟壑里发现了李察，脸朝下趴在地上，我把布鲁斯放下，把李察翻过来，他脸上血肉模糊，已经分不清哪个是鼻子哪个是嘴。李察是被我炸死的，那颗手雷并不精准地炸开了。我心想苏联人真他妈的愚蠢。

一旁有微弱的声音。布鲁斯在说话。我把头凑过去，还是听不明白他在说什么。我趴下来，观察四周，同时把狙击枪架好。

我……们……胜……利……了……吗?

通过口型我终于搞清楚他的意思。我摇摇头。他眼神中流露出不知是高兴还是恐惧的情绪。我说，但是就快了。

我伏在地上，将整个身体藏在沟壑里，头顶上的云层被光打开了一个口子，我看到就在几十米开外的地方似乎有东西一闪而过，又一闪而过。我估摸着那个闪光的地方的距离，将枪口对准那里。我们中间的地势微微隆起，我看不见对方，对方也看不见我。我们谁想要看到彼此，就必须起身探出整个脑袋，那时我的机会就来了。

布鲁斯还在说什么。

还……有……多……少……敌……人?

我不确定，但我觉得最多不会超过两个，很可能只剩一个，也就是对面那个正在用倍镜寻找我的人。于是我对布鲁斯比画了一个“1”，他神色复杂，我说，而且我已经找到他了，我们就快胜利了。这是最后一次胜利，这之后无论战争有没有结束，我们都不必再上战场了，我说。放心吧，你很快就会回家的，屈伏塔也是，李察也是，我们都是，我说。说话的同时我一直在盯着对面，他会很快沉不住气露出脑袋，我想。

布鲁斯又说话了，这次他说了很长一串，我没有工夫仔细分辨他在说什么，全部心思都在对面那边。我想起小时候打猎，寒冷的冬日，我和祖父趴在雪堆里，被冰雪覆盖，祖父教我嘴里含着雪团，这样呵气的时候就不会有雾气从嘴里冒出来。大部分时间我们都是在等待，比拼耐心。就像现在这样。

又是一道闪光，紧接着我看到一个脑袋缓缓冒了个尖，我按捺住性子，将右脸贴近枪。高一点，再高一点。我在心里说。食指放在扳机上。必须留给我三枪的高度。

我听见布鲁斯在慢慢挪动身体，不知道他要干吗，也许是想看敌人的位置。我没时间阻止他。对面的影子倾斜在地面上，越来越长。是时候了。我扣动扳机。一枪。我感到一阵剧痛。两枪。子弹飞上了天。三枪。我倒在地上，眼前是布鲁斯的脸，他手里握着一把手枪，我不明白。一点也不明白。

我看到他的嘴唇在翕动，我一个字一个字地拼出一个复杂的长句：

但……是……我……们……的……任……务……不……是……胜……利……而……是……死……亡……不……是……吗？

我说不出话来，我知道自己就快死了。我听见脚步声，是对面的人，他中了一枪，但剩余两枪都没有击中他，他在朝我们走来。胜利是属于他，属于他们的。

云层向两边快速展开，更多的金光透在大地上。我的眼皮沉重，无法再睁开，但仍能听见那脚步声越来越近，几乎就在脸上，然后停了下来。先是一枪，布鲁斯一声没吭地死了。然后是我。枪响的时候，我听见那人嘴里嘀咕了一句，操，怎么是两个人机*。

第一百五十九万六千八百三十次，我在赢得胜利的最后一刻被队友从背后偷袭而死。我死而无憾。

2021 年 3 月 14 日

---

* 有必要向这篇小说的读者做一个简短的说明。《和平精英》是腾讯旗下光子工作室研发的一款战术竞技类手机游戏，改编自蓝洞公司的《绝地求生》。游戏有多种模式，在经典模式中，整个队伍（无论是单人、双人还是四人）需要打败其他所有队伍以取得胜利（通常人们管这叫"吃鸡"），而其他队伍有真人玩家，也有电脑玩家（俗称"人机"）。通常来说，电脑玩家都非常好对付，它们对真人玩家几乎不具备任何杀伤力，只是为了满足真人玩家的游戏乐趣而存在。比方说，假如你是一个新手玩家，那么在你的第一局游戏里，你碰到的可能几乎全是人机，这样你就可以轻松取得游戏的胜利。每局游戏里，根据玩家的级别不同，人机存在的比例也会有所不同。随着生存圈的缩小，人机出现的概率也就越低，几乎不会有人机出现在决赛圈里。这就是那位干掉了布鲁斯和"我"的真人玩家如此吃惊的原因。

A只是一个代号

Party 1

Night 1

我和A，我们管玩杀人游戏叫“进去收尸”。

这句话并没有半分托大，如果你来参加过我们的杀人游戏，就知道为什么在大半个H市，只要有我和A在场，这游戏就得多加一条规则：我和A不得首刀首验。此条规则凌驾于一切规则之上，包括天黑请闭眼。

A只是一个代号，你可以认为他是任何人。为了故事讲述的方便，我们就暂时称呼他为A。实际上，只要你进入这个圈子，就一定听说过A的名字。A风趣幽默，机智过人，在游戏的过程中，往往是场上气氛的调节者，只要有A在场，游戏必定是欢声笑语，紧张兼顾有趣。在这方面，A是当仁不让的主角。

我呢？

我只是个小角色，辅佐A的在场，配合他的笑话控场。说穿了，我就是个捧哏。一位非常低调的捧哏。如果不是特别关注我，你甚至不会注意到每次A说完一句机灵话，那个捧哏的声音是从哪儿发出来的。

当然，表面看是这样。

只有一个最为低调的人才能扮演好一个杀手，站到游戏的最后，赢得胜利。那句话怎么说的来着？去掉所有的可能性，剩下的那个看上去哪怕再不可能，也是真相。是的，真正的凶手往往是看起来最不可能的那个。A的存在只是为了掩饰我的存在。我才是那个心思缜密、逻辑严密、冷静淡定的高手，绝对的赢家。

这么说你就信了？

哈哈，我只是在开玩笑。你在想什么？这是随机决定的杀人游戏，我和A不可能每次都同时抽中杀手，也就不可能总是搭档，一旦进入游戏，我们很大概率不知道彼此的真实身份，搭档、对手或只同为水民，都有可能。

不过有一点我没骗你。A的存在只是为了掩饰我的存在。心思缜密、逻辑严密、冷静淡定的，也确实是我。近视800度，从小我就知道自己没有扮酷的戏份。人生在世，不得不心思缜密。这就是为什么我会选A成为我的搭档，朋友，好朋友。我唯一的朋友。因为认识了A，你就认识了无数朋友。女朋友。

哦对了。我说的“进去收尸”，收的不是游戏里的尸体。我说的是真正的尸体。

这也是开玩笑。

实际上我和A，我们说的收尸的意思，是指泡妞。

你以为杀人游戏是什么？比拼智力角逐技术的一门古老的角色扮演竞技游戏？别傻了。它只是个社交工具而已。无聊忙碌的城里人使用它来快速结识一些新朋友，在游戏中靠着残存的智慧和不成章法的断句进行表演或是自我剖析，比找出谁是杀手更重要的是照顾已经相中的那个姑娘的情绪，我觉得你有问题的目的是我想让你注意我，注意到我很注意你，诸如此类。等一晚上好不容易熬过去的游戏一结束，就可以顺理成章互相留下联系方式，过了一周假装不经意约一顿顺便的晚饭，诸如此类。再过一周挑选一场刚好热映的电影，电影院一定是在大型商业综合体，可以继续吃个晚饭，诸如此类。

可惜大部分人搞错了一件事，只有你把杀人游戏真的当成比拼智力角逐技术的一门古老的角色扮演竞技游戏，才能让它的社交属性发挥到最大，收获最多的成就，成为当晚的人生赢家。

这就是为什么A会选我作为他的搭档，朋友，好朋友。不唯一但是不可或缺的朋友。因为只有我才能辅佐他玩好这个游戏。

因为我是这个游戏真正的——高手。

至于你相不相信——

“天黑请闭眼。”

游戏开始了。睁大眼睛。

第一个死掉的那个人叫 Lily，死前遗言几乎没有任何信息量，腿长一米二，胸大肤白黑长发，有多美你们猜吧。反正我想不出谁会让这样一个尤物第一个死掉。尽管从游戏开始前的寒暄来看，她不会对游戏起到太大的作用，但谁不希望听她张口多说几句话呢？

坐在她对面的那个胖子看起来就很希望听她无辜地辩白“我不是杀手，我只是个水民”，但也有可能恰恰是他干掉的 Lily，死掉的人总会对是谁首刀自己万分在意，而被杀会让人产生“对方注意我又浑不在意”的感受。让姑娘立刻注意到自己，并注意到自己并不特别关注她，这不失为一个好办法。

被判了死刑的 Lily 睁大眼睛，一脸委屈，看似慌乱地朝着场上每个选手抛去小白兔般责备的眼神，实际上她眼睛里放出的五百瓦高压电流主要是定向朝两个人发射的。

一是坐在我右边的男生，绰号小武，不算高大但英俊过人，长相颇似年轻时的阿尔·帕西诺。他也知道自己有足够的性吸引力，满不在乎全场异性有意无意投来的电流，目光总是下垂，思考的样子像一头小鹿。他还没开口我就知道他不会是今天控场的人物，他这样的人，少开口说话才能收获最大的印象管理效果。这也不是他自知，而是从小到大习惯成自然，久而久之便静若处子，动不起来了。

另一个则是坐在她左手边的第二个男人。开场前自我介绍姓高，让大家喊他高老板。高老板做咨询行业，业余爱好跳探戈，衣着得体，身材极佳，从眼神中看得出来受过情伤，不会对爱情再有什么憧憬，除非是真爱，主要兴趣是和投资人聊天。他的一举一动都在诠释什么是体面。相信我，即便在大家都闭着眼睛的夜晚，他对法官做出的手势也同样优雅。

小白兔目前还没有注意到A。

没关系。A朝我使了个眼色，嬉皮笑脸，他的位置很不错，就在Lily的左手边，高位，适合丢包抛砖引玉，引火上身——上别人的身。

“那么请死者左手边的人开始发言。”法官说。

A清了清嗓子，开始了他的表演：“我很庆幸，死掉的第一个人不是我，而是这位小姐。——我没有别的意思哈。Lily？ Lily是吧。你是不是想抽烟来着？”

Lily脱口而出：“你怎么知道？”

“不许对话。”法官说。

A对Lily笑了笑：“阳台在那儿。”然后面对大家：“当然，杀人的也不是我。不过我估计杀手是个和我一样心思细腻的人。我感觉高老板你就是个这样善解人意的人。”

全场一阵大笑。高老板同样微笑。这就是A的风格，声东击西，先把水搅浑再说。

高老板并不急于辩白A踩的杀手包：“我是个民，过。”

言简意赅。

这么发言通常有两种情况，一是他就是个菜鸟，肚子里本就没什么货，这种人无论抽到什么角色，发言总是那么两句，久而久之，大家也就忽略了他的存在。这样的人不会是杀人游戏的宠儿。杀人游戏嘛，毕竟是个游戏，大部分人是来一起找点乐子，就算是菜鸟，也可以纵情施展表演欲，哪怕不说话也行，只要你认为这是一种风格。总之，投入是首要的。不下场玩也可以在场外加加油啊。每局游戏都匆匆敷衍了事，只为机械化地让游戏进行下去——那还出来玩游戏干吗?

另一种情况是，这就是高老板为自己选定的游戏人格。高冷扑克脸，隐藏所有情绪。一位资深玩家。虽然现在还看不出高老板是哪种情况，不过我希望是后者。无论你为自己选定的游戏人格是什么，只要有人格，就必然会有破绽。只要在牌桌上的时间足够久，破绽就必然会暴露。

这一圈下来，除了胖子如我猜测的那样咋咋呼呼、一望而知地水平一般、顺势跟了A踩给高老板的杀手包外，其余各人都保持了第一局游戏陌生人之间应有的拘谨，并没有暴露太多的性格特征。当然，除了A。我相信A已经在所有人心目中留下了鲜明的人格特征。油嘴滑舌、嬉皮笑脸看似是表象中的表象，实际上，他就是这样表里如一的人。游戏人格和实际人格高度统一，因此，他的破绽总是到了最后也很难被人觉察。人们等着看山不是山，又等着看山还是山，殊不知山第一眼就在那里。

至于 A 看中了哪个姑娘——Lily 我猜已经是他囊中之物，从她十分乖顺地听从 A 的指示去阳台抽烟这点来看。这对 A 来说肯定没什么满足感。场上除 Lily 外还有两个姑娘，戴眼镜的那位看起来有些过于木讷，肯定不是 A 的菜。另一个则是高冷御姐范儿，看起来并不容易被征服，A 已经兴奋起来了。我猜。

我的表现同样不赖——意思就是没有任何一个人注意到我的存在。

“第一局游戏，又是第一夜，大家发言都比较谨慎。第一晚死掉的是 Lily，她留下遗言表示自己是个民。A 高位丢包给了高老板，高老板说自己是民。嗯……此外大家的发言都没啥信息量。既然我是归票位，第一轮总得票个人出去。这样吧……我来拉个 PK，高老板，既然有人丢了你，我就点个你。再有一个嘛……”

那位戴眼镜的姑娘是第一轮最后一个发言的，看起来木讷，一开口倒是声音清脆、逻辑清晰，不过这也不意外，会来今天这个局的不会是低手。这是我和 A 的老朋友将军组的局，他是我认识的最专业的游戏组织者，也是最职业的法官。今晚的法官也是他。这姑娘眼见不是来社交的，那么极有可能和我一样，是对这游戏本身有兴趣。一位 geek（高手）。

“坐中间的那位……你叫什么名字来着？不好意思，

我刚去洗手间没听到你的名字。”

差不多过了有三秒，我才反应过来。眼镜姑娘点的人，是我。

“孔明。”我说。

“啊，诸葛先生。那么就你吧。”

眼镜姑娘直视着我，就在这一刹那我注意到两件事，一是这位其貌不扬的姑娘，有一双非常凌厉的眼睛。她其实还挺好看。二是——

在听到我名字的那一刻，她放在膝头的右手食指不自觉地弹跳了一下。

我突然发现自己没记住她的名字。

Night 1

法官：1

玩家：8

警察：2

杀手：2

水民：4

Lily (死亡)

A 眼镜姑娘

高老板 李冰冰

胖子 小武

我

剩余玩家：7

Night 2

我们通常只玩八人局。

短平快，能够迅速看出一个人的实力。你没法在这样的快速杀人局中浑水摸鱼，从第一晚开始就必须全力以赴，每一个决定都至关重要，牵一发而动全身。

“杀手，请指认你要杀掉的目标。”夜里，法官的声音低沉而清晰。

高老板的死前遗言是：“我是个有身份的人。”他被我PK掉实属偶然。我一点也没有要留下来的意思。毕竟这是第一局游戏，尽快摸清每个人的风格才是正经。输赢并不重要。对我来说值得注意的是那位眼镜姑娘，别误会，我不是看上她了——

孔明不是我的真名。

我说了，A只是一个代号，你可以认为他是任何人。我也一样。孔明是我今天晚上的代号。我的真名是什么？无所谓。我和A虽然在游戏界有如此盛名，可只有少数几个人能把这些分布流传在各个杀人局上的传说人物拼凑到一块儿，大部分人面临的情况是这样的：他们在一局游戏中认识了两位可能是高手的人，然后就再也没见过他们。

当然了，这些输家彼此之间可能会在又一个夜晚相遇，然后交流起双方的游戏经验，信息就是这样交换的，他们会发现，他们曾和同样的两位高手过过招。“我记得那晚我遇到一个高手，他……”“你说的这个人我也和他玩过！”“他是不是叫A？”“不，我遇到的那位叫X。”“但咱们说的应该就是一个人。”“对，绝对是他，错不了。”这个圈子并不大，越顶级的玩家圈子越小。想要在顶级玩家圈子里彻底抹消我和A的存在是不太可能的事情。

于是，我和A的存在就这样慢慢流传了出去。好在大部分人只是知道有这么两位人物存在，并不知道他们究竟长什么样，叫什么名字，游戏外的真实背景是什么样的。

当然了，除了那些被A相中的目标。

在这方面我着实也为A的能力所折服。那些被他收服的姑娘，好像一点也没有泄露出A的什么信息。一夜情、几夜情或是干脆谈了个恋爱，不管走肾还是走心，所有这些姑娘，曾经的玩家，一点也没为我和A在杀人圈添什么乱。我只能相信A是当代罕见的情圣。

具体是怎么做到的，我从未过问。我们之间有默契，只在游戏场上是最好的搭档。游戏之外，我们不太关注彼此的生活。我对他的生活没兴趣，他对我的生活也没兴趣。除了泡妞，A没有别的爱好。除了泡妞，我对什么都感兴趣。我们有限的交往就是一起杀人，偶尔一起吃饭。便利店站着吃的那种快餐。

A试着给我介绍过几个姑娘，我当然也没有直接拒绝，也按照礼节约了那么几次会，晚饭、电影、公园。最迟到第三次，姑娘就会再也不回我的消息，或是直接从联系人中把我删除。A也好奇，你到底得无趣到什么程度才能让姑娘这样？后来他也就懒得再布施这个人情，只有一次终于好奇忍不住问了我："哥们儿，你都怎么解决需求？"

我把电脑里分门别类按字母顺序排列归档的A片和市面上所有类型的飞机杯给他展示了一下，他就再也没有关心过我的生理需求问题了。

天亮了。

这一轮死掉的是那个高冷范儿的御姐美女，长相颇似李冰冰。她本来介绍了自己的名字，但刚说完就被胖子用一句"我们还是叫你李冰冰吧"顶替了原本的称呼。"不，你们还是叫我李奕宁。"她坚持。这样的人死掉想必会有些恼火，看得出来她是个强势玩家，会杀掉她的人要么是因为心虚，不想留太多强势玩家在场上和自己作对，要么就是出于……同性的敌对。

我看了一眼眼镜姑娘，她看起来倒不像是会有同性竞争意识的人。不巧，她也正在看我。

场上的背景音乐突然变成了匹克西斯（Pixies）的《嘿》（*Hey*）。我不由得把目光从眼镜姑娘的身上移开，法官将军正套着他颇具个人特色的马头面具，手里捏着手机。

匹克西斯正在唱：

Hey

嘿

Must be a devil between us

我们之间一定有个妖怪

Or whores in my head

或者有妓女在我脑子里

Whores at my door

在我的门口

Whores in my bed

在我的床上

我仔细听了一会儿这首歌，然后确认这绝对不是将军的喜好。

这很奇怪。法官们总是会在游戏时放一些背景音乐，掩盖掉不必要的响动，以免影响玩家的判断——这被称为“场外”。将军通常会放爵士。他性格温和，即便场上起了争执，也都是好说好劝，如果出了错——虽然我从没见过他出错，他一定会客气地道歉，低调解决。从刚刚高老板出局的时候，曲子就变了，不过那是一首——如果我没记错的话——史蒂夫·雷·沃恩（Stevie Ray Vaughan）的老歌。倒也还算符合将军那一路的趣味。

可匹克西斯？

饶了我吧。这绝对不是一个他会听的玩意儿。青少年时期都不会。

李冰冰站起身，她已经没有遗言了。胖子看着她走下楼去，恋恋不舍。他是个民以下身份的事实已经从那副贪嗔痴的外表里暴露无遗。等李冰冰彻底不见后，他跳过我朝小武投去怨毒的一眼。

现在场上剩下的人里，小武的确是我们中看上去最像杀手的人。精瘦，黝黑，一头寸短，袖管里露出的胳膊上显示出含义不明的文身一角，他看上去简直像个真正的杀手。我原本以为他会是那种全程沉默的人。稍微出乎我的意料，他着实不是个绣花枕头，第一轮开口说话时条理清晰，显示出自己绝不是一个只是来社交的玩家。

A 呢？

我没关心这局游戏他拿的是什么身份牌。是杀手，是警察，还是水民，都无所谓。我们俩的游戏目标不一样，所以是不是站在一个队列对我来说并不重要。

他的游戏目标刚刚已经全部阵亡。我的游戏目标……

突然一阵震动声响起。所有人都习惯性摸了下口袋，随即就想起我们游戏的地点是在一栋公寓楼的复式套房里，我们在楼上，这里只有一个大而空的客厅，一个洗手间和一个露台。我们的随身包物都在楼下，和出局的玩家在一起。这意味着震动声只能来自——

全场人都看向了法官。

“不好意思，我接一下。”

将军走到露台。我们和露台隔着落地窗和窗帘。我突然想到，Lily 那根烟抽得未免也太久了些。

将军很快就回来了。

“那个，今晚的游戏规则可能要改变一下。”将军的声音仍平淡，不泄露任何信息。

“什么意思？”胖子问。

“今晚只有一局游戏。”将军说。

“什么？”这回所有人都蒙了。

“只有一轮游戏。就是这一轮。”将军又解释了一遍。

“为什么？”A 问。

为什么。我也想问，但忍住了。

“不好意思，没有为什么。”戴着马头的将军这话说得相当不客气。

这不可能。

他们今晚不可能只想看这一场表演。

But hey

但是嘿

Where

你

Have you been

在哪儿

If you go I will surely die

如果你走了我就死定了

We're chained uh...

我们紧紧相连

We're chained uh...

我们紧紧相连

We're chained uh...

我们紧紧相连

匹克西斯在唱：

Where

你

Have you been

在哪儿

我的目标和 A 不一样。我的目标和 A 从来就不一样。我的目标是找一个人。一个和我一样，不，比我还要优秀得多的玩家。她的名字叫作——也叫作 A。不过，这里为了故事讲述方便，我们还是叫她小 A 吧。A 是一个代号，小 A 也是一个代号，你可以认为她是任何人。但我认识的这个小 A，是一个——那唯独的一个人。

小 A 的传说应该比我和 A 的要久远得多，也更转瞬即逝。她是那种真正的天才型玩家，我只擅长通过逻辑推理和类似于心理测量的方法判断出每个人的身份，这就好比是做那类数学逻辑题：甲说我不是罪犯；乙说丁是罪犯；丙说乙是罪犯；丁说我不是罪犯——以上四人只有一个人在说假话，请问谁是罪犯？而她，是可以完全操控全场选手的人物。当然，一开始我也并不相信。

“清晰的判断力，强大的领导力，还有什么？”我问。

“这都不重要。”将军说。

“那重要的是什么？”我问。

“是……是她那双眼睛。”将军的眼神变得空洞起来。

我头一次知道小A这号人物的存在，是从将军的口中听说的。这时候，我已经是一个相当出色的玩家了，因此将军愿意跟我聊两句游戏台词之外的话。不过，一个敬业的法官，尤其是混顶级玩家圈子的法官，是不该和任何一个选手谈论其他选手的。这是职业道德。法官是这个圈子里知道最多秘密的人。后来知道了将军的另一个身份，我更是觉得那次他会跟我提到小A，完全是匪夷所思。

除非小A真的很特别，相当特别，特别到连将军都忍不住开了口。

说到这里，恐怕我不得不跟你解释一下杀人游戏究竟是什么了。比拼智力角逐技术的一门古老的角色扮演竞技游戏，或者一个用于结识朋友俘获猎物的社交工具——都对。不过，这是对于一般人而言。对我而言，这并不仅仅是一个游戏。

看见我们这个开放式房间天花板四角的隐藏摄像头了没？

要能看见那就见鬼了。他们装的是最贵的那种摄像头，精心布置了层层伪装，如果那么轻易就被看穿，那也太小瞧他们——太小瞧这个古老的游戏了。

他们是谁？没人知道。反正我不知道。相比我、A、小A，甚至将军，他们才是这个游戏真正的玩家，隐形的玩家。

我们管他们叫老板。

我只知道，他们都是绝对的上层阶级。注意，我指的上层阶级，只是说他们是这个世界上最有钱、最有权势也最虚无的那些人。他们未必就是一般意义上的达官贵族、统治阶层，他们有可能很危险，属于你在任何地方都不可能听说过的那种人，因此也非常有能量。财团的一把手，最高政治阶层的候选人，地下军事组织的头儿。都有可能。总之，是像我这样的普通人绝对接触不到的人物。

观看一场精妙绝伦的杀人游戏，在他们来看就相当于看一场赛马。而我，就是一匹赛马。

他们会在像我这样的赛马身上下赌注，赌注可能非常豪奢：一块地，一部分上市公司的股权，一件蒙德里安晚期的作品，一条人命，什么都有可能。除了仅仅作为娱乐外，他们或许也会用我们之间的游戏来进行一些更加重大的交易或赌注。

这就意味着被下注的人，必须是那种真正的高手。挖掘、说服、组织这样真正的高手来进行比赛，就是法官的义务。在这个隐形的、真正的杀人游戏圈，这才是法官真正的含义。

将军就是这样的法官。

我就是在那次将军和我的谈话不久之后被他说服的，成了这个赌博游戏中的一匹赛马，一枚棋子，或是更难听点，一个玩物。随便你怎么想都行。我不在乎。

因为我只有一个目标，找到她。小A。

突然有叫声从楼下传出。

“退出！快退出！你们必须马上——”

那个声音听起来很熟悉。

高老板。

Night 2

法官：1

玩家：8

警察：2

杀手：2

水民：4

Lily (死亡)

A 眼镜姑娘

高老板 (票死) 李冰冰 (死亡)

胖子 小武

我

剩余玩家：5

Night 2½

除了一起杀人外，我和A还算有一个共同爱好。

打弹子。

那是在我们刚认识没多久的时候，我一不小心暴露了自己在这方面从六岁以来积攒的经验，你知道，在大城市生活，像我这样的年轻人，总得小心翼翼把一些幼年时期的隐蔽趣味掩藏起来。我们这种勤勤恳恳努力了十几年从小地方混到大城市来读书，然后辛辛苦苦留在城市里的小镇青年，本身就已经够不酷了，如果再暴露一些按照弗洛伊德理论可以一眼从你的现在看尽你的过去和未来的趣味，就会更加危险。最大的危险是你不会交到任何一个朋友。

至于我是怎么暴露的——

当时我在一家台球馆兼职，A是我们那里的常客。A的台球水平，怎么说呢，和他的杀人水平一样——泡妞够用即可。他的招式很帅气，但击球成功率肯定不及业余高手，连一杆清台的基本功都勉强，不过在姑娘眼里，足够有障眼效果。他每次来都会带不同的妞，只有一次是一个人来的。平时他总是风度翩翩、潇洒自信，而那次，他非常沉默。就是因为这样，他才注意到了我。

"一起？"

"我们有规定。"我摇头。

A没说话，拉我进了男厕，不由分说把我那身台球馆的制服马甲拽下来，双手沾了点水，给我迅速弄了个发型，解开衬衣第二颗扣子，然后跟我换了双鞋，顺手把他那副挂在脖子上的平光眼镜架在了我的鼻梁上。走出去的时候，我看上去已经完全变了个人，成了来台球馆消费的客人中毫不起眼的一员。

“假如还扣工资，算我的。”A 说。

然后 A 就发现了我在打台球这件事上的天赋。我们认识很久之后我才告诉他，其实我根本不懂怎么打台球，只是玩弹子玩得好而已。“台球和弹子，本质上都是一种路径计算。”

“我只用知道你玩得好就行了。”

然后我就成了 A 的搭档，朋友，好朋友。非常有用的朋友。主要功能是配合他一起打台球，辅佐他展示他酷炫的台姿和走位。我的台风则非常平实，只是老老实实让球进袋而已。这样，我俩果然成了台球馆最夺人眼球的那一桌。A 也收获了大量的电话号码。

做 A 的朋友还不赖，至少你总会很开心。这主要是因为他很少不开心。他唯一不开心的那次，也就是遇上我的那一小段时间，我从没主动问过是怎么回事，他倒是有回漫不经心地跟我说了。

“哦，当时我失恋了。”

“这对你来说不是很正常？”

“不太正常。”

A显然觉得，跟一个会收集市面上所有类型飞机杯却无法和女孩保持三周以上交往关系的人聊这个，实在是夏虫不可语冰。

A很快对台球腻了。因为在台球馆，你能俘获的姑娘类型都差不多。总体而言乏善可陈。这就是为什么A拉我一块儿进入了杀人游戏这个圈子。在这里，你能遇见各种各样的人。比如那位看上去很普通但绝对不是普通玩家的眼镜姑娘。

“警察，请选择你要验的目标。”将军依然尽职地扮演法官的角色。

上一轮高老板的声音传出来时，大家都有点蒙。

“他这是想给咱们增加点气氛还是怎么？”A适时地打破了沉默。

胖子噗地笑了。所有人这才放松下来。

“不过今晚只有一局到底是什么情况？”A问将军。只有我能听出他的语气中透露着三分凌厉。

将军无视了A的问题，只说道：“游戏继续。从死者左边开始发言。”

A的发言十分寡淡，似乎Lily和李冰冰都不在之后，他也失去了继续耍帅的欲望。胖子跳警踩了A：“昨晚验的是你，你是杀手。”然后发了我一张水牌。我没接胖子的水牌。小武则出人意料地也跳了警：“我才是警察，第一晚验的是Lily，她是个民。第二晚验的是——”所有人都以为他要说胖子，结果却是：“谢灵。”

我终于想起来眼镜姑娘的名字了，谢灵。听上去挺像那么回事的。我的意思是，一个正儿八经的名字。谁会在这个游戏里取这种名字？

听小武这么说，我表面不动声色，内心感谢他帮了我一个大忙。

如果我猜得不错的话，谢灵应该就是今晚这局里的另一个玩家，真正的玩家。

通常来说，老板们的赌注只会在两个玩家之间进行，也就是说一局游戏里会有两匹赛马。但这两匹赛马是谁，他们自己在刚加入游戏时并不知晓。这也为游戏增加了难度。在遵循游戏本身的规则判断各人身份之外，你还必须找出那个真正的对手，那另一匹赛马，然后，尽一切可能打赢他，他或者她。法官会将赛马和普通玩家，以貌似普通杀人游戏的方式组织在一场游戏里。

如果谢灵就是另一个玩家，这就很好地解释了为什么她在听到我的名字的那一刻，会产生那种反应。这反应我很熟悉。

因为我告诉她的，是我在真正的杀人游戏圈里的代号。孔明。

这是我辨认另一个玩家的办法。简单粗暴，但是有效。一般玩家不会用这么大胆的方式，直接暴露自己，以观察所有人的反应，找到那个真正的对手。但我和一般玩家不一样。一般玩家愿意做赛马，无外乎是为了赚钱，对和高手过招本身有兴趣，或是觉得成为赛马也是一种骄傲。我的目标则是……找到小A。

“这都不重要。”

“那重要的是什么？”

“是……是她那双眼睛。”

我是在真的见到小A之后，才明白将军这话是什么意思的。

那是在我成为赛马之前——将军第一次向我提出这个意向时，我拒绝了。我不想成为一枚棋子，对杀人游戏也没有那么大的兴趣。说到底，这个游戏只是我生活的调剂品，游戏很紧张，可它会让我很放松——和飞机杯一样。我也不缺钱。不再缺钱了。那时我已经博士肄业，并因此而拥有了一份全职的工作，在一个电子游戏公司，做一个看起来挺有前途，实际上也挺有前途的工作：竭尽可能让十八岁以下的玩家们对游戏上瘾。A的工作也终于从投行的低级分析员变成了副经理。我们又有了一个共同点，那就是我们都不是很喜欢自己的工作。而且我们的时间都越来越少，杀人游戏成了少数我们能够一起放松、维系友谊的活动。偶尔一起吃饭，还是站在便利店吃快餐的那种。我们的工作都逐渐不分白天黑夜，年轻时我以为我喜欢黑夜，生活只有在天黑以后才变得真实起来，细节在人造光下才显出动人的色彩。现在我开始害怕夜晚，尤其是黑夜降临之后窗外传来的那些声音，别处的人正在生活的响动。哪怕住在十几层高的公寓，那些声音仍然显得那么近迫。我不知道A对此有何感受，是否也像我这样，越是害怕夜晚，就越是整夜整夜睡不着觉。

直到我遇到了，小A。

我立刻明白了将军说的那句话是什么意思。他说得并不准确。看见那双眼睛，你的确会不由自主地暴露破绽，被她一眼看穿你的真实身份。而这背后真正的原因是，这背后的真正原因是——

所有看见那双眼睛的人，都会爱上那双眼睛的主人。

好吧。我略有夸张。也许这是我为了掩饰自己为什么会如此不中用地败给一双眼睛而胡乱找的借口。嗯，一个借口。一个非常值得的借口。

为了证实这个借口，我愿意再一次遇见她。

“我叫小A。”游戏开始前她介绍自己。

“我知道。”我说。

小A是一个代号，一个再普通不过的代号，任何人都可能叫这个代号。但我一眼就看出来，她就是将军口中的那个小A。这世界上只会有这样一位小A。

“你怎么知道？”她问。

“这不重要。”我说。

“哦，确实不重要。”她的脸上挂着一副略带嘲讽的笑容，那局游戏结束之后我才明白这话是什么意思。

天又要亮了。

在以前，天亮的瞬间会让我感到刺激。那是一种你在这城市的高楼大厦里蜷居时不会拥有的心理体验。但遇到小A之后，每一次天亮都让我感到惊慌。我找到将军，告诉他我愿意加入这个赌博游戏。从此之后这个游戏对我来说不再只是个游戏那么简单了。在和小A的那次游戏中，我输了。但随后就明白过来，我不是真正的输家，真正的输家是那一枚——另一枚——棋子。小A也是一枚棋子。那局游戏，我只是填充游戏的NPC之一。我的输赢无关紧要。我和小A，就像是平行世界里的两个人，在同一局游戏里相遇了。

为了再一次与她相遇，我非常努力地成为一枚棋子。一枚顶级的棋子。只有这样我才能不断被老板们选中，晋级到更大的赌博中去。我相信只要不断往上爬，就会再次遇到小A。越顶级的玩家，圈子越小。从统计学来看，我已经差不多战胜了99%以上的玩家。

但是今晚。

为什么只有一局游戏？

我预感今晚这局游戏非常特殊。所以在小武跳警说第二晚验的人是谢灵时，我会突然紧张起来。如果她就是另一匹赛马，而今晚只有一次比赛决定输赢的话……她肯定和我是对立面的身份。

“她是个杀手。”小武说。

我内心向小武投去感激的一瞥。

谢灵呢，她几乎没有情绪。“我是个民。我质疑小武的跳警，他第一晚验的是个死人，这个包怎么说都成立，而且胖子指认A是杀手之后，他就立刻跟在后面跳警，这警跳得非常无力。我有理由怀疑小武和A到底是什么关系。”

她的每句话都很到位。我越来越钦佩这个姑娘。从发言来看，小武这警跳得确实不算成功。但没关系，我会帮他投出谢灵。

也许今晚之后，我就会见到她。不知为何，我心里有这种预感。

但结果出局的是小武。

谢灵的两票是我和小武投的，小武的三票是，胖子，谢灵，和A。

A？

我对A会做出这样一个判断颇感惊讶。按发言来看小武的确处于劣势，可是——的确谢灵是个姑娘，长相也还说得过去，可是（我的理性稍微有些动荡，内心对A产生了些许恼火）——A不知道我的真实情况和目的，做出这种选择的确合理，可是——

A你毕竟是我的搭档呀。我平行世界的搭档。

“天亮了。”将军说。

“不，等一下。”

Night 2½

法官：1

玩家：8

警察：2

杀手：2

水民：4

Lily（死亡）

A

谢灵

高老板（票死）

李冰冰（死亡）

胖子

小武（票死）

我

剩余玩家：4

Night 3

天又亮了。不，等一下。请天停一下再亮。

“有人示意游戏暂停。”将军说。

“是我。我想先去趟洗手间。”我站起身。

“嗯。那各位也先休息一下。”

现在留在楼上的只剩下我、胖子、谢灵和A。

我向洗手间走去，走进去前的那一刻我看了眼露台。露台和洗手间是连着的。Lily不在那儿。我走进洗手间。然后一个念头闪过。不，她在那儿。只是她躺在地上，我没看见她。

为了确认这件事，我又走出洗手间，路过露台那瞬间我又看了一眼。对，她就躺在那儿——地上——人事不知的样子。

发生了什么？！我的大脑宕机了有一个世纪。

“怎么了？”将军问。

“灯坏了。我去楼下那间吧。”我希望我的语气足够平淡。

将军——不，应该说是那颗马头盯着我看了有三个世纪。

“去吧。”他说。

我注意到歌又换了。

现在是一首忧伤的抒情小调，石器时代皇后（Queens of the Stone Age）的《蚊子之歌》(*Mosquito Song*)。

I know, I know the sun is hot

我知道太阳火辣

Mosquitoes come suck your blood

蚊子们争先恐后地赶来吸你的血

Leave you there

让你独自

All alone, just skin and bone

在那儿，唯留皮骨

When you walk among the trees

当你在树林间穿行

Listening to the leaves

请聆听树叶

The further I go, the less I know

我走得越远，所知越少

The less I know

所知越少

我明白了。只要有一个玩家出局，歌曲就会更换。这首应该是小武的退场曲。

楼下一个人都没有。高老板，李冰冰，小武，都不在。

我走进楼下的洗手间，打开灯。我打断游戏是为了好好想想这整局游戏，怎么才能在最后一个白天让谢灵出局。这是最后一个晚上了。

实际上，除了 A 投给小武的那一票让我疑惑之外，更让我疑惑的是胖子投出的那票。

我是一名警察。

胖子是我的警察同伴。

第一晚，我们验出高老板是杀手。A首位帮我们踩了高老板，正合我们的心意。胖子顺势跟了A，肯定高老板的杀手包。我没跟，保护自己的警察身份。谢灵拉我上PK，说明有分散高老板票数的嫌疑。除了我知道谢灵作为一匹赛马跟我一定是对立面，所以她必然是杀手外，按普通玩家的逻辑，胖子也应该想到谢灵和高老板是同伴关系的可能性很高。

第二晚，我们验了小武，他是个民。胖子无法判断A和谢灵谁是杀手，丢个包给A还算可以理解，可最后投票投了小武？！这已经不是失误那么简单了。我只能认为胖子是对小武妒意太深。

这些普通玩家的局限性。我重重叹口气。

等一下。

我发现镜子上被我呵出的水雾中隐约浮现出了什么。我又呵了几口——

“立即停止游戏，你不知道他们在赌什么！”镜子上写着。

我又想起了楼上露台外面躺着的Lily。

咚。咚。咚。

谁？

“怎么那么久？”

我擦掉玻璃上的字，然后按下冲水马桶，打开洗手间的门。

是将军。

“不好意思。肚子有些不舒服。”我说。

“快上来吧，都在等你。”

“嗯。”

那颗马头转过去。

“小 A 也在等你。”

“什么？”我愣住。

“赢了这一局，你立刻就能见到她。在下一局游戏上。”

我在原地呆住。预感是真的。

那双眼睛又出现在了我的脑海里。犀利过人，深不见底，好像能够一眼看穿你的灵魂。谢灵也拥有一双凌厉的眼睛，可略嫌直白，不够婉转。唯有小 A，不是任何代号的那位小 A，只有被她看着的时候，我才拥有灵魂。那晚之后，我的失眠更厉害了，脑海里总会反复咀嚼我和她的那些对话，像把玩一件绝妙的艺术品一般，试图从那些简单的对白中品味出更丰富的含义。

我努力摆脱那双眼睛，然后追上将军：“他们这一次赌的是什么？”

马头停了下来，缓缓扭过头来：“你不该问这些。”

“我知道。”我说。

“我也不知道。”将军沉默了一会儿，又开口道，“我只听说你上一次参加的那局游戏，他们赌的是——”

“是什么？”

“是某些珍稀物种的生命。”

我没反应过来：“珍稀物种？”

“你上次赢了吗？”他问。

我点点头。那一次不是将军组的局，他不知道游戏的情况。

“那么你灭绝掉了南太平洋某个岛屿上的一种鸟类。”他说。

“灭绝？”

“从此世界上不会再有这个物种了。”

将军走上楼去。

我在原地呆住了一千万年。

“你怎么知道？”

“这不重要。”

“哦，确实不重要。”

这不重要。

南太平洋某个岛屿上的一种鸟类。嗯，这不重要。

今晚呢？也许是大西洋某个岛屿上的另一种鸟类。这也不重要。

重要的是我将再次见到小 A。

我走上楼去。

“天亮了。”游戏继续。

死掉的人是胖子。没有遗言。

场上只剩下我，A，谢灵。第三晚我没有验人。我已经确定谢灵是我必须要干掉的对手。而我和 A 之间的一个默契是，我们从不会杀对方，也不会验对方。这是我们对彼此的某种尊重。胖子只能干瞪眼。

“从死者左边开始发言。”将军说。

“游戏到这里已经很清楚了。”A 看着我，“场上只有一警、一民、一杀。我是个民，所以我希望警察能够站出来，给我指个方向。游戏就结束了。”他显然认为我是警察。

“不，我才是民。我不知道你们俩谁是杀手。不过 A，我现在认为你的嫌疑比较大。”谢灵说。

到我了。我深吸一口气，游戏就要结束了。我就要见到小 A 了。

“我是警察。第一晚验的是高老板，他是杀手。第二晚验的是小武，他是民。第三晚，”我看着谢灵，“验了你，你是杀手。”我撒了个谎，然后看着 A，“把票给谢灵，游戏结束。”

今晚风可真大，呼啸着的风吹得落地窗直响。

“那么，现在开始投票。”将军说，“我数三二一。”

三，二，一。

“三人各一票，你们每人还有一次发言机会。”将军看了看投票的情况。

怎么回事？

我投了谢灵，谢灵投了A，A却投了……我？

我看着A，眼神里满是“什么情况”。

A清了清嗓子。他从来没有像现在这样平静过。这不是他的风格。

“C。”他说。

C是我真正的名字。这个名字只有A知道。我从来没有在游戏里用过我真正的名字。真名和假名有什么区别？它们都一样，都只不过是一个代号，不同世界的代号罢了。

“C。”他说，“你该停止这个游戏了。”

什么意思？我看着他。

“我知道你在找一个人。”他看着我，用一种我极为陌生的眼神，散发着猛兽的讯息。

我没有说话，仍旧疑惑地望着他。

“一个女人。”他补充道，然后继续说，“可你应该停下了。你不知道自己都干了些什么。”

我当然知道我在做什么。我在不断地赢得游戏而已。我只是不知道他们都干了些什么。那些老板们。

“你已经变得不是你自己了。停下吧。”A说话什么时候变成这样了，跟美国队长似的。

我看着 A。他直视着我，迎接着我困惑的目光，深瞳里仿佛有无穷无尽的液氮，可以冷凝一切我朝他投去的不解。

“所以，那一次恋爱有什么不一样？”我问 A。

“这问题你以后会明白的。”他说。

我回想起了曾经和 A 的对话。

我现在已经明白了。假如有一些人和别人不一样，那么有一些恋爱，也就和一般的恋爱、关系、情感、联结——随你怎么形容——不一样。就像现在，我想到放弃这局游戏，之后便永无可能与小 A 再会，一团密云便罩在了心脏上。我感到痛彻心扉。

其实我见过小 A 不止一次。我撒谎了。对，我撒谎了。为了让这个故事更加戏剧化。

关于我是怎么爱上她的，在这之前我没有详叙。准确地说，我们相爱了。在第一次见到她之后，我爱上了她，她也爱上了我。我们开始了交往。可我们的交往仅限于杀人游戏。为了确保比赛的公正——想想那牵涉多么大的赌注，作为一匹赛马，你是不被允许和任何其他赛马或普通 NPC 玩家有恋爱关系的——一切联系都不可能有。你会受到严密的监控。所以我们只能通过游戏的方式接触彼此。我们从未对彼此说过一句超出游戏玩家应该说的话。但这不能阻止丰饶而迷人的爱情通过那些看上去非常普通的游戏台词，源源不断地穿透我们的身体。偶尔我们擦肩而过，她身上的奶油味醒目地钻入我的鼻腔。那一刻我赞美上帝。后来我无数次地回想我们共同参加过的那一局又一局的游戏，那一个又一个一起度过的夜晚，都仿佛觉得它们是发生在夏末初秋，仿佛我们不是在一个个密闭的房间，而是在世界上每一个地方。我说的好像有很多场游戏似的，其实并不多。我能以NPC玩家的身份和她参加这么几场游戏，已经很说明问题了：找我这个级别的玩家当NPC，说明这个赌博游戏的级别也已经很高，这个级别的NPC玩家已经寥寥无几，法官只能反复使用我们这些工具人，我和她这才见了不止一次面。很快她就不见了。彻底地消失了。我知道那是因为她晋级了，去了等级更高的赛场。

直到这时，我才不得不找到了将军。“我愿意加入。”

我成为赛马后，就渐渐地减少了和A搭档游戏的次数。偶尔也能在赌博游戏中见到他，那是因为他本就是普通杀人游戏界有名的玩家，找他来不知情地充当NPC工具人的法官也不少。你知道，赌博游戏，虽然赌的是赛马，但赛马和NPC玩家的实力如果太过悬殊，一局游戏就会失衡。这将是游戏致命的bug。

“我不知道他们这一局赌的是什么，可事情已经失控了。不要再继续下去了！你已经不是自己了。你在把自己变成一具傀儡你知道吗？！”A站了起来，谢灵和将军目瞪口呆地看着他，“你还记得一开始玩这个游戏时的自己吗？”

我不记得了。他说得对。可是，事情失控？我想起了阳台上的那具——尸体？我努力把那个画面排出脑海。与此同时，鸟的声音又钻了进来。我仿佛听见它，一只，两只，一群，它们惊恐凄厉的叫声。我努力，让小 A 的脸回到我的视觉正中心。然而 A 朝我咆哮的画面在把那张脸挤掉。

我突然体验到一种巨大的难过，后知后觉地，以卵击石地。我和 A，我们有多久没有一起玩一局真正作为搭档的杀人游戏了？似乎自从我成为赛马后，我就在不断地参加赌博游戏，晋级，晋级，再晋级。我好像真的想不起来最初和 A 一起玩游戏时是一种什么样的乐趣了。

我闭上眼睛。

我和 A，我们曾经也管进台球馆打台球叫“进去收尸”。

A 是我的第一个朋友。尽管我此前并没有认真想过朋友的含义。非要仔细去想，我们不过就是相互利用的同伴而已。相互利用。相互利用，相互利用。我把这几个字嵌入大脑。

“你知不知道，再往上晋级一步，你就回不来了？”A 的声音仿佛来自水面以上，朦朦胧胧的，每个字都被放大、扭曲、变形，以曲折的路线进入我的耳蜗。

真的只是相互利用吗？

我睁开眼睛。

这沉默的一瞬间大概有一个宇宙寂灭。无数只百灵鸟从地上飞起。

A叹了一口气，从口袋里掏出一个东西："如果你真的要找到她。我想这是我们最后一次一起游戏了。"

那是一颗弹子，是我的弹子收藏里一直缺失的一种。

A递给我："如果你决定好了。我会帮你。"

我闭上眼睛。

"请下一位玩家发言。"将军说。他竟然还在主持，他们选他没看走眼。

"我。"我说，"我叫孔明。"

"我是一名杀手。"我说。

我努力把那双深邃幽暗的眼睛从灵魂中，不，连同我的灵魂一块儿提溜起来，从脑海中甩出去。然后倒灌整个太平洋的海水进去。

我希望这样我就能看见南太平洋某岛屿上的一种鸟类。那种鸟应该有五色的羽毛，轻盈如云彩。

"请把我票死出局。"

我没有爱上小A。我只是爱上了杀人。

这是我为了掩饰自己为什么会如此不中用地头一次败给一双眼睛而胡乱说出的借口。嗯，一个借口。一个非常值得的借口。

我再一次睁开眼睛。

Night 3

法官：1

玩家：8

警察：2

杀手：2

水民：4

Lily (死亡)

A

谢灵

高老板 (票死)

【杀手】

李冰冰 (死亡)

胖子 (死亡)

【警察】

小武 (票死)

【水民】

我 (票死)

【警察】

剩余玩家：2

Finale

睁开眼睛时我看到的是一张笑脸。A 的笑脸。

将军宣布游戏结束："最后的赢家是，A。"

我得到了谢灵的一票。A 没有投票，我也没有。

可最后的赢家为什么是 A？

我看着将军。从他的眼神里我立刻明白了两件事：一、A 才是真正的杀手，谢灵真的只是个民，怪我先入为主；二、A 也是一匹赛马。

"可是怎么会？"我目瞪口呆，"你怎么会是赛马？你不是 A 吗？"

"A 只是一个代号。"A 似笑非笑地看着我。

"可你为什么要踩你的杀手同伴？"我指的是高老板。

"他也是一匹赛马。"

我愣住了。

"今晚这局，每个人都是赛马。"A 说，"刺激吧？"

原来如此。我恍然大悟。这局游戏的种种不合理之处都联系起来了，难怪胖子知道小武是民还会投他的票。每个人都是赛马，这意味着你不但要干掉所有对立面的人，也要干掉自己团队的人。你要成为唯一留下来的那个人。

我还是难以置信地看着 A。

"我以为，我们是朋友。"

"在我成为赛马之前，是的，我们是朋友。"他还是用那副玩世不恭的表情看着我。我相信他说的是真的。

“请输家立即离场。”将军不给我更多的时间吃惊、愤怒和悲伤了。

我和谢灵一起往楼下走去。

我突然想到一件事，扭头去问：“这一局他们赌的是什么？”

将军没有回答。A只是看着我，他的眼神非常遥远，越来越遥远了。那是一种非常疏离的、仿佛我们已经不是同一个世界的感觉。

“生命。”谢灵冷冰冰地在前面说。

“谁的生命？”

没有人回答我。

我也听不到任何回答了。

在最后一刻，我突然忘了所要寻找的那双眼睛的主人的名字。她叫什么来着？那只是一个代号。我知道那只是一个代号。可是她不是一个代号。不是任何其他也叫那个代号的人。她只是她自己。

音乐又响起来了。这是一首《超音速》(*Supersonic*)。

He sits in a corner all alone

他独自一个人坐在角落

He lives under a waterfall

整天以泪洗面

Nobody can see him

别人对他视而不见

Nobody can ever hear him call

甚至对他不闻不问

Nobody can ever hear him call

甚至对他不闻不问

You need to be yourself

你要保持真性情

You can't be no one else

不要像其他人一样

I know a girl called Elsa

我认识个叫埃尔莎的妞

She's into Alka Seltzer

她嗜泡腾片如命

She sniffs it through a cane on a supersonic train

她拿吸管吸食后就如坐超音速列车般畅快

And she makes me laugh

她也能让我开怀大笑

A 只是一个代号。

A is for Alka Seltzer.

Finale

法官：1

玩家：8

警察：2

杀手：2

水民：4

Lily（死亡）
【水民】

A
【杀手】

谢灵
【水民】

高老板（票死）
【杀手】

李冰冰（死亡）
【水民】

胖子（死亡）
【警察】

小武（票死）
【水民】

我（票死）
【警察】

剩余玩家：1

Party 2

“博士，怎么处理 907 号 AI 的数据？”

“全部销毁。”

“全部销毁？可这不是人类历史上第一个成功突破情感型逻辑游戏的 AI 吗？这可比十年前 AlphaGo 在围棋界取得的战绩要厉害多了啊！”

“可它没有按照我们给它设定的情感路径突破。”

“您是说……小 A 路径？”

“嗯。功亏一篑。它差点就因为爱上小 A 赢得了最终的局役胜利。”

“可它发展出了自己的情感路径，为了友谊选择了牺牲自己，这难道不是另一个重大突破吗！”

“这个突破过于重大了。如果任其发展，后果将不堪设想。你想想，人工智能有了自我情感意识，下一步是什么？自由意志。这就不是我们人类可以控制得了的了。必须要销毁这个 AI。这些数据不得让任何人得到。”

“我明白了。”

“嗯。那迅速去处理吧。”

“好的。”

“等一下。”

“什么？”

“把 908 号的数据传给我看一下。”

“908 号？那是？”

“A。”

2017 年 1 月 22 日

释『赝人』

据《古代汉语字典》（商务印书馆，2005）所录：

赝 yàn

字源：赝是形声字，贝为形，雁为声。赝的本义指假的，伪造的，即“伪物”。

释义：伪造的，假造的。沈约《宋书·戴法兴传》：“而道路之言，谓法兴为真天子，帝为赝天子。”

按赝为形声字解，“贝为形”，原本当多用于“财货”一类的物上，但在上述词例中便已举出了用于人身上的情况。现代汉语中，则少有此种情况（同等情况的用法多以“伪～”代替，例如“伪政府”“伪军”等），也许仅有“赝人”一词为例外。

“赝人”，指近年来发现的一种与人类无限近似但具有本质区别的类人物种。考虑到该物种目前在任何一个学科内都未达成定义上的共识，其名称也就松散而多样，有动物学家主张使用 Homo sapiens var.（智人变种）作为学名，也有人使用英语中既有的 dummy、golem 等词作为俗称。汉语中则先后出现过“拟智人”“倮虫”“歧人”等译名，皆不如“赝人”词义专属且贴切。

《山海经》中记载有一则故事：“无启之国在长股东，为人无启。”这则记述被认为是中文文献中对“赝人”最早的指认。当时的人认为有一个叫作无启国的国家，那里的人没有生育能力，也没有后代。无启国后来在《酉阳杂俎》里也出现过，被描述为一种住在洞穴里的人，他们死后，心不会腐朽，埋入土中百年后，会再复活。* 这些描述以现在的观点看，离赝人的真相（如果存在一种真相的话）仍相去甚远，不乏夸大和想象。赝人非人，但与人具有相同的体貌特征、相似的行为表现、共享同一文化源流，真伪莫辨。人们虽能约莫总结出赝人的一些特点：如擅长撒谎、精于权术、喜操纵他人、欠缺内疚感、无法共情、无道德感、拥有流于表面的魅力等等，但这仍是模糊的表述，且具有幸存者偏差，不能完全代表整个赝人群体。事实上，人类中也不乏符合这类描述的例子。

究竟是什么将赝人和人类区隔开来？综合截至目前的研究，最为准确，或许也最为谨慎的结论是：赝人在活着时（显然，赝人也有生物学意义上的衰老与消亡）与人殊

* “无启民，居穴食土。其人死，其心不朽，埋之，百年化为人。”

无区别，只有在死后才显现出二者的根本差异——赝人死后，熵无增无减。中国的道教对此做出过另一种形容，“尸解”，修道之人在修行完满之后，灵魂羽化飞升，留下一具遗体，遗体不青、不皱、不落发，似物化一般。此外，还有一种民间广为流传的说法，赝人与狗存在同生共长、与乌龟存在此消彼长的关系。世上有一个赝人诞生，必在同一时刻有一只狗出生，有一只乌龟死去。不管是哪一种描述，其实仍很难让人深刻地理解赝人与人究竟有什么不同（光是搞清楚熵是什么就已经够让人头疼了）。于是，一种简单的说法出现了，赝人就是无心人。

赝人并非没有心，世界上最精密的医疗仪器也无法分辨出赝人和我们通常称之为人的那种动物在生理上有什么区别。这就把问题交给了形而上学领域的专家们——心理学家、哲学家、艺术家、传教士、中医、作家、魔术师、占星学家、非法药物鼓吹者、诗人。在心灵这一话题上多少有一席之地的人，对此有经久不衰的讨论。往往，这一问题又引发出诸如科学是什么、科学史的拨乱反正、中西医之争、占星学是不是现代巫术等或陈旧或新奇的争论。无论是人类学还是物理学，社会科学还是自然科学，都从未甘心交出赝人与人的区别这一重大议题的话语权，就像它们从未放弃定义灵魂一样。每一次，一种有关赝人的崭新学说出现，都会引发一阵知识界的震荡。混乱的大争论之后，总以任何一种观点都“未经证实，也无法证伪”结束。

这其中还有个最为复杂的问题：据可靠的数据统计，在所有人群中，赝人都占据约12.5%。也就是说，大约平均每八个人中就有一个人是赝人。更进一步，这意味着，在每次关于此问题的大讨论中，有相当比例的人自身就是赝人！没人会认为自己就是那个1/8，即便他们意识到存在这种可能性。这是当然。当一群医学专家在免疫系统疾病会议上热烈辩论时，没人会认为他们自己有可能就是HIV病毒携带者，就是他们口中那个数字的一分子。我们每天都在新闻上听见各种各样的数字，也很少会觉得那和我们自己有什么关系——新型带状疱疹疫苗致死率0.23%、第三季度全国经济增长率环比下降57%、未来十年南极大陆将有95%左右的概率减少5%以上的面积、平均每八个人中有一个是赝人。

好了，先不管这些复杂的问题。当人们说赝人是无心人的时候，指的并不是那颗扑通跳动的心脏，而是说他们没有灵魂。赝人依靠模仿人类过活。他们有极为精巧且完全自动化的模仿能力，能够将人类身上那些优秀的特质吸收过来，而人类那些根深蒂固的缺陷，又无法对赝人形成真正的戕害，结果就使得赝人在人类社会适应得更加出色。乍看这很难理解，不妨以人类身上最精密独特的部分——情感——为例。赝人没有情感，只有模仿情感的能力，通过观察，他们可以习得人类的行为—情感逻辑链条：小孩子获得玩具会开心，因此赝人知道如愿以偿后要表现出喜悦；学生考试失败会灰心丧气，因此赝人知道愿望破灭时要表现出沮丧；得到他人的馈赠或帮助会使人对对方产生好感，因此赝人知道当别人有所求时他们应当站出来。伤害朋友和爱人会让他们痛苦，而使他们痛苦这点会反过来造成自己的痛苦，这是人们在做出这些事情后感到悔恨和歉疚的原因，哪怕伤害尚未发生，于是，人们做出覆水难收的事情前会三思——但赝人不会有这种觉悟，这就是模仿的情感与真正的情感之间的区别，赝人只会表现出情感外在的样貌（悲伤时哭泣、喜悦时微笑、兴奋时手舞足蹈），而缺乏情感的真实体验，所以，情感并不真正对他们产生影响（促进、约束或沉思）。对赝人来说，情感只是一种行动，行动则意味着可以选择。当赝人在面对一种具体的情境时，他们会综合分析是否要选择那种人类社会所普遍赞同但不一定利己的行动：出轨的丈夫被发现，他应该痛哭流涕向妻子恳求原谅，还是阳奉阴违继续欺瞒？国家的领袖面对举国的饥民，是沉溺对自我的迷恋，还是痛定思痛做出改变？一位作家在作品中揭示内心的创痛，是为了登上那座荣耀的圣殿，还是出自真正的迷茫和觉醒？口中说出“爱”这个字眼时，它的分量究竟是轻还是重？

这些困难的情境会成为绝大多数人类生命中不可或缺的悬崖、迷雾和冻原。可对赝人来说，它们反而成为某种福祉，因为他们并不会在此停留，无论是否处置得当，他们都可以轻松地滑过这些裂缝，雁过无痕。与人类相比，他们就显得更加强大。与其说赝人没有心，不如说他们的心灵光洁无比，看不见一条沟壑。这种与生俱来的天赋，再有命运的加成，就会产生意想不到的强大效力——人类社会中的某些特殊位置正需要这样一种存在。当赝人填入这样的位置时，他们灵魂的缺席或许会对身边人、事造成创伤，却在更大范围的社群中产生正面效果。我们绝不想做彼得大帝的儿子，却无法否认他对俄罗斯的重要程度。

既然赝人拥有这样的禀赋，那么，接下来的一点也就容易理解了：赝人通常并不知道自己是赝人——一旦他们明白这一点，就会使自己陷入不必要的困境，简单来说，他们会坏掉。坏掉的赝人终于明白那种萦绕于呼吸间、蛛网般钻入鼻腔的难受劲儿究竟来源于何处。这是造物主安顿赝人时的必要考量，一只蜉蝣、一块陆地、一片雪花也会有属于它们自己的痛苦，万事万物没有哪个能够全然超脱。赝人亦如是：当一位赝人不喜欢自己，当一位赝人发现自己与别人不一样，当一位赝人爱上了一个人类，是的，当一个赝人产生了近似于真正的情感的东西——谁说这种事情不会发生？他们还不知道应如何为这种痛苦赋名，也就更不晓得怎样摆脱它们——如果他们不断追溯那种难受的来历，则会缓步迈入探问他们自身存在的森林。一旦在这里迷失，坏掉的赝人会惊恐地发现他们过去拥有的那种魔力、那些本领均已失效。古希腊人说，认识你自己。何其难也。我们都以为自己知道自己是谁，可我们真的知道吗？

赝人终其一生都要避免这样的命运，也就是不能知道自己是谁。在人类社会获得的胜利是属于赝人的平庸，而平庸是幸福的。只有极少数明白自己是谁的赝人，能够逃脱坏掉的命运，从思想的涡流中挣脱。对于这样的存在，我们必须怀以敬意，如同人类中那些历经精神和肉体的磨难却没有被摧毁，从迷宫中找到了出口的个体，无论他们的结局怎样，他们都已成为另一种罕见的超越性的存在。一般意义上的评判标准已不足以用在他们身上。在某种意义上，你甚至可以认为这极少数的赝人和极少数的人类是同类，是赝人和人类之外的第三类。他们或者默默无闻，或者被载入史册，无论如何，他们已成为自己。

赝人不能被发现自己是赝人——无论他是否觉察到自己是。虽然赝人对人类的影响总体上是有益还是有害还难以定夺（这部分也是因为人们并不能精确地知道哪些人是赝人），但毫无疑问，一旦赝人的身份被公开，他必然会被视为一个怪物。古今中外，异类的历史已昭示他们的命运往往不得善终。这是一件颇值得玩味的事，当赝人隐藏在人群中时，他们会被视为成功者，他们身上的那些缺陷会被形容为野心家的必要属性，人们撰写文章赞颂这样的品质：冷酷、果敢、坚毅。可一旦人们发现他其实并非同类，看待他的目光即刻就变了："烧死他！"

在人类历史的各个阶段，都记载有被发现的赝人。一旦赝人被发现、被确认，他们也会产生变化，一些变得极有攻击性，一些精神开始萎靡，一些仍像过去那样生活（竭力维持但未必有效）。在文明的早期阶段，被发现的赝人会被处以极刑，随着人类对他们的恐惧渐消，而好奇渐长，许多残忍的实验诞生了。在这些实验中，人们一无所获，却更加了解人类自己。没有一个赝人选择自杀，但许多被发现的赝人余生都处在痛苦之中。

我们并不确认赝人是否从一开始就对自己是谁一无所知，有一种主流假设认为，赝人是为了更好地适应人类社会，才在进化中忘了自己是谁，只有连他们自己都意识不到自己是谁，他们才能在人类社会中更好地隐藏自己。伴随该种假设形成的一个例证讨论，就是生活于公元前五世纪的古希腊作家希罗多德的故事。根据历史学家的研究，他的辉煌巨著《历史》是记录赝人早期生活图景最为完整的文本。可想而知，这一发现是多么激动人心！可随着考古学家的介入，人们很快发现，事情比预料的要复杂得多。《历史》的前半部分叙事统一，冷静克制，充满谎言，但从第五卷开始，希罗多德的讲述渐渐走向迷乱。在讲述波斯王泽克西斯一世再次侵略希腊的事迹时，叙事者的声音充满了恼怒，自此，这些故事趋近历史真相。这真假参半、前后不一的讲述，让人们想到一种惊人的可能：希罗多德自己也正是一位赝人！他在写作《历史》的过程中逐渐遗忘了这一事实，可他却没有忘记除了自己以外的那些赝人，于是，他开始不自觉地说出真相。

事情还有可能更加复杂。赝人如何对待另一位赝人？根据我们的观察，赝人之间本能地存在相斥的反应。这容易理解，一山难容二虎。赝人虽不明白自己是谁，却能极为敏锐地识别出同类，并与对方保持一种微妙的紧张关系。而前面我们提及的数据——每八个人中就有一个是赝人——至少在近百年以来都未曾发生波动。要知道，这一百年来，世界人口发生了多么巨大的变化啊。我们不妨将结论先行揭示：赝人在人类中的占比自开天辟地以来就是动态恒定的。这仿佛就是造物主有意安排在人类社会中的鲶鱼效应。想想看吧，假如历史上真的存在过赝人知晓自己身份的时期，将会发生怎样黑暗的事情？赝人在人类社会中零星被发现是一回事，赝人们齐刷刷明目张胆地存在、自我确认则是另一回事。想想历史上的犹太人。然而，赝人统领世界这一图景也仅可能短暂发生，难以持续，因为很快赝人同类会开始彼此防备、钩心斗角，这无疑比与人类竞争要激烈而刺激得多。当他们自相残杀时，人类会与其割裂、幸免于难吗？不，这只会造成更广泛的倾轧和伤害。战争、动乱、人祸。然后，赝人们开始忘记自己是谁，世界平静下来，万物复苏。

不消说，虽然赝人内部存在一种紧张关系，但作为一个整体，他们仍有一种团结意识。这种意识主要来自对危险的觉察，这就能解释为何希罗多德会用谎言来保护当时的赝人。那也是历史循环中赝人处在物种金字塔高位的时期，然后是混乱的种内斗争，再然后，赝人遗忘自我，人类的地位提升，二者混杂为一体，共生同长。

现在，让我们再回过头看《酉阳杂俎》里对赝人的描述，为何当时的人会认为赝人百年后就能复活？换一种理解方式，会不会那只是历史的再次轮回：人类社会开始意识到他们中间有一类“人”不同寻常，借由多方研究，逐渐确认“赝人”的存在。零星的赝人个体被发现，遭到特殊的对待。人类社会开始发生变化，原本混杂共生的群体又再次逐渐分化。有一天，赝人觉醒了，他们想起了自己是谁。想起了自己是谁的赝人，必然有相当一部分原本就从事着赝人的研究工作，然后他们开始说谎，关于赝人的记叙在这里便又充满陷阱。

说了这么多，你可能还是有疑问，赝人究竟是什么样的一种存在？赝人与人的区别到底是什么？世界上真的有赝人存在吗？很遗憾，我也还没有弄清楚这些问题。

2021 年 11 月 2 日

* 本文原载《辞海钩沉》2013 年第 1 期（总第 216 期），此乃在原文基础上的增订。

赛洛西宾25

这个故事听上去或许有些不可思议，不过它恰恰就发生在你我生活的这个时代，二十一世纪，一个科学与文明的世纪，一个本不该出现任何神话传说的世纪。为了让你能够更深刻地理解这个故事，我们不妨就把它放在中国好了。实际上这场隐秘的变局早在二十世纪三十年代就初见端倪，到了二十世纪五十年代则演变成一场席卷全球的思想浪潮，从美国中部开始，向东横跨大西洋，从里斯本入境延展至中东；向南跨越墨西哥，跳开社会主义国家古巴，奇怪地在牙买加发酵，继而流传到了南美。后来有潦倒的历史学家考证，这场思想实验的侵袭路线和宗教的发展有着某种奇异的镜像关系：它传播的路线和基督教早期的发展路径恰好是倒过来的。至于它如何在亚洲的印度几经迁徙，继而克服了国境线迈向缅甸，又进入了中国，尚未有历史资料给予明确的答案。我们只知道云南人在这方面做出了委实不小的贡献。不过，这和我们要说的这个故事没什么关系。你甚至可以直接跳过这个开头——

这个故事是关于一个普通的年轻人的：大名傅广义。他的父亲在中国长江以北某平原城市的一所大学工作——做的是门卫，准确地说是二系教学楼的保卫工作。二系是该大学的物理系，可能正是因为这个，他父亲才给他起了这样一个名字。傅广义，广义相对论的广义。他离家多年——小时候有算命先生说他要在北边发展才能起大运，大学毕业后他就待在了北边某城市工作，但这和算命先生的话没什么关系，纯粹是因为他当时的女朋友是北方人。他们感情甚笃，谁也离不开谁，他便顺着女友的意思来了她的家乡。

在此，我们不详述傅广义之前的生活。我们将从二〇一六年七月十四日这天开始讲起。这一天世上并无大事发生，只是傅广义的生活发生了一个剧烈的变化：他失去了他的女友方立秋。

方立秋没有死，没有失踪，他们也没有分手。实际上再有两个月，他们就要结婚。他的失去既不是物理层面的，也并非情感层面的。他们感情依然很好，如同恋爱以来的这六年。他们并未像别的历经六年恋爱长跑的情侣那样，对彼此失去新鲜感，或在生活中消磨掉了对对方的爱。直到这一天，傅广义都觉得他这辈子不可能再像爱方立秋那样爱任何一个别的女孩，他不知道方立秋是不是也这么想，但他觉得是。

方立秋学的是新闻传播，毕业后先是在一家传统媒体工作，后来随着报业萧条，又辗转换了几份工作，最近的一份是在一家新媒体做编辑。虽然工作内容挺无聊，不过她不是那种心思跳脱的人，这工作稳定，报酬也还不赖，尤其是随着这几年新媒体的崛起，他们公司通过创始人积攒的名声获得了大量导流，公司光靠广告就可以获得非常不错的现金流。创始人早前是记者出身，后来转型创业，也实属摸准了新世纪的传播渠道变迁，赶上了这股风潮。从商之后，从前做记者时的理想主义情怀也顺理成章地成了企业文化的一部分：除了他本人之外，任何人都相信崇尚自由是这家企业的灵魂。所以，他对于公司内一位普通员工突然递交的辞职报告虽有些惊讶，但也只花了一分钟就批准了。

那份辞职报告非常简短，是这么写的：

我要辞职，我找到了我的使命，我要上天。

如果你也生活在这个年代的中国，你会意识到，这听起来颇像那短暂的几年兴起的一种后消费主义思潮，或者说，一种在经济高速发展的中国疯狂崛起的中产阶级所鼓吹的新兴生活方式。这种新生活方式倡导人们从疲乏不堪、毫无意义、只为谋生的工作中出走，逃离一种世俗意义上成功体面的生活，逃离无限膨胀的北上广（北京、上海、广州，在当时，这是中国三个超大城市，亦属文化经济的主流之都），去过一种理想主义式的生活，追逐某种遵从内心的、真实而有意义的生活。

公司内的其他同事对于方立秋突然辞职也并未产生太多的想法。首先，在多数人眼里，她只是一位非常普通的同事，在公司里并无关系特别亲近的朋友，大家对她的了解也仅来自工作上的交流和偶尔的聚会活动；其次，他们做的新媒体内容以人文为主，总是那些和大众相关又略高于大众思想的东西，不是在关心世界大事，就是在关心边缘群体，总之，比较悬浮。在这里工作的人本身又都有些才能，经常就能听到某个同事辞职回家种地之类的事情。与之相比，方立秋说自己要上天，虽然是有些浪漫——浪漫的主要原因是他们谁都不太清楚“上天”具体指的是什么，这听上去更像是一句玩笑——但也没什么值得大惊小怪的。唯一的问题是，方立秋实在是太普通了，几乎可以说是平庸。某些一直以来都自命不凡的同事不免心下揣测：她这么做不会是为了出风头吧？继而半是嫉妒半是不屑地参加了她的欢送宴会，碰杯时照常微笑鼓励：“祝你成功。”

在旁人看来，这不过是一次稍显荒唐的离席，只有傅广义知道事情不是这么回事。

他非常了解方立秋。他知道方立秋绝不可能是那种看了几篇文章、听了什么演讲就头脑一热，想要从往日的生活中挣脱出来奔赴另一种新生的人。方立秋是个非常平稳的人。平稳不是说她理智，而是说她——这么说可能带有些贬义——非常平凡。从他认识她起，他就深刻体会到了方立秋的平凡。她从小到大都不是那种冒尖的人，也很少出什么岔子，按部就班，随波逐流。她学新闻传播，不是为了什么新闻理想，完全就是因为分数线刚好够，毕业了还好找工作，那会儿是媒体急速扩张的时候，做这方面的工作不算辛苦，称得上安稳，也够体面。而傅广义之所以会爱上她，是因为他也同样平凡。

不过，傅广义的平凡不是他与生俱来的，或者说，这是他有意造成的结果。这得说回到他的父亲。傅广义他爸虽然没上过什么学，却是个非常有追求、有想法的人。他是农民出身，家中贫困，读完了小学就在家帮农，中国恢复高考制度时也曾满怀憧憬地复习考试，但无奈落第。此后凭借个人努力学习各种谋生本事，从村里走到了县城，又从县城走到了城市——靠的是娶到了一位城里姑娘。说是城里姑娘，其实也就是纺织厂工人的女儿，女承父业进了纺织厂，下岗潮来临之际被买断了工龄，这之后就在家赋闲做做修补衣服的小生意，同傅广义他爸，也勉强算得上门当户对。傅广义他爸本来已经在城里靠做水电工有了份吃饭的生计，后来不知怎么回事——按他爸的说法是路过那所一流学府的时候“被上帝摸了摸脑袋”——硬是扔掉了原本的饭碗，进大学做了个门卫。临时工。傅广义他爸没有宗教信仰，“被上帝摸了摸脑袋”这话他一直不相信是他爸原创的。他爸这门卫做得不安分，有闲暇时间就在各个教室乱转，数学物理化学样样都去蹭一些听。他尤其痴迷上了物理，买了各式各样同物理学有关的科普书和教科书，不管做什么都会捧一本在手上。“这是一门科学。”他爸会在他妈埋怨他不干正事时严肃地教育她。当然了，这样的勤奋并没有什么成果。一个小学文化的中年人，若是能凭借在大学旁听就能一下子变成科学家，当年也就不会高考落第了。诸君放心，我们的这个故事里没有什么传奇。

这份热情唯一的结果就是他爸将自己这个未能实现的愿景落在了傅广义身上，他希望自己的儿子以后做一个不平凡的人，最好是一个科学家。这也实属人之常情，不难理解。他爸对这份望子成龙付诸最大的努力，是砸锅卖铁缴了借读费，让傅广义进了这所大学的附属小学。在附属小学上学的多是大学教职工子女，傅广义他爸虽然名义上也算是职工，但毕竟是编外，这确实让傅广义从小就觉得自己和其他人不一样。一九九五年，傅广义读小学三年级，这一年他的人生中发生了两件大事。第一件是他在全校师生面前朗诵的时候尿了裤子，暗恋的女生后来再也没和他说过话；第二件是当时中国最著名的科学家钱学森到访他爸工作的这所大学，不过他不是自己来做访问，而是陪同另一个人——张宝胜来的。

读这个故事的读者有些或许还太年轻，不知道张宝胜是什么人。这没关系。在我们这个时代，他已经被当作二十世纪一个猖狂的骗子，牢牢地钉在了历史的耻辱柱上。

把时间往前拉一点点，他曾凭借精湛的演技和狡猾的头脑，让当时的全国百姓基本都相信他是一个拥有特异功能的人，就连一些科学界人士都对此深信不疑。钱学森陪同张宝胜来这所学校访问，不是为了学术交流，也不是为了科学演讲。他只是一个次要人物。真正的主角是张宝胜，而张宝胜此行的目的是为了进行一场特异功能表演。

傅广义他爸虽然没在学校学到什么知识，但他学到了一个非常深刻的信念：什么是科学。二十世纪八十年代至九十年代初期，中国掀起了一股对于气功、特异功能、武术等文化的热潮，从达官显贵至普通百姓，全都被这股热潮裹挟其间。街头巷尾从早至晚都能看到男女老少摆着滑稽可笑的姿势苦练气功的场景。傅广义他爸非常愤慨："时无英雄，遂使竖子成名！"这当然不是他爸的原创，而是出自三国时期曹魏思想家阮籍之口，他爸只是恰好在《读者文摘》上看到。他爸是极少数没有受到这股"气功热"影响的人之一，这其实颇为了不起，即便在他工作的大学，也常能看见教授带着学生不上课而练气功的情形，有时课上着上着，就能看到有老师双目精光爆射，高声叫道："我终于找到炁*啦！"

至于张宝胜的这次演出，傅广义他爸自然是愤怒异常。那是一个晴空万里的日子，在校礼堂的讲台上，身着虎褐

---

* 炁，同"气"，道教中形而上的神秘能量。

色灯芯绒外衣的张宝胜，用修长的手指捏着信封，表情淡然地表演“嗅鼻认字”的时候，傅广义他爸做了他这辈子最为惊天动地的一件事：他冲上去打了张宝胜一耳光，但很快就被人扭送下台。与此同时，校长业已反应了过来，激动地大嚷：“保卫！保卫在哪儿？”他根本没有想到，这个造反的人就是学校的保卫。傅广义他爸如英勇就义的地下党员般，在下台前一路不停地高喊：“这人是骗子！”当他与钱学森擦肩而过时，钱学森看了他一眼，问：“你是谁？”

“我是谁？”这个问题问得太好了，简直问到了傅广义他爸的心缝里。双手被紧缚在背后的傅广义他爸回看了一眼钱学森，神色漠然道：“我是一个科学工作者。”

这件事成了他们大学历史上一段很快就被人忘记的小插曲，但却成了傅广义记忆中一场不可磨灭的灾难。待查明傅广义他爸的真实身份不过是一个小小的门卫后，学校倒是没有辞退这个有些疯癫的门卫，只是，“一个科学工作者”这个说法冒了出来，成了那段时间校园里人人引用的笑话。自嘲的时候可以用，比如化学系的教授和数学系的教授在饭堂照例抱怨工资待遇，“咱也就是一科学工作者，提啥要求啊”；批评的时候可以用，比如老师在课堂上训斥那些自以为是、躁动不安的学生，“你还真把自己当科学工作者了”；久而久之，它的使用语境被不断挖掘，含义愈发博大精深，甚至连学生打架时，都可以作为一句粗口来嚷，“我让你科学工作者”。

这件事傅广义没有机会看到经过，却从同学和同学家长那里陆续听到了许多版本。逐渐地，他也或多或少感觉到了“科学工作者”的流行。偶尔地，空气中飘来的“科学工作者”，会像一颗无害的橡果刺痛他的心。他爸出名了，连带着让他也出了名。这不是最让他感到丢人的地方，让他下定决心此生绝不按照父亲的心愿生活的事情是，他爸查明了钱学森的成长和学术经历，拍拍他的脑袋说：“哼，一个搞航天造火箭的，说白了就是技工。你以后还是应该学物理，这才是科学正道。”

傅广义这一刻下定决心，此生要做一个普通人。

他成长得战战兢兢，谨小慎微。四平八稳对他人来说是一个既定的结果，对他却是刻意努力的方向。他尽力让自己普通，任何越轨的想法都被他视为洪水猛兽。在这样一份普通中，他感到幸福。作为半个教职工家属，他的初中、高中都在这所大学的附中念完，名次始终在十名左右。初高中分别有一次早恋的机会，他均克制住了念头。高考时他稳定地考上了一所中上水平的大学，去了外地。他没学物理，没学化学，没学数学，而是学了金融。在大学，他与方立秋相遇——一见钟情，这是他截至目前平凡的一生中唯一不寻常的事情。幸运的是，方立秋无论在哪个方面，都极为符合他的要求，他们是一类人。于是两人顺理成章在一起。毕业后，当然，傅广义也没成为什么金融业的奇才，而是老老实实在一家保险公司做一份销售工作。收入不上不下，同事关系马马虎虎，领导点名时常叫不上他的名字。同学中有人去了投行，有人去了咨询公司，有人创业，比他过得好的有不少，他不算最差，反正还凑合。他谈不上喜欢自己的工作，也不讨厌，对自己目前为止的生活挺满意。虽然错过了房市的几波机会，也在年初贷款买了套二居室，按照他和方立秋的收入水平，还款不是太大的压力。他们本打算两个月后领结婚证，然后就这么平淡、普通、幸福地过一辈子，直到二〇一六年七月十四日这一天——

傅广义没有直接看到那份辞职报告。他是下班后吃饭时听方立秋告诉他的。他听后不像方立秋的那些同事那般淡定，而是仿佛被一颗经过一整个冬天后解冻的橡果砸中脑门，手里的筷子掉到了桌上，脱口而出："你要干吗？"

"我要上天。"

"上天是什么意思？"

"就是字面意思，去太空。"

傅广义还是没有理解，方立秋只好再次解释道："我要做宇航员。"

"你？宇航员？"傅广义更费解了。

方立秋没有直接回应傅广义脸上诸般复杂的神色，而是用实际行动表明了自己的决心。在她开始准备材料报考航空航天大学，同时每天去专业的健身房严苛地训练自己身体的时候，傅广义才通过电脑的浏览历史相信了方立秋不是在开玩笑：历史记录清一色全是和“如何成为一名宇航员”有关的网页。另有一些细节：每天下班回来，傅广义会在家里的书架上发现几本新书，和航空航天有关的专业书，也有《夜航西飞》这样的文学书。那本来是个空荡荡的架子，只放了一些与各自工作相关的专业书，一些畅销书、流行小说之类的，还有一本厚厚的《美国儿科学会育儿百科》——仍未拆封。架子其余的部分用来放置一些他们为数不多的几次旅游带回来的廉价手工艺纪念品——出产于义乌。现在，这个书架在不动声色、循序渐进地发生着翻天覆地的变化。这些变化如此细微，只有每天路过它的人才会注意到——就连傅广义也是在一次打扫时偶然发现的。一本书，就像砸中了牛顿的苹果那样从书架上掉下来，砸中了傅广义的脚趾。傅广义嘟囔着捡起来，本要将它插回书架，书名却吸引了他的注意——《我是如何上天的》。二〇〇九年，法国人托马斯·佩斯凯从 8413 位候选人中脱颖而出，成为欧洲空间局最年轻的准宇航员，法国第十个执行太空任务的宇航员。这本书讲的就是他的经历。

傅广义震惊了，恐慌了。不能再这样坐视下去了。

之后的这两个月，他们两人经历了一系列的情绪对抗，对话先是从“你为什么要这么做”变成了“你知不知道你这么做成功的可能性有多小”，再延展到了“你去做宇航员了我们怎么办”。对前两个问题，方立秋都闭口不答。对最后这个问题，方立秋没有表露出任何这个突如其来的人生决定会对他俩的关系和生活有任何影响的意思。在她看来，这不过就像是她换了一份工作一样简单。他们还是会结婚，还是会一起生活，她还是爱他的。至于孩子，那还早——她的人生才刚刚开始呢。

然而在傅广义看来，他的人生完全改变了。先不假设方立秋真的成了一名宇航员之后他俩会聚少离多、原本的生活计划会产生什么影响的问题——他其实压根就不认为方立秋真的能成为一名宇航员。这可是宇航员啊。不是什么普通人闭眼睛拍脑门说干就能干的工作。她就是说自己改行要去做战地记者，看起来都更让人信服。当然，这些都不是最重要的。真正让他感到恐惧的是，他不认识方立秋了。她好像突然成了一个陌生人，一个——他阻止自己这么去想——走火入魔的疯子。

实际上他想到了他爸。

他知道自己失去方立秋了。随着她那份越来越坚定的决心，和每日专注于自我训练的行动力，他对这份认识也越来越确定：他的失去不是表面的。她是没有离开自己，但他们已经不是一类人了。他知道有什么东西超越了方立秋对他的爱，甚至是她对她自己的认知而出现在了她的心里。

认识到这一点之后，一个坚定的念头从他脑海里冒了出来，这背后一定有什么力量突然改造了方立秋，使她变得不是自己了。

而他必须查出来，那到底是什么力量。

日子一天天过去，傅广义的调查尚未见任何成果，他甚至连方立秋究竟是在什么时候突然扭转心性、变成一个陌生人的都没搞清楚，在他看来这仿佛从天而降，像是——用他爸曾经的话说——“被上帝摸了摸脑袋”。她是突然受到了什么蛊惑、听了什么人劝、读了什么书？或者这其实是深藏于她内心多年的一个隐蔽的想法，不断酝酿发酵，量变产生质变的结果？他没找出一点影子。在他找机会和她深谈、从她的父母和亲友那里获取信息，甚至陪她去看了心理医生之后，他都没能得出半个能说服自己的结论。无论他怎么问，方立秋的答案始终非常简单：“我就是突然找到了自己的使命。”

“为什么不是别的？为什么是宇航员？”

“没有为什么。凡·高为什么要去画画而不是做个数学家？华罗庚为什么是数学家而没有去画画？”

对话总是这般，翻过来倒过去，如同一块魔方，最终总会遵循同一个公式复原，没有更深刻、更复杂、更奇妙的心理动因。有一次方立秋甚至反过来盯着他，徐徐说道：“我觉得你也应该去找找自己的使命。”

“什么使命？”

“我怎么知道？这你得问自己。你这辈子难道真的就只想做个销售员？卖保险的？”

这话傅广义听了觉得耳熟，他下意识道：“我不做销售员难道要去做物理学家？”

方立秋认真地看着他，说：“没准儿你真正的使命就是做个物理学家。”

傅广义气愤难耐。方立秋和他说话的语气和以往无异，可是他能强烈地感受到那些话语和她的神色里的那种平淡——正是那种平淡——深深地刺痛了他。她什么都没说，可他感到了其中某种既微妙又强烈的、浑不在意的轻蔑。

他知道在方立秋身上是问不出什么了，她提到的凡·高反倒是给了他一丝灵感，不是也有个著名的画家，在他四十岁之际突然逃离原本的生活，放下一切，去一个孤岛开始画画吗？那画家叫什么来着？必须再次说明，傅广义只是一个普通人，没有太多超出常识之外的知识，但是由于他对方立秋的爱，或者说在他发现这份爱即将走向死亡的时候所产生的绝望，他开始不惜一切试图搞清楚这其中的关键。

两个月后他们没有如约去领结婚证。不是方立秋的决定，是傅广义做出的选择，他不想不负责任地对一个他突然感到陌生的人许下毕生的承诺，也可以说，他害怕。

“你先准备宇航员考试吧，结婚的事以后再说。”

“随你。”

这之后傅广义放下了手头的一切工作，他开始更加疯狂地寻求答案。他想找回自己丢失的未婚妻。

就在傅广义试着从一切可能的途径调查未婚妻离席事件的同时，世界上其他地方也在发生着类似的事情。它们看起来没有任何联系，但究其根本又十分相似。在此，我们不得不提到另一个人。为了让你把这件事看得更加清楚，不妨就把这个人也放在中国。不过，由于这个人太过知名和重要，而且又是存在于你我生活的当下，我们必须隐去他的真名——就叫他谢迟好了。

在傅广义他爸生活的那个年代，对于平民百姓来说，高考恢复是一次重要的改变命运的机会。谢迟就是抓住了这个机会的人之一，也许是最成功的人之一。

我们无意在此赘述谢迟是怎样获得如今的财富、权力和地位的，关于此，著述颇丰，大多会在书店的励志类书籍柜台被你看见。可以说，谢迟是最能代表这个时代的标签之一。所谓 Zeitgeist，时代精神。和大多数顶级的成功者一样，谢迟身上有着超越一般人的勤奋、智慧以及恒心。从小时候起，他就知道自己要做一个不普通的人，准确地说，一位领导者。而且他知道自己能做到。他只是犹豫该从哪条路径入手，从政还是从商？最终他选择了后者。这么做让他的人生规避了许多风险。

谢迟对商业的敏感主要得益于他对数字的敏感。就像六岁时就会通过转手卖可乐赚钱的巴菲特，对如何攫取财富，谢迟也有天生的洞察力。他对此十分自信。自信是他禀赋的一部分。这份自信让他在年轻时就积累了一票追随者，心甘情愿地将自己的钱交由他管理——理财书上说，对普通人来说，把钱交给会理财的人，就是最好的理财之道。他自然没让他们失望：他的崛起如此惊人，如若不是回头去看，你不会觉察到在中国快速发展的这三十年，会出现这样一位人物。现在说什么都显得事后诸葛，无数年轻人手捧他的传记就像中关村大街上穿格子衬衫的人手捧《乔布斯传》，试图从中发现些什么，好成为下一个乔布斯。但他们终将一无所获。

对于这个时代的人来说，谢迟不仅是一个浩瀚商业帝国的领袖，也是一位精神偶像。对那些在他庞大的帝国里头工作的人来说，更是一位无法替代的领导者，或者说，一位精神上的父亲。固然不是每一颗螺丝钉都能有同他一起工作的机会——多数人甚至根本就没什么机会见到他，他们主要通过媒体得以了解这位商业巨擘，但在他们心中，他就在那儿。

这就是为什么谢迟突然决定放弃他的商业帝国——满门儿女时，集团上下会如此恐慌。对他们来说，这无异于一国之主突然宣布退位。

这次事件的发生并非无声无息，谢迟毕竟不是一个普通人，不能也那么提交一封辞呈，就此抛下一切不管。大人物的麻烦之处就在于，一举一动都不属于他自己，一定有言外之意。董事会最核心的几位成员是最先得到这个消息的，谢迟秘密召开了一次会议。这之后，自然是各自上阵，轮番劝阻，各种戏码演过，臣子们才确认，这场退位不开玩笑，相当严肃，相关人员才开始自上而下着手准备谢迟离去后的种种安排。到了消息公布的那天，最广大的员工们和新闻媒体是差不多同时知道发生了什么的。

无须赘述此番离任对于商界、政界乃至全国普通百姓造成的影响，谢迟开创的商业帝国深入普通人的生活，就算你对此没有觉察，也肯定在无意间使用过他的产品、享用过他的服务。一个健康运转的公司不应由于最高领导者的离席而受到什么过于巨大的影响，但由于是谢迟，情况变得不一样了。股票骤跌、公司估值大幅缩水等事实上引发的影响不说，他的离开引起的海啸，最核心是精神上的——一个没有谢迟的企业帝国还有什么追随的价值？可想而知，以他的离开为界，帝国将被分为两个时代。

为什么？

所有的人都在问，这是为什么？

紧接着的问题是，他要去干吗？

谢迟所公开发表的最后一次演讲并不简短，在社交媒体上的视频显示长达一小时零五分。地点在公司总部的演示大厅，可容纳三万人。以往这里是公司发布新产品或开重要发布会的地方，这是唯一一次被谢迟用来做私人演讲。

他虽然是公众人物，时常接受采访——就在不久前他还同韩国总统进行了会面，总部下属的集团是对方此次来访考察的其中一环，但他几乎从不在采访或演讲中谈及自己。对于这一次公开演讲，所有人都满腹疑云又满怀好奇，期待能从这次演讲中获得什么——他们中的不少都做好了聆听一次震撼心灵的、发自肺腑的、铭记历史的自我剖析的准备，也许这位举足轻重的人物在他将近六十岁的时候突然获得了什么神启，准备献身崇高；或是功成名就、人生知足，准备退位隐居；要么就是他累了，仅仅是累了而已。

他们做好了这种准备：无论他给出的说辞是什么，他们都将深信不疑。

然而这次演讲的主要内容依然是围绕公司主体的，与其说谢迟表达的是自己的人生理念，不如说这是他一直以来所力图建立的企业品牌的精神核心。在熟悉他那些话语的人看来，甚至有车轱辘话的嫌疑。当然，他也穿针引线，引用了自己成长道路上一些耳熟能详的事例，最后的总结是：“找到自己的使命，然后全力出发。”四两拨千斤。

镜头显示不少人热泪盈眶，而且不是提前演练的结果。四两得看是谁的四两。

谢迟在视频最后十分钟还说道：“我希望这个公司是独立的，它和我没有什么关系，即便我离开了，它也能有自己的独立精神，继续往前滚动，当然，这需要你们在座每个人的努力。不过只有当你认为你的使命与这个公司是一致的，我才希望你选择留下来。”

这段话在之后被解释为谢迟离开的原因，也可以和古代很多贤明的君主礼让退位的事例做比较，无论是公司的员工还是外界的看客，都为谢迟此番颇有大将之风的举动所感动，乃至惭愧。于是，这第一个有关“为什么”的问题看似得到了解答。

第二个关于“他要去干吗”的问题则再也没有人知道答案了。

因为这次演讲之后谢迟就消失了。完全的消失，甚至可以被定义为——失踪。

谢迟的失踪只有极少数人知道。在多数人看来，他不过是从公共视野中消失。即便是谢迟最亲近的那几个人，也都怀疑他仅仅是在开玩笑：跑去荒山野岭隐居，或是到国外什么地方休憩，也可能就是懒得回复消息，大隐隐于市，总之不过是寻求一段时间的清净。于是，他的失踪没有被当作一般案件来对待——这也超出了常规系统的调查权限。但最主要的原因还是，谢迟把一切都安排得如此妥帖。

真正为此事感到害怕的是他的妻子，任晓清。

可以说任晓清并不了解她的丈夫。同床共枕几十年，她可以确定谢迟是个非常称职的丈夫，不碰烟酒、不好女色、照顾家庭、性格温和，如果说他们的婚姻有什么遗憾，那就是他们没有孩子。问题出在任晓清，但谢迟并无任何不满。除此之外，他俩的生活一切都很如意。可她仍然觉得自己不了解这个人。可能是因为她从来没有见过其他任何一个人像谢迟一样，对于自己所要做的事有着这么强大的信念，或者说痴迷。她也没见过其他人像他这样几乎没有任何别的爱好。古人不是说吗，人无癖不可交。这说明人无癖本身就是个问题。所以她一度怀疑自己之于谢迟的意义：他真的需要她？不过，每当想到这一点，她都会很快打住自己的想法。是自己要求的太多了，这属于非分之想。她只知道谢迟之于自己的意义：如果没有他，她没有任何生活下去的意义。

谢迟失踪一个月后，任晓清掉了十斤体重。无论别人再怎么劝慰，她知道谢迟一定是出事了。“这肯定是他有意的，你看他安排好了一切，不就是为了……”旁人说到这就顿住了，总不能说“就是为了失踪”。他们说得有道理，无论谢迟去了哪里，这肯定是他有意促成的，绝非什么意外。

但任晓清觉得十分恐惧，虽然谢迟平时不常和她交心——夫妻多年，哪里还有什么衷肠可诉？可谢迟人间蒸发总不能一个招呼都不打吧？她觉得一定是出事了。

谢迟失踪三个月后，公司已经开始重回正轨，此次事件也陆续被人淡忘，谢迟的密友大多觉得他迟早有一天会重新出现，再带着从哪儿挖掘来的第一桶金，掀起另一场行业革命。

而任晓清决定开始动用一切手段寻找谢迟。

这两起事件看上去没有任何关联。傅广义的女友方立秋和任晓清的丈夫谢迟，这两人没有任何相似之处，人生轨迹也从未发生什么交叉。他们虽然都是突然扭转了人生，但一个要做宇航员，一个直接失踪了，看上去也着实不搭界。实际上，如果你用大头钉，在一张无限放大的世界地图上，把这些世界上同时发生的类似事件的主人翁钉住，你会发现大头钉们的分布，虽然在地理上呈现不同的密度，但彼此之间的的确确都是独立的。这就是为什么很少会有局外人把这些事情联系到一起，继而推测出在他们生活的这个世界之外，其实还存在着另一个世界。不过，我们的这个故事要讲的不是这个隐秘的世界，而是被步入这个新世界的成员所抛下的那些人，他们还留存的旧世界。

傅广义和任晓清在一年以后相遇了。在讲述他们的相遇之前，我们得提到第三个人。这个人说不上有名，但也并不普通。在“气功热”流行的那个年代，此人作为“打假先锋”时常出现在民间的口头传闻中，尤其以揭露张宝胜的伪科学表演而闻名。他不像傅广义的父亲那样“无知无畏”，而是实实在在毕业于高等学府，从事科研工作，只是说不上有什么太高的成就罢了。如果他再晚生那么二十年，就会成为如今社交媒体上的意见领袖。然而，那个年代既没有网络，通信又不像现在这般发达，他打假这一事业的辉煌时期也就是张宝胜刚被定性为彻底的骗子，全国的“气功热”陡然消逝的那一会儿。他成了揭露伪科学分子的民间知识精英，在各大报刊上出了好一阵风头。不过随着张宝胜等人的迅速湮灭，他也就随着时代的洪流被人们迅速遗忘了。

此人名叫王全忠，出身于一个潦倒的知识分子家庭，祖上三代举人，到他爸这一代，本来好好的在学校做老师，结果“文革”时被打为右派，属于真正的“知识改变命运”。所幸这并没有影响到下一代，王全忠还是按部就班念书上学，毕业后被分配到当地科研机构。王全忠对于科研这件事天生没什么热情，但也不是干不下去，那会儿有这么个铁饭碗，已经是人人羡慕，他还有什么可抱怨的呢。那时的人，对命运不敢轻易有所不满。不过，王全忠清楚知道，不管是对科研还是别的什么，他都不是特别有热情，他也不知道自己真正想干的是什么，于是就这么干了下去，直到全国“气功热”来临。王全忠打假一开始只是出于一名普通知识工作者的反感——他平时在街头碰见摆摊算命的，会故意上前先佯装路人入套，再择机揭露对方的把戏，让对方下不了台，每当这时他都会感到一股说不出的舒爽。说不上使命和快感孰先孰后。总之，在这方面，他就这么一点一滴积累了实战经验。全国人民苦练气功之际，王全忠的单位也没落下。一天，有“大师”揣着一身绝学上门宣介，王全忠自是由着习惯支配，三下五除二揭穿了对方的小把戏，再一番感化教育。那“大师”也真是悟性极高，被如此点化，不恼羞成怒，反而当场放下一麻袋宝典，自废一身武功。此事给了王全忠一个很大的激励，他突然心有所感，终于明白自己苦学多年的意义究竟在何处。魔高一尺，道高一丈。他就是那个“道”啊。于是，在王全忠二十六岁之时，他突如其来地感受到了生活的热情、人生的使命。

然而，以当时全国百姓之癫狂，他一个人的力量不过是螳臂当车。他只是科研单位一个小小的研究员，如何能够阻挡这股龙卷风般的浪潮呢？“大师们”又不会每天排着队主动上门，引颈就戮。他一个人也不是一个队伍，公车上书起码也有不少人签名呢。街头演说？无的放矢不说，还略显跌份。王全忠心怀伟大的理想，但体现在行动的可能性上，他最多打击到的，还是那些街头的算命先生。东一榔头西一棒槌的游击战之后，王全忠见收效甚微，不得不从长计议，深思熟虑一番后，改变了他的作战方针。擒贼先擒王，他决定看准一个大目标，进行狠敲猛打。严新、张宏堡、田瑞生、海灯法师、张宝胜都是那时候风口浪尖上的风云人物，在细细研究每个人的生平和发迹路线后，他锁定了张宝胜。

他会选择张宝胜，原因可能仅仅是此人和他年岁相仿，也或者是因为——在这里我们不得不交代一个情况，王全忠没什么朋友，更不是一个讨女性喜爱的人，到这个岁数还没有和女性发展过什么真正亲密的两性关系。这和相貌有一些关系。关系不大。也可以说很大。从长相来说他不算差，普通人，在人群里谁不会多看，也不会少看。主要问题出在他有一点斜视，不严重，但凡是有缺陷的人，旁人不以为是多大的问题，自己往往视为天大的事情。为免被人觉察，他平时常戴着一副墨镜，走在科研所像个高知分子——一旦到了街头，反倒比那些搞封建迷信的盲流更像个算命先生。有好几次他甚至真的被街头摆摊坑蒙拐骗的认作同行，他们没觉得这是一个科学打假工作者，还以为是同行上门踢馆来了。这也让王全忠更加气恼。张宝胜呢，单看五官也谈不上帅气，普通相貌，中等身材，无论在表演还是采访中，话都不太多。话不太多主要是因为他说不好普通话，那就尽量免开尊口。同样是掩饰缺陷，可换成是张宝胜就不一样了。话不多反而显得他低调神秘，成就了他的人格魅力。一个求真，一个求假，命运的馈赠截然相反。自然，求真的那位性格愈加偏狭，求假的那位更加膨胀。乱花渐欲迷人眼。一次巡演，两人终于相遇了。当王全忠头一次在现实世界遇到张宝胜时，他的第一反应不可阻挡，“他不会是真的吧”。继而理智才缓缓回到身上，“绝无可能”。最后，五味杂陈的感受汇聚在了同一个轨道上，扭结成了一股个人英雄主义的情绪，“只有我，必须是我，只能是我”。

相遇是个主观的事情。在张宝胜的世界里，这次相遇压根就不存在。他自然也想不到，此次相遇如何改变了另一个人的命运。这之后，王全忠生活的重心如离弦之箭一般，瞬移到了打假事业上。方法依旧古典。他紧紧盯着这位“大师”的一举一动，探听他的一切动态和路径。张宝胜走到哪儿，他就跟到哪儿。当张宝胜有公开宣传表演的时候，他就想尽办法混进去，揭露破坏那些把戏。当然，成功的时候很少。大部分时候，他根本无法靠近张宝胜，更别提摧毁他的法力，顶多只能在外围游说蜂拥而来的普通看客。那些看客们一开始还会认真听他说两句，很快就把他当成一个疯子来处理。凭借此举，王全忠确实逐渐有了一些名气，倒不是他的打假工作多么有成效，仅仅是他这些举动本身的效果：“那个疯子又来了。”

张宝胜在钱学森的陪同下去傅广义他爸的学校表演时，王全忠也在现场。他目睹了傅广义他爸冲上去给了张宝胜一个巴掌的全过程。这次事件虽然没有对张宝胜造成什么直接的危害，但给了王全忠一个不小的刺激。“这人是谁啊？”他听见周围的人议论纷纷，以一种自己从未遭遇过的语气，三分好奇，三分惶惑，竟然还有三分敬服。这事儿让王全忠认识到，苦口婆心大费周章地讲道理，可能还不如一个巴掌奏效。

当傅广义他爸被扭送下台，穿过人潮，路过他身边时，他不知怎么冲他说了句：“老兄，漂亮。”傅广义他爸看了他一眼，没说话，接着又被扭送向前了。

王全忠自然很快就把这个人忘了，把他脱口而出对傅广义他爸说的那句话也忘了。那会儿“气功热”已经逐渐偃旗息鼓，放在历史的长河里看，属于接近尾声的时期了。反对者的声音开始涌现：他之后再去一些活动都能撞见几个像他一样有知识学历、有行动纲领、有理有据的打假工作者。傅广义他爸这种的，王全忠当时固然惊愕里带着几分服气，却不可能视为自己的同路：这不是闹着玩嘛，成何体统。傅广义他爸却把王全忠为他喝彩的这个时刻牢牢记在了心里——那也是自然的。那一瞬间可能是他这辈子唯一一次觉得自己像个英雄的时刻。他打张宝胜的时候没觉得，回答钱学森“我是一个科学工作者”的时候没觉得，唯独这个时刻，他受到了激励。

我们这个故事发展到后面，王全忠和傅广义他爸有过几次差点就要打交道的时刻，有一次甚至面对面相遇了，当时，傅广义只是潦草地介绍了一番王全忠的情况：“这是我在互助协会认识的朋友。”两人谁都没想起来他们在几十年前就曾见过，也没机会深谈发现人生这个奇妙的巧合。这都是后话了。

再说王全忠。一九九五年其实已经是张宝胜“大师生涯”最后的辉煌，人们逐渐从这股狂热中走了出来，各个“大师”也一个一个遭到扒皮、揭穿、重新定性，很难说谁在其中起到了关键作用。一切就像历史上无数次的集体无意识事件一样，兴起、狂热、湮灭，一次又一次的轮回。

这短短十余年啼笑皆非的历史，很快就退潮般汇入了时间之海，被新的时代洪流覆盖，逐渐被人遗忘。再也没有人记得张宝胜是谁了。

至于王全忠忽然成为那一年的打假模范，昙花一现地出了一阵名，也不过是时代在那时需要树立一个典型，来宣布这场闹剧的终结。王全忠正统科班出身，又对此事着实付出不少心血，甚至丢了工作——打假近十年，没有任何收入，还得靠自己省吃俭用的钱走访全国，拿他作为典范再应当不过。这事儿消停以后，原先的科研单位重向王全忠伸出了橄榄枝，王全忠拒绝了。倒不是因为这时候争先恐后找他的单位、机构和个人很多，他看不上原先这家地方小研究院，而是他觉得自己如果因为这个接受了什么好处，就显得他打假的动机并不单纯。事情发展至此，这件事对他来说已经不是口头意义上的使命，而是他前已无通路后不见归途的命运。

就是这样，他抛下了人生其他的可能性，决定把这条路继续走下去。

可张宝胜已经倒台了，他还能做什么呢？

旁人是这样想的，可在王全忠看来，事情还远没有结束。他的看法是对的，这场闹剧的问题并不出在这几个伪大师身上，也不是因为当时中国大众的科学素养不高——即便是教授、科学家、富翁、名流，不也热火朝天地投入其中吗？按照社会心理学的解释，这属于从众行为，从纳粹屠杀犹太人到金融市场的狂热投机，各时代各领域总能发现类似的事件。法国社会心理学家古斯塔夫·勒庞定义这些事件的主体为“乌合之众”。这类运动永远不会真正消失，永远都在伺机而起。王全忠倒也没有想得这么深。他觉得这个运动没有真正烟消云散，主要是因为张宝胜还没有死。

张宝胜倒台淡出公众视线之后，全中国可能只有一个人还在关注他的动向，这个人就是王全忠。这个时候想要搞清楚张宝胜的情况，反而远比他活在大众视野时要容易许多。自然，也因为王全忠的地位得到了官方扶正，当他打电话给张宝胜原先的身边人——现在他们大多都和此人撇清了干系——询问张宝胜的下落时，很快便知道了张宝胜这之后去了哪儿。他当然并不是立刻变得落魄不堪，而是先继续在小范围地推广他的神力，安定一小撮亲信和追随者的人心，之后秘密地住进了某研究人体特异功能的研究院，被隐秘地保护和供养了起来。为了让你能够顺利看到这个故事，我们无法在此透露更多。

虽然张宝胜已经不像之前那么难以接近，要和他直接接触还是相当困难。王全忠通过官方渠道三番五次提出这个请求都遭到了拒绝。“大师累了，想清静地度过往后的日子。”“你都已经获得你想要的了，还要怎样呢？”“不行，绝无可能。”得到的无外乎这几类答复。

如此过去了三年，三年之后又三年。这期间王全忠什么也没做，一开始那些邀请他工作、上电视台演讲、出书写作打假经历的，也都慢慢消失了。王全忠的生活早已恢复到一个普通人的状态，他既不重新找工作，也没有继续在打假这条路上开辟什么别的门路，自然，也没有结婚成家。他靠一份最低保障金和父母偶尔的接济过活。张宝胜待着的研究院开始还常能收到这个人的电话和来信，言辞激烈，后来来函就渐渐少了，语气也变得平和。“我只是想和他聊聊。”

王全忠的状态看似可怜，不过究其本质可能和生活在这世界上的其他人没有太多区别：只是活着。

如此又过去很多年。

终于有一天，那天王全忠正在家里吃饭，伙食很简单，青菜豆腐、蚕豆炒蛋和前一晚剩下的水饺。家里的电话响了，这时已经是二〇一七年，智能手机已经登场，然而王全忠连一个傻瓜手机都没有。“喂？是王全忠吗？”“是我。”“宝胜大师愿意见你一面。”“什么？哪个宝胜大师？”王全忠愣在原地，话一出口，那几个音节组合的魔力才骤然让他觉醒。那头顿了顿，接着说：“他快不行了。你不是一直想和他聊聊吗？”

没有资料证明王全忠是张宝胜临死前见的唯一一个外人，我们只是推测有很大的可能是这样。王全忠等这一面等了几十年，其实早已忘了当时要见他的初衷，时间磨平了他的心性。挂上电话，他在椅子上呆坐了半天：我要和他聊什么啊？他拼命地回忆过去，拼命想要回到一切的最开始，越过生命的漫长河流，来到风暴最凶猛时的波涛上，他在那艘偏执的小舟上刻下的宝藏的秘址。现在，风平浪静已经多年，秘址却从天而降，可那究竟是什么宝藏呢？他糊涂了。会不会根本就没有什么宝藏呢？他不敢再想下去了，起身把冷菜重新放在蒸架上。

随后的几天，王全忠回了一趟父母家，找父亲借来了一套西装——他爸年轻时穿的，衣服散发着压箱底的旧味，穿在他身上，像是村干部进城，或蹲在路边等活儿的水电工。接着，他又上了趟理发店，小区里开了很多年的那种，剪发一律二十。临到赴约那天，他早早起来，刮干净了胡子，坐了一夜火车，卧铺。这一切他做得如此自然，只是觉得应该给予对方最大的尊重。那也就是在尊重他自己。

有关此次会面的内容我们不得而知。我们只知道王全忠从张宝胜那里得到了一个关键词，赛洛西宾 25。他对这个奇怪的名字压根就没往心里去，对于张宝胜对他说的那些仿佛天方夜谭的故事也丝毫没有入耳。房间里只有他们两个，张宝胜躺在病床上，背部特意调高，让他可以半坐起来。王全忠坐在他床头的椅子上——由于张宝胜声音虚弱，他不得不把椅子从病床的对面搬到了床头，才能听清他在说什么。在短短两个小时的会面中，他几乎一个字也没有说，大多数时候都在聆听。这跨越了世纪的一面，和他想象的完全不一样。毫无疑问，他老了，他也老了。张宝胜的普通话仍然带着本溪口音，有时他要反复琢磨才能弄懂。他说话时很慢，舒缓而安详，仿佛对自己这一生没有多少遗憾，自然也谈不上有何悔改——这本是王全忠以为他喊自己来的主要目的，“我错了，你是对的”，给他一些他想要的，也是他应该赢得的尊重，起码让他感觉到，他曾经也视他为一个对手。任何一点，只要有任何一些这方面的意思，他都会感到此行不虚。可是张宝胜没有。

此后不久，张宝胜与世长辞。他死的时候王全忠既不感到开心，也不觉得难过，而是没来由地一阵恐惧——那种只有孩童时期才会有的本能的恐惧。这种感受太过遥远，以至于他说不上来这股被阴云笼罩般的感觉叫什么。他模模糊糊有个根本就不敢想的念头：他死了，他也死了。他不知道他死了倒还好，可以继续以惯性活着。可现在他知道了，他还能“活着”吗?

就在这电光火石的一刹那，一个念上去有些拗口的名词，赛洛西宾 25，蹦进了他的脑子。云雾仿佛散开了一些。他有一种强烈的直觉，这是一根救命稻草。

这个故事讲到这里，终于可以进入正题了。

简单来讲，赛洛西宾 25 是一种从天然植物中发现、经过人工提纯后的化学物质。作用在不同的人身上虽然效果各有差别，但大多反应此种物质会让人出现感官放大、思维敏捷乃至产生宗教体验的症状。一次使用剂量一般在

50—300 μg，效果持续时长 3—8 小时。包含此种物质的植物由来已久，可能是地球上出现有机生命体以来最早的植物物种之一。在此我们对它不做更详细的介绍，这可能会让你感到厌烦。你只需要知道：在人们尚未获知这种物质的价值功用之前，就已经在无意识地使用它了。

它在古代中国也流传甚广，只是除非你有意识且大量地使用它，否则它不会对你造成什么影响。很多误食这种植物的人，不过以为自己是经历了一场梦。有人开始发现它的真正价值，并有针对性地使用它的时候，它才被第一次赋予一个名字，着相剂。

它会被如此命名，是因为使用它的人，会在感到身处异境之时，看清世界的本质，收获有关自己的真实认识。它让人领悟到什么是意义所在，从而让人在效用结束后记住自己的领悟，走向新的世界。这么说对于没有使用过它的人来说还是有些过于空洞了，你可能很难真的理解和信服。这就是为什么当傅广义、任晓清和王全忠知道了事情的真相后，也依然很难相信这就是那个真相，很久很久之后才逐渐接受这个事实。

第一批因为着相剂而改变人生的人，起先是惊喜，出于人性的分享本能，想要说服更多的人尝试它——“朝闻道，夕死可矣”。其中一位颇有智慧的人如此向天下人推广，然而他们立刻感觉到了阻力：首先，不是所有人都有尝试一种未知物质的勇气，多数人觉得这只是一种巫术，对此更多的反应是不信和恐惧。真正懂得如何使用着相剂的人往往是最有知识的那些人，他们的亲友不相信他们会突然如此丧失理性，只会觉得这是一个玩笑。不过，即便是一个玩笑，也不会全然散失在风中，历史总会留下一些迷踪。如果你细心研读典籍，你大可以发现有关着相剂的点滴记录，哪怕这只是记录者的无意之举，哪怕他根本不知道自己的记录意味着什么。

其次，并非所有使用了着相剂的人都可以因此获得领悟。他们也许获得了一些领悟，但这并没能改变什么。这不难理解，不是在每个人面前放一本《九阴真经》，他都能成为一代宗师。虽然到目前为止，我们并不知道究竟是哪一类人才能因为着相剂而获得这种跃迁式的顿悟，但他们往往具有一些共同的特点：对生命的热爱，对世界的好奇，依稀保留的一些纯真。这种特征总结与否也无关宏旨，你能看出来，它们都是那种一旦被说出就立刻流于庸俗的修辞。还有一点需要说明，我们并非试图为这类人贴上正面的标签，也绝不是鼓励任何人效仿他们去使用着相剂，仅仅是做一些客观的描述。实际上，没有因为着相剂获得任何改变的人远比这些命运的受益者多。

再有一点，这些发现了生命的真谛，力图让自己的人生为某种使命而努力的人——既然他们大多都极具智慧——不免开始进行更深一层的反思：一、每个人的顿悟各不相同，但是，既然有人顿悟之后愿意行善，那么必然就有人会发现自己的使命是作恶。二、一个人如果本来只是浑浑噩噩地度日，忽然有天愿意为某种事业而献身，这当然很好，但假使有人原本做的事情就很有价值，着相剂却让他去做一个无用之人，那是好事还是坏事？三、他们中的一些人认为应当让（至少是）他们的同类，越早使用着相剂越好，因为这是一条让人领悟生命意义的捷径，不用浪费大半辈子做那些无用的努力，就能立刻走上正确的——也就是最适合自己的——人生道路。另一些人则认为这么做实属作弊，他们不愿意看着那些没有机会走上这条捷径的人，在错误的道路上迷茫而不自知地耗尽一生。因此，公平的做法就是谁也不用这个作弊法门。

这只是其中的一些问题。单看这些问题，你也能意识到，会产生这些反思，把这些可能存在的问题当回事的人，是什么样的人了。极少数人。当他们想到这些问题后，事实很快便一一给出了验证：某位受益者，本是一位安分守己的读书人，却突然起了权谋之心，里通外敌，起兵造反，从此众叛亲离；某位一朝之君，在家国危难百姓困顿之际，却无心打理朝政，专门做些雕花勾栏的木匠活计，任由国破家亡；至于第三个问题，它牵扯的层面更本质，更形而上，由此又引发出了更多的旁枝末节的论战，最终导致了原本彼此认同的这类人由于不同的理念而四分五裂，自立门户，从此再无来往。本就是极少数人了，四分再五裂，哪还能兴风作浪？

这里说的只是同时同地的一小批人。若要考问着相剂在不同时代不同城邦的发展，你会发现这个过程惊人地相似。一代又一代的人都经历着同样的周期，发现、使用、反思、分裂。至于个体使用者的具体案例，更是极其复杂，出现的种种结果远超最早这批人的设想。如此循环反复，终于，那些最聪明也最富道义的使用者意识到，虽然无法将着相剂对人的影响简单定性为正面还是负面，但它毫无疑问是个危险的东西，并不能毫无控制地推而广之。这就是为什么包括你在内的大部分人，从来就没有听到过这个名字，也压根不知道有这么一些人从古至今、周而复始地存在于这个世界上。而那些使用者，不管是因为被叮嘱，还是出于自身的觉察，不管是发自善意的动机，还是不想让人获取这条秘闻，他们都意识到这个秘密越少人知道越好。后来者意识到这点所花费的时间越来越少了。这可能与我们的社会发展有关，人们越来越聪明了，他们被规训出了更加精细的、对事物利他还是利我做出判断的本能。

关于着相剂，所有使用者唯一的共识是，它的的确确是一条捷径。不管你在人生的何时使用了它，都能因此走上一条距离终点最近的道路。对于世界上包括你我在内的绝大多数人来说，人生最本源的痛苦是无法在这个世界上找到一个恰如其分的位置。哪怕你对此毫无觉察，随着生命的流逝，也终将为莫名的虚无开始慌张，开始体验到一种刻骨的孤独和空洞。而着相剂，就如同一面明镜，能够照见你的样子；也如一张地图，能够彰显你的位置。它帮助你指明了密林的出口，仅此而已，但举足轻重。

随着科学世纪的来临，有关着相剂的研究也越来越多，越来越理性。现在，人们可以客观而公正地给予它一个评判。不过，这并非我们这个故事所要说的主旨。这些有关着相剂的研究基本围绕使用者进行，很少关注那些和使用者有关的人受到的影响。我们在此列举出三位使用者的身边人，正是为了扩大赛洛西宾25的研究视域，使你看到更多的一些东西。我们不带有任何倾向性，只是客观陈述他们的生活变动。其中，我们主要想说的还是故事开头的这个人，傅广义。

傅广义明白是什么真正改变了女友方立秋，已经是一年之后的事了。这期间他几乎就要放弃这个人、这段关系，试着让自己开启一段新的生活，但又找不出任何理由开口。方立秋以惊人的意志力顺利考取了航空航天学校，和一帮小自己十岁的同学一起，重新坐在了大学讲堂里，这本身已经让她身边的所有人刮目相看。傅广义他爸除了对宇航员这个选择有些咋舌（这来自他早年对钱学森的偏见）之外，也对这个未过门的儿媳感到吃惊——继而，是满意。他一直对儿子未能按照自己的愿望做一个不普通的人心怀不满，没想到在儿媳这里得到了找补。他甚至开始担心他有没有资格有这么一位儿媳——他担心方立秋会转而嫌弃自己的儿子配不上她。他的担心是多余的。方立秋没有任何这方面的意思，她一如既往地对他们二老很好，也就可以想见对傅广义也维持着之前的态度。

只有傅广义觉得不是这么回事，他觉得他和方立秋已然形同陌路，却又实在找不出什么证据。就是在这时，他知道了赛洛西宾 25 这个东西。

赛洛西宾 25 的使用者虽然不会因为这个身份而结盟——其一，他们往往都是因缘际会得到了这个东西，上线又总是来自不同的理论流派，赛洛西宾 25 在现代的传递更是随着互联网等新兴媒体的出现而变得极其复杂，因此他们的轨迹往往并不会交汇，不会知道彼此的身份；其二，他们除了都通过赛洛西宾 25 获得了关于人生使命的领悟之外，并没有什么共同之处，而他们获得的领悟又各不相同。不过，这些知道是什么改变了自己身边人的人，却自发形成了一个个的互助团体——因为他们是一类人，都受困于身边人的巨大改变，也因此有一个共同的目标：搞清楚身边人到底发生了什么。一方面，互助协会会帮助那些不知道发生了什么事而陷入困境的人了解真相，“传道解惑”；另一方面，这些人也会就自己遇到的问题进行倾诉和相互慰藉。傅广义就是在人生最低谷的时候遇到了王全忠主持的互助协会。在听了他的描述后，王全忠几乎是立刻就明白了方立秋身上发生了什么，傅广义便被他拉入了这个互助协会。

不用多说你也知道了，张宝胜死后，王全忠致力于研究赛洛西宾25和有关它的一切。在那次由张宝胜主导的谈话中，他只提出了一个问题："你为什么要做这些？"张宝胜的回答就是这个名字，赛洛西宾25。王全忠当时自然完全不明白这个佶屈聱牙的文字组合的意思，随着此后多年的调查，和对那些使用者及使用者身边人的走访，他逐渐搞清楚了事情的来龙去脉。虽然他对这个东西是否真能促成一个人对自己的一生达成某种坚定的信念或是信念的突然转变感到半信半疑，但他唯一所能做的，就是站在真相的附近。

傅广义一开始也觉得这个神话传说般的事情完全就是无稽之谈。但在加入了互助协会，发现居然这么多的人有类似经历之后，他也被慢慢说服了。协会里有形形色色的人，有像他这样的普通百姓，也有谢迟的妻子任晓清这样颇不寻常的人物。当然，团体与团体之间也有大体的阶层或背景差异，那些更举足轻重的人物的身边人，会自发组成或流入他们那个阶层的组织，这在很大程度上倒不是因为什么阶层歧视，而是可想而知的保密需要。设想一下，某些政要或巨贾身上发生了这些事，本身就是核武器级别的秘密。那种互助团体，更接近于彼此钳制的共同利益集团。任晓清会和傅广义、王全忠同属一个团体，只是因为任晓清自己出身普通，并无任何事业可言，也一直处在谢迟商业帝国的边缘；她的性格又平易近人，难能可贵地保持着某种单纯的秉性，从不会觉得自己因为丈夫就和别人怎么不一样了。当然，还有一个至关重要的原因，那就是谢迟考量到了自己离开之后会发生什么事、任晓清身上将可能发生什么，所以他没有留下任何会形成利害关系的疏漏，从而为妻子排除了不必要的麻烦。从这点亦能看出，在所有因赛洛西宾 25 而发生变化的人当中，谢迟也是最不寻常的极少数。

王全忠组织的协会定期在市南的一栋破败的商业大厦地下一层举办聚会。这场地原先开过舞厅、酒吧、茶餐厅，经营权几经更迭，全都以倒闭惨淡收场，最后以极低的转让费被王全忠租了下来，改成了一个讲演厅和几间会谈室，看上去挺像那么回事。门口没有任何牌子或指示说明，只挂着门面号，路人也不会好奇走进来。聚会时会提供茶水和小吃之类的东西，成员们来这里交流彼此最近的变化，或是欢迎新成员的加入，或是分享有关赛洛西宾 25 的最新研究。协会主要依靠成员们自发的赞助维持必需的开支，主要由王全忠负责管理。

不过，就算是在同一个协会，每个人所持的态度也不一样。有些人加入协会只是想弄明白发生了什么，倒不觉得身边人的巨大转变对他们的生活造成了什么影响，他们可能还对亲人的变化感到十分欣喜，在知道发生什么之后就更抱以理解和支持的态度。这些人来了又走。有些人，像傅广义和任晓清，则因为亲人的变化感到非常痛苦。知道真相并不能给他们带来什么慰藉，反而更令他们绝望：这说明他们无论如何都无法扭转身边人的态度。还有些人，知道事实后竟也蠢蠢欲动，不管信或不信，都想体验一下赛洛西宾 25——当然了，他们的动机也各不相同，具体是什么就只有他们自己知道了。

就算是因此感到痛苦的人，其痛苦的形状也不尽相同。任晓清至今无法找到谢迟。与其他知道自己的亲人发生了什么事的人相比，她的痛苦更加虚无，因无所指向而无法排解。她连谢迟使用赛洛西宾 25 之后做了什么都不得而知，只能沉浸在无穷无尽的想象中，每多一重想象，痛苦也就加深一层。另一种痛苦则非常具体：协会里的另一个人，他的儿子原本是个游手好闲、作奸犯科的混混，他一直都为这个混账儿子头疼不已，常说恨自己“没在儿子小时候掐死他”。在使用赛洛西宾 25 之后，他的儿子大彻大悟，静悄悄地结束了自己的生命——这是他从没想过的结局，他为这个幻想成真的结果悲痛欲绝。这样具体的痛苦还有很多：一个同傅广义差不多年纪的姑娘，新婚未满三个月，丈夫因为服用赛洛西宾 25 而决意遁入空门，留下一纸离婚申请；一对中产阶级夫妻，有一个活泼健康的独生爱女，这样幸福美满的家庭和圣徒本毫不相干，女儿却在使用赛洛西宾 25 后决意捐献身上的器官；一位亲情淡漠却将公司副手视若养子的私营企业老板，发现副手在使用赛洛西宾 25 后向纪检委提交了公司的财务账本，等待着自己的是无穷无尽的牢狱之灾。

比起他们来，傅广义感到自己的痛苦实在没什么可说的。他的未婚妻既没有死、没有失踪，也好端端地在他身边，而且她也没有去做什么不好的事，反而成了一个不管在什么层面都可以称得上了不起的人。他还有什么不满足的呢？

别人既不理解傅广义的痛苦，就连傅广义自己也很难说清楚他是因为什么而觉得“失去”了未婚妻的。只是在获知事情真相后，他更加彻底明白，他和方立秋已经是两类人了。

互助协会成立后，这些获知真相的人对于赛洛西宾25的态度逐渐分化成了两大派别。一派对于赛洛西宾25持坚定的反对态度，他们认为这种药物对于人生的改变是好是坏先不说，首先这种改变是不可逆的，这就足以遏止他们的好奇心——这一派的多数人都遭遇了亲人改变的负面影响。另一派则认为赛洛西宾25并非不可接受。由于那些遭遇了痛苦的人的存在，他们当然不会将自己的态度表现得过于明显，不过赛洛西宾25确实在他们心中埋下了一粒种子。

为了方便你理解后一种人群，在此我们不妨列举两个具体的人物——再次提醒，我们无意暴露这些人的隐私，因此这里使用的均是化名。其一是一位名叫赵奇的年轻人，他是一名中文系的大学生。他来到这个互助协会是因为高中时代的好友，他的好友本和他一样热爱文学，是个文科生，将来想上中文系，却在高考前三个月决定改考数学系，无论老师如何劝阻，都不能改变他的心意。“我突然发现了数学的美。你不觉得数学是这个世界上最美的东西吗？”对方问他。他自然无法回答，因为就在一个月前，对方还告诉他“中文是世界上最美的东西”。然而，他的好友以令人吃惊的成绩考上了原本要报的那所学校的数学系，两年后又以优异的成绩去了国外交流。美国。哥伦比亚大学。好友这一系列人生境遇的变化自然让赵奇惊讶不已。他们俩本来都是资质普通的学生，也未见得有多努力。在使用赛洛西宾 25 之后，好友虽然并没有智力上的提升——这一点赵奇非常确认——却仿佛得到天启一般，对自己要做什么事有了清晰的认定和由此产生的强大自律，从此不再浪费任何时间在不相干的事情上，彻彻底底地变了个人。目睹这种转变，赵奇非常动心。互助协会的这些人里，他差不多是最年轻的那个，也或许正是因为这种年轻，他是头一个意识到赛洛西宾 25 可能是一条人生捷径的人。他原本模模糊糊的梦想是当一名作家，但又觉得这条路十分艰难，时常感到犹豫——这正是所有想成为作家的年轻人的通病，他们大多好逸恶劳、举棋不定，并且不明白自己正是因为好逸恶劳、举棋不定才想做一个作家，而不是相反。赵奇虽然如愿以偿考上了中文系，可是，当他看到好友的变化后，他开始动摇了：“会不会数学的确才是世界上最美的东西？”当他弄明白好友的变化是因为什么之后，他的野心开始勃发。他渴望赛洛西宾 25 能够给他指出一条明路，好让他在进入社会之前确定自己的人生方向。

另外一个人名叫徐兮。一个有意思的巧合是，他正是谢迟公司的员工。徐兮在 IT 部门做高管，三十五岁。任晓清加入协会的时候他就已经在了。谢迟离任时，他其实已经隐约感觉这事没准和赛洛西宾 25 有关，但当任晓清真的在协会出现时，他仍大吃一惊，甚至有些激动，为他被坐实的猜想。当然了，他认识任晓清，任晓清却不认识他，他也就什么都没说——他加入这个协会的目的从一开始就不单纯，自然不想暴露太多的个人信息。徐兮找到这个互助协会不是因为身边人使用了赛洛西宾 25，而是受到了一位大学同学兼密友的撺掇，对方在知道世界上有赛洛西宾 25 这么一种东西后就一直跃跃欲试，经常搜罗各种资料和徐兮分享讨论，只是苦于没有门路无从体验。那同学是搞音乐的——艺术家，说艺术家也还不准确，准确地说是艺术家身上的优点一个没有，艺术家身上的缺点一个不落：不思进取，耽于幻想，对新鲜神秘的事情比谁都有兴趣，对需要忍耐的付出头一个放弃。徐兮则是正儿八经的白领，朝九晚五，战战兢兢，关心股票，嫉恨领导。两人做朋友倒也互补，彼此都看不上，彼此都是对方的警钟。对于密友口中不时冒出的新词，徐兮向来是当故事听听就好。赛洛西宾 25 这个名字他很早就从密友的口中听过，却从没当回事。直到他到了三十五岁，事业高不成低不就，往前一步没有能力，松懈一分万丈深渊。每一天都要在灯火辉煌的写字楼里熬到深夜，才不情不愿地搭上末班地铁，开往有妻有子的般若地狱：家。每一年体检表上多出的被圈出的数值，都提醒着他头上那把名为死亡的达摩克利斯之剑。我们不知道具体是在哪个时刻，因为什么样的细节触发了那个开关，总之，在某个吉光片羽的时刻，徐兮意识到，他必须做点什么来改变自己濒死的生活了。和密友不同，他是被社会规训过的人，也就是说，有一套行之有效的方法论。很快，他就成了互助协会的一员。当然，密友对此一无所知。

赵奇和徐兮的情况属于想要尝试赛洛西宾 25 的人中最常见的，在那类视赛洛西宾 25 为洪水猛兽的人眼中，他们的隐蔽心思不易被觉察，他们彼此却一望便知，尽管他们每次参加聚会都小心翼翼，生怕露出一点马脚，那渴望却写在脸上，只有同类才能嗅出草原上有一头刚刚打过滚的母狮。

这些想要尝试的人，心中其实还有一个隐隐的想法：谁能说赛洛西宾 25 就一定会改变你的人生志愿呢？也有可能当你使用它，看清了生命的真相，领悟了人生的意义之后，发现原本从事的事情就是自己真正想做的，自己正过着终其一生想要过的生活，已经成为想要成为的人了。那岂不更是美事一桩？毕竟，改变比维持现状要困难得多，即便认清了目的地在哪儿，也可能努力一生也走不到那里。

从逻辑推断来看，这可能正是绝大多数赛洛西宾 25 使用者的结果——他们的生活并没有因为得到一个答案而发生改变。这种案例较少出现在有关赛洛西宾 25 的相关研究中，是因为它们的发生本就无声无息，不为人所知。世上之人大多皆属凡俗，赛洛西宾 25 并非万灵神药，能让一个普通人拥有超能力。对一个普通人来说，做这份工作或那份工作，有这种爱好或那种爱好，结婚还是孤独，自私还是成全，人生的诸般选择，并无太大区别——不仅对他们自己没有区别，对任何别的人，整个世界，都没有区别。历史并不因大多数人而发生变化。一将功成万骨枯，可没准万骨枯得也心甘情愿啊。他们的改变无非是活得更加踏实，或者说，在外人的眼里，更加通透了。多数人明白了自己的命运本就如此之后，第一反应是着实松了一口气。那种因前途未卜又不满现状而摇摆不定的心思，终于找到了一个神龛安顿：赛洛西宾 25 可不就是神明吗？既然神明都已经发了话，还有什么好说的呢，老实做一个普通人吧。有人或许会问，这些认命的普通人就这么把赛洛西宾 25 当回事？人最可贵的地方不正是在于有怀疑的精神吗？文明的推动不正是建立在推翻普遍真理的基础上吗？倘若赛洛西宾 25 告诉布鲁诺太阳的确围绕地球而转，他还会被烧死吗？

亲爱的读者朋友们，这正是这件事如此奇妙却又如此合理的地方：的确，世界上很可能存在一种独立于赛洛西宾 25 之外的人。这类人本就拥有强大的生命力，压根也不需要任何神灵来为自己指出明路。这些极少数的幸运儿，恐怕连想要尝试赛洛西宾 25 的念头也不会产生，哪怕强行在他们身上使用，也不过是让他们更加认清了生命的每时每刻都清楚明白的信念。那与生俱来的顿悟和专注，将永远独立于赛洛西宾 25 而存在，使得他们一出世便遁入永生。那又是另一种独特且稀少的命运了。

还有人会问，这种人难道就一定得是伟大的、了不起的人吗？普通人当中就没有拥有这种坚定意志的人吗？当然有了，我们故事的主人公傅广义正是一个这样的典例。正如一开头说的那样，他打定主意要做一个普通人，且从未因为这样看似不思进取的愿望感到不安。在加入互助协会后，他也没有动过半分想要尝试赛洛西宾 25 的念头。哪怕在那些赛洛西宾 25 的反对派里，他的态度也是罕见的：越是了解赛洛西宾 25 是什么样的东西，他就越是没有兴趣。

不过，在协会这么多形形色色的人里头，谁也没想到第一个真正尝试赛洛西宾 25 的人竟是王全忠。而且，这个消息是伴随着他的死讯一并被大家得知的。

在互助协会里，没有人觉察到，其实王全忠才是他们中最痛苦的那个。

让我们再次把时间拉回王全忠和张宝胜见面的那天。那一天，王全忠聆听许久，听得越久，他就越是迷惑，终于开口问出了一个问题：“你为什么要做这些？”他万万没想到答案是这样的：“我也不知道我这辈子应该做点什么好，直到赛洛西宾25给了我答案。那个时候，霞光万道，瑞彩千条。我知道了，我是一个领袖。不论我做什么，我都将成为一个领袖。”

王全忠当时只以为张宝胜已经疯了，抑或是他直到生命的最后一刻也不想告诉他真相。走出那个研究院时，王全忠浑身发抖。他想，自己怀揣如此庄严的敬意来到这里，最后得到的待遇竟仍是如此，不由五内俱焚。直到王全忠对赛洛西宾25进行深入研究后，才发现张宝胜所言非虚，他的表述乍听十分混乱，却直观地展现了赛洛西宾25对他的影响：不管这个人如何理解自己的使命，他确乎产生了难以名状的强大信念，不论通过何种方式，他一定要成为一位领袖式的人物。

重新理解了张宝胜的人生轨迹后，王全忠崩溃了。

一个人耗费了人生大部分的时间，抱着一股英雄主义的信念同另一个人做斗争，到最后却发现对方既非存心作恶，也不是生性如此，仅仅是被一个小小的药剂所左右。张宝胜的一生自然非常充实，尽管他是个世人眼里的骗子，对他来说，却实现了自我成就，出色地完成了神明交代的任务。而他王全忠呢？他到底是为什么而活？王全忠意识到他和张宝胜从始至终就没有站在同一条战壕的两头，张宝胜根本就不是他想象中的对手。王全忠信仰的人生价值陡然间崩塌了。

越是相信赛洛西宾25的作用，王全忠就越是痛苦不堪。他难以面对过去如此漫长的、毫无价值的人生，往后的人生也不知该如何走下去。他会操持这个互助协会，实际上是为了给自己一个支撑，好让他不至于彻底崩溃。

他不是没想过也服用一剂赛洛西宾25。他甚至早就得到了一剂。那些使用者并不都拒绝透露药物来源，他们中的某些也一直试着寻觅可信之人传播。王全忠作为协会负责人，和这些人当然走得更近。其中有一个来自西南边境某地的朋友，就是赛洛西宾25的传播者之一。王全忠不知道他真名叫什么，只知道大家都喊他老黑。他和王全忠年岁相仿，是赛洛西宾25在中国的早期研究者之一。他组织着这么一小群志同道合的朋友，负责甄选合适的使用者，并提供药剂。

差不多五年前，王全忠就获得了一剂赛洛西宾25。但他一直非常犹豫要不要使用，一方面他对自己的人生感到极度后悔，希望能从赛洛西宾25那里得到一些解答；另一方面，他又怕赛洛西宾25给他的答案果真是一条完全不同的路，他的人生已经没有多少年可以重走了，此时的捷径反而变成了一道枷锁，只会加重他对此前生活的悔意。

这之后，随着协会的人越来越多，他目睹了各种各样的人生，心态也渐趋平和。人人都有自己的困境，这让他不再那么难受。于是，他终于决定试一试赛洛西宾25。

前面说了，没有临床证据表明赛洛西宾25对人体有任何危害性，除非是在剂量大到某个极端数值之后，才可能造成人的死亡，这就好比人牛饮可乐也能喝死，没有实际意义。至于历史上发生的一些赛洛西宾25致死案例，都并非赛洛西宾25本身致死，而是各种各样使用时的意外导致。它毕竟会让人处在一个非正常的知觉状态，会有视听幻觉产生，就像有人因醉驾车祸死亡一样，使用赛洛西宾25时可能也会发生类似的意外。所以一般使用者在获得药剂时，都会同时得到一份使用说明，上面列举了种种使用时需要采取的安全措施，其中一条就是强烈不建议在室外使用。就算没有使用说明，给予药剂的人通常也会口头给些建议，或者直接充当使用者服药时的监护人。

而据那名撞上王全忠的卡车司机说，王全忠手舞足蹈像个疯子一样突然从路边冲上了马路，口中高喊："他骗了我！他骗了我！他根本就不是使用者！他从头到尾都是一个骗子！"他的眼神中闪烁着不知是狂喜还是暴怒的异样神采，就这么一头撞上了他的车。当场死亡。王全忠自负全责。尸检显示王全忠死亡前正在使用赛洛西宾25。

谁也不知道王全忠口中的那个"骗子"指的究竟是谁，也不知道他在使用赛洛西宾25后看到的捷径是哪一条。协会的人在短暂经历了一阵伤痛唏嘘后，又选出了新的代表接任了王全忠的位置。这个新上任的代表是坚定的赛洛西宾 25 反对者，由于王全忠的意外事件，更是加强了协会对于赛洛西宾 25 的保守倾向。这样一来，那些原本对此持另一派意见的人难免觉得协会的气氛过于严肃，双方的对立情绪暗中加强，开始有人陆续退出协会。

赵奇和徐兮是首先退出的人，他们加入协会本就是为了获得赛洛西宾 25，待了一段时间后，他们都感到单是在这里待着并不足以达成目的，加上王全忠的死亡和协会新代表上任，风气为之一变，便果断选择了退出。

这之后，他们又游说了几个人退出，组成了一个新的小团体。这个小团体的目的就是为了寻找并体验赛洛西宾 25。大家不再藏着掖着，反正彼此早已洞穿内心，又何必小心提防，干脆扯掉面具，一起合作，线索共享，争取每个人都能获得赛洛西宾 25。至于团体在达成目的之后是继续维持还是解散，谁也没有明说，毕竟那之后的事实在不好说。

这个小团体在成立后首先去找了傅广义，因为他是王全忠生前最亲近的朋友。傅广义无法倾诉自己的痛苦，又不擅长疏解别人的心结，最后反而和王全忠最聊得来。他和方立秋暂时就这么过着，没有领结婚证，也不吵架，心照不宣地继续着各自的生活。傅广义最开始不太喜欢这个互助协会，待着待着，却发现离不开它了。他没什么朋友，这事发生后又实在找不到人说，毕竟要解释这个“真相”，实在太费工夫。在协会里和这帮人待着，无论对方持什么态度，至少和他一样，是个了解真相的人，知道这世界上还有另一个世界，这多少能让人觉得并不孤独。

赵奇和徐兮来找他说明他们的愿望时，他想起来自己确实听王全忠说过老黑这么一个人。要找到他料想也并不费事，买张机票飞到那个地方，各自发动关系去打听，总能找得到。让傅广义迟疑的是，他对体验赛洛西宾 25 毫无兴趣，当然，他也并不反对其他人使用。他知道自己这辈子的人生信念就是做个普通人，如果不是因为对方立秋割舍不下的感情，他根本不会和赛洛西宾 25 产生任何关联。

傅广义尚在犹豫之时，另一个人倒是忽然宣布加入寻找赛洛西宾 25 的队伍：任晓清。在协会待了将近一年后，任晓清终于确认，在这里待着只能获得一些安慰，没法帮她找到丈夫。协会只是她的一个中转站，她早晚都要再次启程，继续寻找谢迟。听说从协会退出的那些人组建了一个新的团体，并且赤裸裸地袒露了他们的目的后，她突然也产生了一个灵感：和丈夫试了同样的药剂，会不会就能发现新的线索呢?

任晓清的加入说服了傅广义。王全忠死了，他在协会也没有别的更亲近的朋友，他虽然不想尝试赛洛西宾 25，但陪这些人一同去找找也没什么。

于是，这个十来人的小团体很快动身出发了。

和傅广义想的差不多，要找到老黑并非难事。他们在这个四季如春的边境县城打听了十余日之后，与其说是他们找到了老黑，不如说是老黑找上了他们。此地山岭盆地众多，终年暖热，冬无严寒，夏无酷暑，人口不到三十万，属于典型的熟人社会，谁都认识谁。

老黑是土生土长的本地人，自小在山间长大，和植物做伴，与鸟兽为友。幼年时，他有过一次际遇。一次贪玩，他追逐一只猿猴，在山中迷路，意外发现了蕴含着赛洛西宾 25 的那种神奇的植物，他目睹那猿猴熟稔地摘下叶片放在嘴中咀嚼，然后沉静下来，入定般陷入某种空灵的状态，再看见他时，也不再躲闪，竟还向他招手，如同被神佛附体。他那时太小，也不懂得害怕，大着胆子上前，也效仿那猿猴摘下几枚叶片，含入口中。他那时太小，再加上植物并没有经过化学提纯，只含有微量的赛洛西宾 25，不足以对他的世界观造成什么撼动，因此只有些知觉的变化，想来和猿猴的体验大差不差。自那之后，他和猿猴变熟，也和这植物成了朋友。随年纪增长，他才懂得这植物究竟是什么，也明白了那猿猴——准确地说是猿而非猴——是一只南方白颊长臂猿。

那猿死于老黑二十五岁的时候，那之后又十三年，南方白颊长臂猿被宣布野外灭绝。猿死之后，老黑开始尝试培育这种植物。和此地其他山民一样，他有天生的种植的热情和手艺。迷上这种植物后，他更少涉足文明，终日在山野漫游。无怪乎他没怎么接受过教育。对人世间的道理，他懵懵懂懂，一派天然。因此，他对赛洛西宾 25 的态度，也完全发乎一种淳朴的观念：体验、分享、交流。如此隐居数十年，越来越多的人知道了老黑的名字，慕名而来，但求一剂赛洛西宾 25。老黑既不会鼓励他们使用赛洛西宾 25，也不会对来客直接谢绝。对于使用者的甄别，他有自己的一套标准。谁也不知道这标准是什么。总之，有些人得到了，有些人被拒之门外。那些得到的大部分走了，也有极少部分留了下来。留下来的人，就和老黑一起，生活在山脚，本来只是一个人的草屋，逐渐扩建成了一片屋舍。

这个故事讲到这里，其实已经接近了尾声。出于保护原则，我们不便透露更多有关老黑和他生活的这片地区的具体信息——请放心，此山十分宽广，有心去寻也只会遁入迷踪。如你所见，我们同老黑以及所有使用赛洛西宾 25 的相关人士一样，明白这个东西所具有的危险性。这种危险主要是对于人性所产生的巨大影响，相信你已经多少清楚明白。出于这种原则，接下来的故事听上去可能会更加匪夷所思，让生活在现代文明中的人感到难以理解。如果你也产生了这种感受，请相信那是再自然不过的情况。

傅广义等人结识老黑之后，便被他领到了这个原始社会一般的小型村落，以简单饭食好好招待了一阵。众人每日所饮之酒、所食之物，皆由他们自己酿造生产。这些久居城市之人，一开始不免感到新鲜，好比踏入了桃花源，每天日出而起，日落而息，一日三餐之外，就是弹琴喝酒，唱歌闲聊。留在这里生活的人，也大多是纯真之人，他们性格温和，对于世界上正在发生的事既不关心，也不焦虑。生活简单平静。聊天也基本都是日常琐事、八卦逸闻，有时会出于共同兴趣涉及文化艺术、天文地理之类的知识。傅广义等起初以为这些人不过是乡野之辈，认识深入之后才吃惊地发现，他们并非无知之徒。不少人在来这里生活之前都在各行业有正经的工作，也接受过良好的教育，有一些甚至具有深厚的俗世背景。当然，也有自出生起就浪荡于江湖的边缘人。总之五花八门，什么样的都有。

刚刚结识老黑时，这帮人谁也没好意思直接开口说出他们的目的，只是由傅广义介绍说他们是王全忠的朋友，然后简单说明了一下王全忠的死。“听说你是他的朋友，所以想来和你报个丧。”这么一大帮人跑来传递一个死讯，自然一听便非真实。老黑也没有多问，只是依照以往的情节，同他们一一认识：“既然来了就留下来玩几天吧。”

如此生活半个月，这些人中最性急的那几个终于熬不住了，他们原以为生活在此处的人交谈中难免会提到赛洛西宾 25，到时便可以自然而然地提出这个请求。谁知他们每日只是平淡生活，话语间半点没提和赛洛西宾 25 有关的任何事。虽然这种归园田居般的缓慢生活同大部分人的生活不太一样，但落实到茶米油盐的细处，也没什么两样。

刚刚接触这群返古人士时，互助协会这些听惯了赛洛西宾25传说的人，对赛洛西宾25的使用者不免抱有一番幻想（虽然他们周遭人的经历也说不上有什么传奇），误以为会在这里见识到什么天堂般的场景，结果日子一天天过去，他们失望地发现，这帮人的生活也不过如此，虽然无忧无虑，但这么活着好像也未见得有什么妙处可言。要过这种日子，用得着赛洛西宾25来开悟吗？无非一个字，“穷”嘛。再多俩字，“穷开心”。来者中的多数人，也有工作、有家庭、有社会上的位置，参加互助协会只占了生活中的一小部分。现在，他们不远万里来到一个陌生的地方，过这种闲云野鹤般的生活已经半月有余，年假快用光了，再不回去对家人朋友也交代不过去。平时用手机与正常世界保持联系已经竭尽所能，继续这样下去，生意、项目、学业总会泡汤。更让一部分人坐立不安的是，他们中的个别人竟然表现出了被这种生活蛊惑的样貌，不仅不心急，还劝他们少安毋躁：“赛洛西宾25什么时候不能用啊？你就这么着急想要为什么事情献身吗？”听到此话，他们更加惶恐不安，感到比起赛洛西宾25来，老黑和他的朋友们的这种生活状态对心灵的腐化才更加危险。

不能再等了。

年轻气盛的赵奇头一个站了出来。学期末要到了，他得赶紧回去应付考试和论文。上学期挂了两门课，这学期再挂一门，他的毕业学分就保不住了。赵奇直接找到了老黑，说明了此行的真正来意：“实不相瞒，我们其实是想来试试赛洛西宾25的。听说您这里有不少，也乐意分享给大家。”他尽量把话说得让老黑没有回绝的余地。

老黑表情淡然，似乎早已习惯这一刻的到来：“确实也差不多了，明天吧，明天你们都来我这儿。”

赵奇没想到事情会进行得如此顺利，再三道谢后便赶回去汇报这个消息。大家表现各异，不过总体还算是雀跃。傅广义是这些人中表现最平淡的，实际上，他就是那几个被此处的生活所“腐蚀”的人之一。

在这里生活大半个月，他感到前所未有的平静，这两年来一直困扰他的生活瓶颈似乎消失了，这样的生活完完全全符合他自小对自己的要求：做一个普通人。远离城市之后，他之前的那股丧失感也淡了不少。他还爱着方立秋，只是觉得她没了他没问题，他没了她似乎也能过下去了。他唯一的遗憾就是方立秋没能和他一起像现在这样生活。当赵奇无比兴奋地告诉他，明天就能知道赛洛西宾25究竟能给人带来什么样的体验之后，他的兴致反而比来这里之前更加寡淡了，甚至还隐隐产生了某种抗拒：如果能一直这样生活，有没有赛洛西宾25又有什么关系呢？他觉得自己已经找到——或者从未丢失过——有关生活的某种信念。

这当中唯有一个人愁眉不展，任晓清。通过老黑，她知道了一些其他所有人都不知道的事情。那是几天前的一个黄昏，老黑看见她独自一人，像往常一样拧眉不展，几番犹豫，还是上前对她说道："你是来找谢迟的吧？"任晓清十分惊讶，来这里后，有关此事，她没透露过一个字。

老黑和她走到了一个方便说话的地方，这才把事情原委道出。原来老黑和谢迟早就认识，甚至可以说是一起长大。任晓清是二十岁在大学认识的谢迟，只知道他的确也来自这个西南省份，但具体在哪儿出生就搞不清了。那年代，人像天女散花，命运不由自己，成长如同游击，说不清来路，道不明归途。谢迟本就是个寡言少语的人，不怎么提及童年，十岁就随着父母搬迁到了其他地方，此后又因求学辗转多地，幼年境况确实也没什么好追忆的，只是总说自己是大山里走出来的孩子。此时任晓清才惊觉，她已身在那山。难怪她来到此地后总依稀有种熟悉的感觉，仿佛在哪儿听过这个名字。老黑说，谢迟是他发现了那种神奇植物后分享的第一个同伴。"只是当时我们都是小孩，什么也不懂。老谢比我胆大很多，我只敢用一点，他呢，跟吃菜似的吞下了一堆。"此后随着谢迟举家外迁，两人也就断了联系。直到多年以后谢迟成为那样一个显赫人物，老黑才偶然发现小时候的玩伴如此了得。"他和我不一样，我们从小就是不一样的人。"

这件事让任晓清有了新的认识。首先，根据老黑的描述来看，谢迟不是因为使用了赛洛西宾25而突然消失的。他应该是在很小的时候就因为赛洛西宾25而明确了此生的目的。对谢迟来说，他的确是赛洛西宾25作为人生捷径的最佳诠释者。幸运的是他不仅有信念，也通过努力真的达到了目标——当然，这也依赖于他的早慧。那么，第二个问题紧接着就来了，他是因为什么而突然消失的呢？

有这么几种可能：其一，谢迟使用赛洛西宾25获得了第一次的人生顿悟，在他已经完成了人生目标之后，又进行了第二次尝试。谁说一个人一辈子只能有一次领悟呢？如前所述，赛洛西宾25既然在不同人身上的效果不一样，本质上也正是因为不同个体的智识程度不同，那么，对同一个人来说，他前一秒积累的人生经验和智慧，与后一秒也不同——人不能两次踏入同一条河流嘛。那么，在同一个人身上，他通过赛洛西宾所获得的领悟也就有所不同。着相剂不能凭空造出一个“相”来，那个“相”只能建立在人所有的过去的基础上。也许在第二次使用赛洛西宾25后，谢迟又得到了另一种解答，由此展开了生命的第二段旅程。

第二种可能是，谢迟压根就没有再次使用赛洛西宾25。他没有这么做，完全是因为他意识到自己已经完成了使命。所有有关赛洛西宾25的研究里，都几乎没有提到那些依照使命一步步走下去的人，在有生之年完成使命之后去做了什么，又是怎么想的。可能人们普遍认为一个人的使命就是他需要毕生去做的事，并不存在“完成”这个状态。

不管是哪种可能，知道这个事实并没有给任晓清带来任何帮助。她依然不知道丈夫去了哪里，正在做什么。

听完老黑的叙述，任晓清只问了一个问题："那么你呢，为什么赛洛西宾 25 在你身上没有任何影响？"

老黑笑了："说出来怕你不相信，我压根就没有使用过赛洛西宾 25，我是说除了发现它的那一次。"

任晓清愣了愣，不过很快就相信老黑说的是真的："为什么？"

老黑没有回答，而是带着任晓清去了一个地方。这个地方随后他又带着赵奇他们去了一次。那是一个远离村落的地方，需要翻山越岭，先开二十分钟皮卡，在一片丘陵地带停车，再步行二十分钟，弯弯绕绕，穿越一片密林，最后呈现在眼前的是一片林间坡地。这是老黑测试挑选后，认为最适合培育那种神奇植物的地方——倒不是出于种植环境的考虑，仅仅是因为此处人迹稀少，除非老黑带领，否则绝不会有人找到，路人也不会误打误撞闯入。为了严格控制光照、温度和湿度等条件，老黑在这里搭建了一片大棚。大棚四周密布着此地盛产的羯布罗香树和望天树，这些树挺拔笔直，如剑般直刺天空，木叶簌簌，将这片神秘的园圃包裹起来，除非天神路过，才能俯见秘境一角。

任晓清颠簸一路，从皮卡上下来，烦闷欲呕，又跟在老黑后面走了许久，才抵达此处。原本既忐忑又焦躁，刚走进大棚却立刻被眼前五光十色的植物吸引了。种植灯管交织成片，被植物反射出妖冶的光线。植物散发着勃勃生机，每一株都仿佛有着无穷无尽的生命力，谱写着一曲盛大的交响乐。任晓清闻到一股淡淡的异香，烦闷感立刻消退不少，心里还不由自主生出一些轻松愉悦的感受，那是她很久很久都未曾体验过的感受了。

两人在那里停留了约莫一个小时，这期间谁也没说话。任晓清沉默着走过一株又一株植物，时不时弯下腰仔细观察，小心翼翼地伸出手轻抚植物的叶片和花蕊，仿佛在和植物交谈。老黑没有打扰她，每个来到这里的人都会产生一些自己的想法，这场景他司空见惯。他干了一会儿往常会干的活计，检查、修剪、晾晒、收纳，然后就在外面抽烟，等任晓清出来。

“现在你还有疑问吗？”任晓清出来后，他问。

“没有了。”任晓清的表情礼貌、节制，但并不是客气，而是蕴含着某种宽阔的东西。

任晓清明白了，不同于通过使用赛洛西宾 25 找到了人生使命的谢迟或其他人，老黑用另一种方式找到了自己的使命。当他接触到这种植物，并不断地目睹它作用在人身上那种神奇的效果之后，他意识到必须有人，一个并不好奇也并不依赖这种植物的人，和它们生长在一起。共同守望，彼此照护。

“不是每个人都需要使用赛洛西宾 25。”老黑说。

“你说得对。那么，我还有一个多余的问题。”任晓清说。

“什么？”

“那是谁的墓？”任晓清指着大棚背后一处黑黝黝的山包，此时天色已晚，在林中就更是漆黑一片，但借着大棚内的光管，仍能辨认出那是一处墓穴，上面竖着一块木条。

“哦——”老黑说，“那是我的一个好朋友。”任晓清不由紧张起来，老黑赶紧补充：“不，不是谢迟。是另一个好朋友。那是一只猿。”

“一只猿？”任晓清奇怪道。

“是的。一只南方白颊长臂猿。现在它——连同它的所有同伴，都已经在这世上消失了。”老黑说，不过没有显示任何悲伤的意思，“你看，不管是谁，不管他有没有用过赛洛西宾 25，最后都是一样的结局。”

任晓清不再多问，她没有问题了。之后两人原路返回，驾着老黑的皮卡又回到了村落。

因此，当赵奇他们一行人在老黑的带领下来到这片种植大棚时，只有老黑不奇怪为什么任晓清不见了：“她应该已经提前走了。”

“为什么？”有人问，“她不是想通过这个找到她的丈夫吗？”

“我猜她是害怕自己使用了赛洛西宾 25，就没了寻找丈夫的念头吧。”他们当中最聪明的那个替老黑回答了这个问题。

和任晓清一样，赵奇他们也被这片神奇的植物所吸引，兜兜转转了一个多小时，才从大棚中钻出。其实那本是一种普通的蔷薇，外观上并无特异之处，如果不知道它背后的那些神话，只是生长在野外，谁也不会多加留意。至于为什么一定要带来客先参观这些未经提炼的赛洛西宾25本源，我们只能理解为是老黑挑选使用者的其中一道工序，他用以观察人类的方式之一。这之后，他们又驱车回到了村落。老黑说，晚饭后，他会给他们每人一剂赛洛西宾25。

所有人的期待和好奇都在此刻被吊到了顶峰，不过多数人还是如往日一般有条不紊地吃完了晚饭。饭毕，在村落中心的环形广场上，老黑如约出现。

“在给你们这个东西之前，我想告诉你们一个事实。你们不一定会相信，我只是说明一下情况。”

众人静默如岚。

“生活在这里的这些人，他们谁也没有使用过赛洛西宾25。”

这话一出，自然有不少人发出了吃惊的声音，然后是一阵小声的议论，很快复归平静。之后，老黑逐一走到每个人面前，给了他们一剂赛洛西宾25。

这是他们第一次亲眼见到赛洛西宾25。表面看来，它非常普通。在之前的想象里，他们大多认为它应当是一颗药丸，也有人根据资料记载推测，认为它可能是一枚很小的贴片，或者就是植物经过采摘风干处理过的类似烟叶的东西。谁也没想到老黑放在他们手心的是一块糖。方糖。并不纯粹的白色，像是浸润了某种液体，在夜色中呈现出一种淡黄的色调。

那颜色非常温柔。

好了，不管你是否愿意，我们的这个故事都必须在此收场了。远征者已经踏上了那片他们寻觅已久的新大陆，掘金者也已经离沙漠中埋藏宝藏的废墟不远，梦想者即将拉开他们新冒险故事的幕布。我们还有什么理由拖着你埋首于这个无限拉长的结尾不放呢?

我们只能保证这故事绝非虚构。在我们的叙述中出现的每一个人都有自己真实世界的位置，每一个细节也都有迹可循。或者为了故事讲述的方便，或者为了使这个故事不致遭遇世上某些法则的限制而被有意埋没，我们夸大或省略了一些瞬间。又因为赛洛西宾 25 使用者的特殊性——他们可能是你熟知的伟人，也可能就是你身边的某个普通人，不过，他们不会跟你透露半个字，我们希望你在阅读这个故事时，就把它当作一个故事来理解好了。我们并不希望有人因为这个故事而走上同那些赛洛西宾 25 寻求者一样的道路，事实上，为了避免这种事情发生，我们不妨再多说两句这些寻求者获得赛洛西宾 25 之后的命运。

赵奇是拿到了赛洛西宾 25 后第一个使用的人。当晚他就在老黑的监护下在自己的房间进行了长达一晚的体验。第二天，他匆匆赶上了回学校的火车。他没有对自己的领悟多透露些什么，只是表示得先完成这学期的考试再说。

徐兮在拿到赛洛西宾 25 的当晚莫名其妙地大哭了一场。在旁人的安慰下他才说出了一个之前并未在互助协会告知大家的情况，其实他在婚姻之外还有一个情人，他的苦恼还来自不知如何处置自己的婚姻和这段婚外情的关系。他觉得赛洛西宾 25 也许会给他帮助。我们没有在上文中提及此点，也正是因为许多人其实压根就分不清职责、情感与心灵的区别，他们经常会把所有事缠绕在一起。一位智者曾经说过，人们一生的问题往往不在于那件事是什么，而在于那个人是谁。因此，我们如实地呈现了这种错误的自我归因。徐兮也很快就离开了，我们不知道赛洛西宾 25 有没有帮助他解决这起名为中年危机的情感困扰——实际上，我们并不知道赛洛西宾 25 有没有这方面的效用。

这之后，十来个人陆续带着赛洛西宾 25 离开了老黑的桃花源。

傅广义呢？

不用说你也知道了。他压根就没有接受老黑给他的赛洛西宾 25，只是拿起来借着月光仔仔细细地端详了它一番，没人知道他是怎么想的，也许他是在想：未婚妻当初又是在什么样的地方，从谁那里获得了这个东西呢？然后，他就把那块方糖原封不动地还给了老黑。

这些人回到原来的生活中，彼此之间再也没有联系。

自然，有关赛洛西宾 25 的故事还在不为人知地向前发展。世界上不断地有人突然从原本的生活中退场，又以新的方式出现，他们或许和赛洛西宾 25 有关，或许无关。有关赛洛西宾 25 使用者相关人士的互助协会也以一定的规律出现、发展，然后因为各种原因解散。越来越多的人知道赛洛西宾 25，也有人听到这个颇具阴谋论色彩的传说后，选择一笑了之。

在那之后的若干年，一个晴朗的秋日，中国最新一代载人航天飞船“捷径号”升入太空。一位名叫傅广义的中年男子在西南边境的一个小镇上，通过电视观看了这次升空直播。全国有约三千万人与他在不同的经纬度一同观看了这场直播，主要以手机网络流媒体的方式。在周围嘈杂的麻将声、嗑瓜子声和吵闹声中，只有一个不到十岁的小女孩注意到了这个骑车从乡下赶来的，独自在看电视的中年男人——这年头，谁还看电视啊。

“叔叔，你在看什么啊？”小女孩问。

“哦，你看见那个女宇航员没？”那个男人指着电视屏幕问。

“方立秋阿姨吗？她可有名了。”女孩说。

“是吗？”虽是疑问句，男人的声音中却丝毫没有惊讶的意思。

“叔叔，你认识她？”女孩又问。

“不，我怎么会认识呢。”他十分平静地说道。

2017 年 4 月 10 日

图书在版编目 (CIP) 数据

国王的游戏 / 大头马著 . -- 北京 : 北京日报出版社 , 2023.7（2024.1 重印）
ISBN 978-7-5477-4620-2

Ⅰ . ①国… Ⅱ . ①大… Ⅲ . ①短篇小说－小说集－中国－当代 Ⅳ . ① I247.7

中国国家版本馆 CIP 数据核字 (2023) 第 102461 号

责任编辑：胡丹丹
特约编辑：黄盼盼
封面设计：汐　和 at compus studio
封面插画：詹雨树　山　川
内文制作：陈基胜

出版发行：北京日报出版社
地　　址：北京市东城区东单三条 8-16 号东方广场东配楼四层
邮　　编：100005
电　　话：发行部：(010) 65255876
　　　　　总编室：(010) 65252135
印　　刷：山东新华印务有限公司
经　　销：各地新华书店
版　　次：2023 年 7 月第 1 版
　　　　　2024 年 1 月第 2 次印刷
开　　本：850 毫米 ×1092 毫米　1/32
印　　张：9.75
字　　数：194 千字
定　　价：59.00 元